Sandra Müller

GOTT braucht auch Sturköpfe:
Lebenserfahrungen einer Person, die (meistens) versuchte Gott zu vertrauen

Müller, Sandra:

GOTT braucht auch Sturköpfe: Lebenserfahrungen einer Person, die (meistens) versuchte Gott zu vertrauen.

© 2023 by Sandra Müller

Umschlaggrafik: Sandra Müller

Herstellung und Verlag: BoD – Books on Demand, Norderstedt

ISBN: 978-3-7494-4939-2

Inhalt

Anmerkung: Die Namen der meisten erwähnten Personen sind aus Datenschutzgründen geändert.

Kindheit: Meine Berührung mit dem Glauben

In meiner frühen Kindheit verheimlichte meine Mutter vor mir und meinen Geschwistern etwas; sie nahm uns nämlich ab und an in die Kirche mit, doch wir ahnten nicht, dass sie zunächst noch Atheistin war. Ihr Weg zu Gott würde ein spannendes Buch abgeben.

Mit Faszination las ich als Kind die Büchlein mit den Jesus-Geschichten; zu meinen Lieblingsgeschichten gehörte die Stillung des Sturmes, und die Geburt Jesu, mit einer Seite voller strahlender Engel. Religion wurde in der Grundschule mein Lieblingsfach, und ich konnte der Lehrerin die meisten Fragen beantworten, weil ich die biblischen Geschichten schon kannte.

Besonderen Eindruck machten auf mich Bibelfreizeiten, auf die unsere Mutter meine zwei Schwestern und mich mitnahm; ein paarmal wenige Stunden von uns entfernt, ein paarmal im Ausland, als Zeltfreizeit mit tausenden von Leuten. Da war eine besondere Atmosphäre. Das spürten auch meine Schwestern: in diesem Kreis herrschte so eine Liebe der Beteiligten zueinander. Es lag solch ein Friede auf den Versammlungen. Und es weckte in mir ein – ich würde es nennen, ein Heimweh nach Gott.

Auf einer dieser Freizeiten kam meine Mutter zum lebendigen Glauben: einem Seelsorger beichtete sie vier handgeschriebene Seiten mit den Sünden ihres Lebens. Sie entschied sich für Jesus und für ein Leben nach der Bibel.

Sie wollte so gerne, dass wir auch gleich einen Neuanfang mit Jesus machen sollten. Für uns drei (zumindest für mich hatte sie das stellvertretend getan) schrieb sie unsere Sünden auf einen Zettel und überreichte ihn dem Seelsorger. Ich hatte ein Einzelgespräch mit ihm. Er fragte mich, ob ich das getan hätte, was auf dem Zettel draufstand. Verlegen bestätigte ich dies. Er betete für mich zu Gott um Vergebung meiner Sünden. Danach schaute er mich an, zerriss den Zettel und sagte: „Jetzt hat dir Jesus deine Sünden vergeben."

Leider war es noch nicht meine Herzensentscheidung gewesen, aber meine Mutter erklärte, das sei meine Hinwendung zu Jesus gewesen. War es aber nicht, wie ich Jahre später feststellen musste.

Mit 10 Jahren bekam ich meine erste Bibel geschenkt. Meine beiden Schwestern auch. Ich wollte sie gerne als erste durchgelesen haben. So beeilte ich mich – und schummelte ein bisschen, indem ich einige der kleinen Propheten weglieẞ. So erschlich ich mir den ersten Platz bei diesem Konkurrenzkampf.

Die Anzahl der Kapitel der Bibel zählte ich zusammen, teilte sie durch 365 und fand heraus, dass man etwa 4 Kapitel am Tag lesen muss, wenn man einmal im Jahr durchkommen will. Das zog ich die nächsten zehn Jahre durch. Und **es war ein Segen!**

Unsere Mutter legte Wert auf das Wörtlichtun von Bibelversen.

Einmal machte ich damit eine erstaunliche Erfahrung: in einer Zeit, wo ich Mobbingopfer war, wurde ich auf dem Weg zum Klassenzimmer von einer der schlimmsten Quälerinnen geschlagen: ich bekam eine Ohrfeige oder, treffender, baden-württembergisch: einen „Baggewatsch" (ein Schlag auf die Wange)! Da fiel mir der Bibelvers ein: „Wenn dich jemand auf die eine Backe schlägt, dem halte auch die andere hin" – und spontan setzte ich dies um, indem ich dem Mädchen meine andere Gesichtshälfte zuwandte und bat: „Schlag mich hier bitte auch noch." Die Mobberin wusste nicht, wie ihr geschah. Sie war völlig verdattert, führte aber meine Aufforderung nicht aus. Stattdessen berichtete sie der Gruppe von Klassenkameraden, zu denen wir kamen: „Die Sandra ist so blöd... Ich habe sie auf die eine Backe geschlagen, und sie sagt: ‚Schlag mich auch noch auf die andere.'"

Überhaupt machten wir **ergreifende Erfahrungen beim Wört-lichtun von Bibelversen**[1]. Meine Mutter erlebte das zum Bei-spiel, als sie beschlossen hatte, ihrem eigenen Vater, der ein Schläger und Frauenhasser war, alles zu vergeben. Nicht nur, dass ihr Vater auf ihren Brief hin ihr und ihren zwei Schwestern daraufhin eine erstaunliche Summe Geld überwies. Auch sonst prasselten nach diesem Akt der Vergebung die Zufälle auf sie herab. Meine Mutter hat zeitlebens bereut, in dieser Zeit kein Ta-gebuch geführt zu haben. Sie war der Einschätzung, dass die Nacht nicht ausreichen würde, um alle Erlebnisse und „Zufälle" schriftlich festzuhalten.

Einmal erlebten meine Eltern ein Wunder, das gegen die Natur-gesetze ging. Zu einer Zeit, als meine Eltern wegen Abzahlung des Hauses sehr knapp bei Kasse waren, beobachteten meine Mutter und mein Vater, wie bei der Beifahrertür des Autos der Rost um sich fraß. Als die Rostfläche irgendwann zu groß gewor-den war, bat meine Mutter meinen Vater schweren Herzens, es doch mal in der Werkstatt reparieren zu lassen. Nach kurzer Zeit schaute sie aus der Tür: da stand das Auto wieder, und mein Va-ter dabei, und zwar kreidebleich, und kopfschüttelnd. Mehrfach umrundete er das Auto, starrte es fassungslos an und schüttelte wieder den Kopf. „Was ist denn los? Warum bist Du so schnell wieder da?" fragte meine Mutter, als sie zu ihm gegangen war. Blass und unter Stottern brachte er mühsam hervor: „D... die... haben mich wieder heimgeschickt. Da... da ist doch kein Rost.

---

[1] Hierbei gingen wir wie folgt vor: im Buch der Sprüche in der Mitte der Bibel sind ab Kapitel 10 Einzelanweisungen für den Alltag. Wir lasen so weit, bis wir dachten, zu diesem Vers könnte sich heute eine Situation ergeben. Wenn wir die Situation erkannt hatten und den Vers anwandten, erlebten wir Erstaunli-ches! Die Zeit des Austausches darüber beim Abendessen hätte fast nicht ausgereicht.
Wir stellten fest: die Bibel ist wie eine Gebrauchsanweisung für unser Leben. Wenn wir uns danach richten, verläuft unser Leben besser, weil Gott Seinen Segen darauf legt. Die Bibel ist nicht irgendein Buch. Gott hat sie niederschrei-ben lassen von verschiedenen Menschen. Und Gott antwortet, wenn wir nach Ihm fragen und uns nach Ihm richten („Trachtet zuerst nach Gottes Reich und Seiner Gerechtigkeit – so wird euch solches alles hinzugefügt werden." – Mat-thäus 6,33).

Das hätte ich mir eingebildet..." Weder mein Vater noch meine Mutter konnten den Rost noch finden.

Mehrfach hatten wir Erlebnisse gegen die Wahrscheinlichkeit. Und wir erlebten Wunder im zwischenmenschlichen Bereich, gerade nach der praktischen Anwendung von „Wenn dein Feind Hunger hat, gib ihm zu essen; wenn er Durst hat, gib ihm zu trinken; denn wenn du das tust, wirst du feurige Kohlen auf sein Haupt sammeln, und der HERR wir dir vergelten."

An der Schule war ich für meinen christlichen Hintergrund bekannt. Wenn es eine Frage zur Bibel gab, wandten sich die Lehrer an mich. Leider konnte ich nicht immer die gewünschte Auskunft geben. Zum Beispiel war mir die Bergpredigt, nach deren Inhalten ein gottloser Lehrer mich fragte, nicht unter diesem Namen bekannt – sonst hätte ich etwas von ihrem Inhalt wiedergeben können.

Wir lasen zu Hause in der Bibel: morgens die Herrnhuter Losungen und mittags oder abends fortlaufend ein Stück im Alten und ein Stück im Neuen Testament. Zusätzlich las ich morgens im Bett selbst in der Bibel. Manche Verse und Sprüche waren einprägsam, auch wenn ich sie nicht gezielt auswendig lernte. Von diesem Schatz konnte ich noch Jahre später zehren und manches im passenden Moment zitieren.

Kindheit: mein Sturkopf

Meine Eltern liebten mich sehr. Sie erfüllten mir viele Wünsche, aber nicht alle. Mit Letzterem kam ich nicht so gut klar. Zwei konkrete Beispiele stehen mir vor Augen: einmal bat ich meine Mutter, sie möge mir „etwas zu trinken in so einem Schächtelchen" geben. Du kennst bestimmt diese kleinen Tetrapacks, in die man einen beigefügten kleinen Strohhalm stecken kann. So etwas hatte ich mir in den Kopf gesetzt, so etwas wollte ich jetzt. Da ich es nicht gleich bekam, fragte ich mehrfach danach. Bis meine

Mutter genervt reagierte. Offensichtlich hatte ich nicht gelernt, ein „Nein!" oder „Geht jetzt nicht" zu akzeptieren.

Die andere Situation war, als wir mit einer befreundeten Familie gemeinsam in deren Auto fuhren. Es war ein Kleinbus mit mehreren Reihen von Sitzen. Meine Mutter und ich saßen in der Reihe hinter dem Fahrer. Die hintere Bank belegten die anderen Kinder. Wie gerne wollte ich auch mit ihnen zusammensitzen! So sagte ich meiner Mutter: „Ich will auch hinten sitzen." Dort waren wohl alle Plätze besetzt; außerdem waren wir am Fahren. Auf meine Bitte hin trat meine Mutter nicht in Aktion. So wiederholte ich meine Bitte mehrfach – ohne gewünschtes Ergebnis. Doch ein Resultat bekam ich: meine Mutter reagierte nach einer Weile genervt: „Ich hab' es gehört." ‚Schon', dachte ich, ‚aber warum tust du es dann nicht?'

Daran kann man ersehen, wie schwer es mir von Kindheit an fiel, meinen Willen nicht zu bekommen. Ob es besser gewesen wäre, wenn ich mich von Klein auf daran gewöhnt hätte, nicht jeden Wunsch und jede Bitte erfüllt zu bekommen?

Jugendzeit: meine Suche nach einer Gemeinde

Wie oben erwähnt, hatten mir als Kind die Bibelfreizeiten gut gefallen und gutgetan. Irgendwie reichte mir das Bibellesen allein und innerhalb der Familie nicht aus. Ab 16 hatte ich den Wunsch, eine Gemeinde zu finden.

Ab circa 17 ging ich auf die Suche. Gott half mit.

Es ging noch durch einige Stationen, bevor ich fündig wurde.

Einer aus dem Freundeskreis einer Schulkameradin hörte von meiner Netzhautablösung und der darauffolgenden Augen-OP. Er war sehr von Mitgefühl angeregt. Er wollte mir etwas Gutes tun und lud mich zu seiner Gemeinde ein.

Dort wurde ich herzlich aufgenommen, besuchte manchmal die Jugendstunde oder den Gottesdienst. Ich schätzte die Gemeinschaft mit diesen jungen Leuten sehr. Eines Tages musste ich jedoch feststellen: egal mit wem von der Gemeinde ich sprach, sie sagten alle, es gebe keine Hölle, man könne doch nicht ewig brennen. ‚Aber warum hat dann Jesus so oft davor gewarnt‘, dachte ich – und nahm nach einer Weile betrübt von ihnen Abschied.

Dann lernte ich eine andere Gemeinde kennen. Zu ihr bekam ich ebenfalls den Kontakt über meine Augen-OP. Dort im Krankenhaus war ein älterer Mann, der in eine Gemeinde ging. Und so suchte ich diese auch mal auf. Besonders angetan war ich von dem „Hauskreis junger Erwachsener". Die Leute der Gemeinde hatten mir zur Auswahl gegeben, ob ich mich diesem Hauskreis anschließen wolle oder der Jugend (16-18-Jährige), die eben nicht nur Bibellesen, sondern auch Spiele und Freizeitvergnügungen auf dem Programm hatten. ‚Tischtennis etc. kann ich auch sonst wann spielen; in Verbindung mit der Gemeinde will ich Gottes Wort hören‘, entschied ich. Mein Hunger nach der Bibel war groß. So wurde ich mit meinen achtzehn Jahren im „Hauskreis junger Erwachsener" die jüngste Teilnehmerin. Wir trafen uns reihum bei verschiedenen Teilnehmern. Wir sangen, lasen in der Bibel und tauschten uns darüber aus, und wir beteten. Wahrscheinlich aßen und tranken wir auch was nebenher oder hinterher, aber das ist mir nicht im Gedächtnis geblieben. Eine Begebenheit dagegen hat sich mir tief eingeprägt: zu meiner Freude sangen wir sonntags im Gottesdienst dieser Gemeinde schöne alte Glaubenslieder mit Tiefgang. Zu meiner Enttäuschung aber sangen wir im dazugehörigen Hauskreis moderne, inhaltsarme christliche Lieder. Da wagte ich es einmal und fragte den ältesten Teilnehmer: „Im Gottesdienst sonntags singen wir so schöne Lieder – könnten wir solche nicht auch im Hauskreis singen?" Die Antwort des doppelt so Alten wie ich war: „Das sind halt die Jugendlieder."

Ein andermal saß ich bei dieser Gemeinde im Gottesdienst, und wir waren ergriffen von einer Predigt über den Himmel. Während wir das Gesagte an uns nachwirken ließen, kam am Ende des Gottesdienstes der Hausmeister nach vorne und erklärte: „Jetzt haben wir gehört, wie schön es im Himmel sein wird. – Es gibt aber auf der Erde auch schon Freuden, und deshalb werden wir im Anschluss an den Gottesdienst die Live-Übertragung der Fußballweltmeisterschaft hier im Gottesdienstraum haben."

Ich war entsetzt!!! Für mich passte das überhaupt nicht zusammen. Bald verließ ich auch diese Gemeinde.

Berufswahl: ich, mein, mir, mich…

Lange konnte ich mich nicht entscheiden, was ich beruflich machen sollte. Leider ließ ich mich von „ich, mein, mir, mich"-Überlegungen leiten. Ich weiß nicht mehr, ob mir bis dahin jemals in den Sinn gekommen war, Gott zu fragen, was ER denn will, was ich werden soll.

So fing ich etwas Naturwissenschaftliches an, was mir am meisten zusagte; die Zeit mit den lustigen und etwas schrägen Mitstudenten war gesellig und schön. Doch bezüglich der Inhalte, die sehr oft trocken und schwer zu verstehen waren, und bezüglich der Berufsmöglichkeiten hinterher hatte ich doch häufig meine Zweifel, ob ich gerade das Richtige tue. Nach circa anderthalb Jahren wechselte ich nochmal die Fachrichtung. Glücklich wurde ich damit in der Tiefe meines Herzens auch nicht.

Ein Praktikum hatte ich schon gebucht: auf einer Insel weit weg (La Réunion), und freute mich sehr darauf.

Partnerwahl: mein Wille geschehe, hoffentlich passt Gott sich meinem an

Wie ich beruflich nicht auf die Idee gekommen war, Gott um Seinen Willen zu bitten, so tat ich es auch nicht in Bezug auf die Partnerwahl.

Bei einem jungen Mann sagte mir mein Gewissen: „Sandra, lass die Finger von dem, der ist nicht für dich!" – ‚Na ja‘, dachte ich, ‚so stark verliebt bin ich noch nicht; ich habe meine Gefühle noch unter Kontrolle.‘

Tja – und irgendwann war der „point of no return", der Punkt, an dem es kein Zurück mehr gab, überschritten. Folge: starkes Herzeleid, tiefer Liebeskummer...

Wie gnädig, dass Gott es nicht zugelassen hatte, dass der junge Mann sich auch in mich verliebt hatte. Wie gut, dass daraus keine Ehe wurde! Wie katastrophal wäre die geworden?!

Der Liebeskummer um dieses jungen Mannes willen dauerte (ich weiß nicht, wie lange das bei anderen dauert) bei mir – ganze vier Jahre! Das hätte ich mir sparen können. Gott jedenfalls wollte ihn mir ersparen.

Gott benutzt auch unser Versagen, unsere Störrigkeit – zu unserem Besten

Mit diesem jungen Mann und seinem besten Freund machte ich – vor meinem großen Kummer – mal eine Urlaubsreise. An einem Abend, als ich meinen Verliebtheitsgefühlen besonders nachhing, säbelte ich mir beim Salatschneiden ein Stücklein meiner Fingerkuppe ab. Das war mir erstmal ein schmerzhafter Denkzettel (die Narbe davon habe ich heute noch)!

Die nächsten Tage hielt ich meine Gefühle besser in Schach.

Im Zuge dieser Reise lernte ich ein Mädchen kennen: Anke war 30-jährig, sah aber viel jünger aus. Sie hatte einen langen Rock, lange Haare, und einen... seligen Gesichtsausdruck. ‚Das muss eine Christin sein‘, sagte mir meine Erfahrung. Traute mich aber nicht nachzufragen, da ich noch nicht so viel auf Norwegisch reden konnte. Als ich sie später aber Deutsch reden hörte, sprach ich sie doch an. Meine Vermutung bestätigte sich.

Wir kannten uns kaum 5 Minuten, und da lud sie mich schon ein, sie zu besuchen. Tatsächlich hatte ich nach meiner Rundreise mit den zwei Jungs noch einige Tage Zeit. Die verbrachte ich bei ihr und ihrer Gemeinde.

Dort trugen die Mädchen lange, weite Kleider, hatten lange Haare, meist im Zopf zusammengebunden. Obwohl ich zum Zeitpunkt der Reise in Hosen daherkam, fühlte ich mich dort in der Gemeinde herzlich aufgenommen; es war wie Nach-Hause-Kommen, ja, eigentlich noch besser.

Nach ein paar Tagen war ich auf einer sogenannten „christlichen Freizeit", eine gute Autostunde von dieser Gemeinde entfernt. Doch was war daran christlich?! Das Pärchen, das sie leitete, teilte das Zelt bzw. das Zimmer; es wurde beschlossen, vor dem Essen kein Tischgebet zu sprechen (es könnten ja ungläubige Teilnehmer daran Anstoß nehmen). Es wurden Witze erzählt, … Ich war sehr enttäuscht!!!

Ich sehnte mich nach dem Ende dieser Freizeit und begann, die Tage rückwärtszuzählen. ‚Hoppla', dachte ich, ‚so sollte es doch im Urlaub nicht sein!'

So machte diese Reisegruppe mal einen Ausflug. Von dort aus schnappte ich mir eine Telefonzelle und versuchte Anke zu erreichen. Doch immer war besetzt. Endlich kam ich durch. Als ich ihr nur Weniges von der „christlichen" Freizeit erzählt hatte, schlug sie mir vor mich gleich abzuholen. Gesagt, getan.

So verbrachte ich das Wochenende in der Mitte meiner „christlichen Freizeit" wieder bei Anke. Als ich ihr erzählte, was dort so ablief, fragte sie: „Bist du sicher, dass du wieder dahin zurück willst?" „Ja", erwiderte ich, denn ich hatte ja dafür bezahlt. Doch merkte ich, dass es meiner Seele in dieser Gemeinde besser ging als bei der Reisegesellschaft. Und so entschied ich mich nach dem Wochenende, mich zur „christlichen Freizeit" fahren zu lassen, um von dort mein Gepäck abzuholen. Einige der Teilnehmer hatten Tränen in den Augen, als ich ihnen die Gründe für meine Abreise erklärte: „Auf meinem Regalbrett habe ich mehrere Bibeln in verschiedenen Sprachen stehen – und ihr erzählt euch gegenseitig schmutzige Witze; wie passt das zusammen?" Den Rest meines Urlaubs verbrachte ich also in Ankes Gemeinde, und es tat mir gut.

Diese Gemeinde, besonders drei der Mädchen, waren mir ein wertvoller christlicher Kontakt. Eben dieser Kontakt zu Ankes Gemeinde sollte mir später zum Wendepunkt meines Lebens werden.

Und diese Gemeinde lernte ich auf gerade der Reise kennen, die ich nach Gottes Willen nicht hätte machen sollen.

Gott kann auf krummen Linien gerade schreiben – siehe in der Bibel die Hure Rahab, die sich bekehrte und in Jesu Stammbaum eingehen durfte! Oder Bathseba...

Doch diese Gnade Gottes, dass Er unsere Fehler, wenn wir sie bereuen, zu etwas Gutem verwenden kann, sollte uns nicht dazu veranlassen, Sünde in unserem Leben zuzulassen!!!

Mit 21: die Wende

Nach meinem Urlaub in dieser christlichen Gemeinde kehrte ich mit neuen Vorsätzen zurück: „Ab jetzt trage ich lange Röcke, und ich gehe nebenher Putzen (für die Demut)." Doch es waren nach dem Fleisch gefasste Vorsätze. So schmolzen sie auch innerhalb der nächsten zwei Wochen dahin, wie ein Schneemann in der Sonne.

Beruflich hatte ich immer weniger Freude an dem, was ich machte, und auch mein Liebeskummer wurde immer größer. Letzteres verstärkte Ersteres noch.

Ich sehnte mich nach Erholung und Abschalten.

So entschied ich mich, diese Gemeinde nochmal zu besuchen. Obwohl ich vor Semesterende noch mindestens eine Prüfung vor mir hatte.

Eine Woche abschalten. So flog ich dorthin, mit dem Billigflieger. Zwei Mädchen aus der Gemeinde holten mich ab. Dann wurde ich erst mal krank. Wenn ich an meine Probleme zu Hause dachte, war es, wie wenn ich einen zusätzlichen Dolchstoß in den Magen bekäme.

Ob ich nicht gleich hier bleiben wolle?, fragte mich Anke, das Mädchen, das ich auf dem Campingplatz kennengelernt hatte. Sie sähe lauter Gründe dafür. Ich überlegte und grübelte und entschloss mich, doch nach Hause zurückzukehren. Am Abreisetag, als Anke mich zum Flughafenbus bringen sollte, setzte sie sich nochmal lang und breit in der Küche hin und legte mir all die Gründe dar, warum es für mich besser sei dazubleiben. Ich wunderte mich, dass sie so die Ruhe weg hatte. ‚Na ja, sie weiß, wie lange man zum Bus fährt, sie kennt sich hier aus‘, dachte ich… Irgendwann hielt ich meine innere Unruhe nicht mehr aus und fragte sie: „Sag mal, müssen wir jetzt nicht irgendwann mal los?" Ein überraschter Blick. „Ach so", erwiderte sie, „du willst also doch fahren?" – Hatte ich das nicht klar genug rübergebracht?

„OK, dann fahren wir jetzt los", sagte sie, „aber ich kann nicht beliebig schnell fahren, die Straßen hier sind sehr kurvenreich."

Wir fuhren los. Angespannt saß ich im Auto und betete im Stillen: *„Herr, wenn DU willst, dass ich in diesem Land bleiben soll, dann lass uns jetzt den Bus verpassen."* Komisches Gebet, oder?

Wir kamen zur Bushaltestelle, und tatsächlich: sie war leer. Anke ging extra für mich fragen, ob denn der Bus schon dagewesen sei. „Ja, schon abgefahren", hieß es.

Aufpassen – Gott nimmt es genau mit unseren Gebeten!

Anke hatte noch Erledigungen in der Stadt, und so nahm sie mich mit.

Fremde Architektur, fremde Sprache, komische Aufschriften auf den Geschäften (z.B. OPTIKK mit zwei k, das sah ja sehr gewöhnungsbedürftig aus) – unbekannte Zukunft in einem fremden Land? Und das alles wegen einem verpassten Bus – diese Lebensentscheidung? ,Nein, das kann es nicht sein', entschied ich, ,ich kaufe mir nochmal ein Flugticket.'

Aber ich war ja noch dort, und so fuhr ich nachmittags mit auf einen Geburtstag von jemandem aus der Gemeinde. Da saß ich, nicht in Feierstimmung, sondern mit Tränen in den Augen, und hoffte, dass die anderen Geburtstagsgäste es nicht merken würden.

Wegen dem verpassten Flughafenbus kam es, dass ich sonntags also wieder dort mit im Gottesdienst war. Doch was war denn das? – Der Mann, der predigte, sprach über mich und mein Leben! Woher wusste er das alles?

Eigentlich sprach er über den Vater mit zwei Söhnen, der zu jedem sagt: Mein Sohn, geh hin, arbeite heute in meinem Weinberg! Der eine sagt: „Ja", geht aber nicht; der andere sagt: „Nein", geht aber später doch. Wer von ihnen hat den Willen des Vaters getan?

Ich verstand: Ich bin so wie der, der „ja" gesagt hat und doch nicht den Willen des Vaters getan hat. Ich wähnte mich gläubig, weil ich einmal im Jahr die Bibel durchlas, und morgens und abends bete. Aber diese Predigt zeigte mir, dass mein Leben ein „Mein Wille geschehe" war und nicht „Dein Wille geschehe". Siehe meine Berufsentscheidung; meine Partnerwahl, auch meine Freizeitgestaltung…

Nun sollte auch noch das Abendmahl stattfinden. Der Prediger sprach ernst: „Bitte nur teilnehmen, wer sich für Jesus entschieden hat und nur, wer Gottes Willen praktisch in seinem Leben getan hat."

Ersteres hielt ich bis dato für zutreffend – aber bei Punkt zwei spätestens würde ich rausfallen – das sagte mein Gewissen mir nach dieser Predigt ganz klar.

Also nicht teilnehmen... Dann schauen die anderen komisch auf mich; aber egal! Es ist ja eine Sache zwischen Gott und mir! Doch Moment mal... dann gehöre ich ja gar nicht zu Jesus, wenn ich nicht am Abendmahl teilnehmen kann! Aber ich will doch zu Jesus gehören! Sonst habe ich keine Sündenvergebung! Ohne Sündenvergebung kein Himmel, sondern ewige Verdammnis!!! Das will ich doch auf keinen Fall!!! Teilnehmen – geht nicht, weil ich unwürdig bin. Nicht teilnehmen – geht auch nicht, sonst habe ich keine Sündenvergebung und komme später in die Hölle... Was tun??

Da verstand ich auf einmal, dass es noch eine dritte Möglichkeit gibt: → Gott meine Sünden bekennen und mit Jesus einen Neuanfang machen! Jesus hat ja schon für meine Sünden am Kreuz bezahlt! Ich kann Gott meine Sünden bringen. ER wird mir vergeben, wenn ich Ihn darum bitte. Aber dann muss sich auch mein Leben ändern! Ich kann ja nicht sagen: „Danke, Herr Jesus, für die Vergebung meiner Sünden" und sündige dann weiter: Das passt nicht zusammen! Also, **wenn ich mich für Jesus entscheide, dann ganz!!!** Dann muss mein Leben „Dein Wille geschehe" werden! Aber was, wenn Gott etwas ganz anderes für mich will als ich selbst? Will ich das denn auch? Mache ich das dann auch?

Wieder ein Zwiespalt in mir: Ich habe die Möglichkeit, meine Sünden durch Jesus vergeben zu lassen. Aber dann ist die logische Konsequenz, dass mein Leben Jesus gehört, und ich so lebe, wie Gott es will.

Und was, wenn Gott tatsächlich durch meine Wünsche und Pläne einen fetten Strich durchzieht? Kann ich dann auch „Ja!" dazu sagen? Aber ich möchte doch zu Jesus gehören!

Hin und her, ja oder nein, wenn und aber…

Schließlich, **dank Gottes Gnade, half ER mir, innerlich „Ja" zu Jesus zu sagen und in meinem Herzen um Vergebung meiner Sünden zu bitten.**

Dann nahm ich am Abendmahl teil. Nach meiner späteren Erkenntnis einen halben Tag zu früh, wie ich in der darauffolgenden Nacht bemerken sollte.

Im Anschluss an das Abendmahl sangen wir ein Lied, das meinen inneren Zustand widerspiegelte:

Vor meines Herzens König leg eine Gab' ich hin.
Und ist's auch arm und wenig, ich weiß, es freut doch Ihn:
Es ist mein eig'ner Wille, den geb' ich in den Tod,
auf dass mich ganz erfülle Dein Wille, HERR, mein Gott.

Ich brauche nicht zu zagen in banger Ahnung Schmerz.
Nein, freudig will ich's wagen, zu fallen an Sein Herz.
Der für mich gab Sein Leben, mich wusch in Seinem Blut:
wird Der nicht alles geben, was heilsam ist und gut?

Ich weiß, dass Sein Erbarmen ganz unaussprechlich ist,
dass Er den ärmsten Armen in Liebe fest umschließt.
Ich weiß, Sein Liebeswille ist meine Heil'gung nur;
drum will ich halten stille und folgen Seiner Spur.

Will auch nicht ängstlich flehen: „HERR, gib mir dies und das!"
O nein, was ER ersehen, das ich mir auch erlas.
Ist auch der Weg verborgen, der heim mich führen soll:
Bin dennoch ohne Sorgen: den Führer (=Jesus) kenn' ich wohl.

Jawohl, ER blickt hernieder   auf mich, sein schwaches Kind.
Zu IHM schau ich auch wieder   und Kraft und Frieden find'.
Ich lege meine Hände   in Seine starke Hand,
und weiß: ER führt am Ende   mich heim ins Vaterland.

Nach dem Gottesdienst fuhr ich mit meiner Gastgeberin zurück.

Und jetzt? Jetzt hatte ich „Ja" zu Jesus gesagt. Was ist denn jetzt Gottes Wille? Muss ich tatsächlich dort in Norwegen bleiben? Aber das will ich ja gar nicht! Ich will doch zurück nach Deutschland, zu meinen eigenen Plänen. Aber wenn ich nach Gottes Willen doch nicht soll?

Drei Fragen stellten sich mir:

1) Was ist Gottes Wille?

2) Wie finde ich ihn ganz sicher heraus?

3) Was mache ich, wenn er mir nicht in den Kram passt?

Diese drei Fragen ließen mir keine Ruhe. Ich grübelte nachmittags darüber. Ich grübelte abends. Ich grübelte nachts im Bett.

Gegen 22 Uhr hatte ich mich schlafen gelegt. Gegen Mitternacht war ich immer noch wach. **Da warf ich schließlich** – es war für mich ein Sprung ins Ungewisse – **mein Leben in Jesu Hände, indem ich in meinem Herzen betete:**

„Herr Jesus Christus! Ich möchte mit DIR durch dieses Leben gehen

und bei DIR ankommen,

aber den Weg über diese Erde darfst ab heute DU für mich aussuchen!"

Was nach diesem Gebet passierte, war unbeschreiblich:

1) Ein Strom von Frieden durchflutete mich von oben.

2) Eine überirdische Freude erfüllte mein Herz so, dass es zu zerspringen drohte.

3) Ich hatte die Gewissheit, dass Gott mir um Jesu willen alle meine Sünden vergeben hat.

4) Ich wusste, dass ich jetzt ein Kind Gottes geworden bin und, dass Jesus in mein Herz eingezogen ist.

5) Für mich war es in meinem Herzen sonnenklar, dass ich erstmal dort im Ausland bleiben sollte. Ich wusste nicht, für wie lange, und ich wusste nicht, was ich dort machen sollte; aber **eines wusste ich: Jesus sucht den Weg für mich aus, und Er geht mir voran. ER wird es schon recht machen!**

Nachdem die akute Freude soweit abgeebbt war, schlief ich bald und schnell ein. Und ich schlief, wohl zum ersten Mal seit längerem, wunderbar!

Am nächsten Morgen – **ich war ja in Jesu Sinn neugeboren – las ich** gemeinsam mit meiner Gastgeberin in **der Bibel,** Markus 2, ab Vers 1: die Heilung eines Gelähmten. Wie oft hatte ich diese Geschichte gehört und gelesen, aber **jetzt, mit meinem neuen Herzen, taten sich neue Schätze und Reichtümer für mich auf, aus diesem mir so vertrauten Text!**

Diese Feststellung machte ich in der darauffolgenden Zeit immer wieder: es gab so viel Neues zu entdecken, in dem mir von Kind auf so vertrauten Wort Gottes. Während ich vorher einmal im Jahr die Bibel durchgelesen hatte, also vier Kapitel am Tag, reichten mir jetzt einige Verse, und meine Seele hatte genug himmlische Nahrung aufgenommen.

Was änderte sich noch? Ich hatte solch einen Hunger nach dem Wort und nach Gemeinschaft mit anderen Gläubigen, dass mir die Zeit von Sonntagmittag bis Mittwochabend zu lange werden wollte. Sonntagvormittag war der Gottesdienst. Dort bekam ich Nahrung für die Seele; Gott sprach zu mir. Montags spielten wir mit der Jugend Volleyball. Es war schön, machte Spaß, und ich freute mich, die anderen Gläubigen wiederzusehen. **Aber dieses sportliche Treffen stillte nicht den Hunger in meiner Seele.**

Die nächste geistliche Veranstaltung, die den Durst in meiner Seele stillte, war mittwochabends, die Gebetsstunde. Die Uhr schlug acht, und einer der Brüder las eine kurze Andacht vor. Danach wurden Gebetsanliegen gesammelt, und dann einfach gebetet, bis die Uhr neun schlug (oder kurz darüber hinaus, bei Bedarf). Vor meiner Zeit hatten sie auf Knien gebetet; doch dies erlebte ich nicht mehr mit; es war beschlossen worden, um einer schwerhörigen Schwester willen, die darauf angewiesen war, von den Lippen abzulesen, im Sitzen zu beten. – Jedesmal bekamen wir die Stunde gefüllt. Manchmal kam mir der Gedanke, für ein bestimmtes Anliegen zu beten; doch dann dachte ich: ‚Für dieses Anliegen habe ich in dieser Runde noch nicht gebetet; vielleicht ist es komisch, wenn gerade ich es mache' – und schon betete jemand anderer genau für dieses Anliegen. Das erlebte ich wiederholt (lernte ich daraus? Bedauerlicherweise wohl nicht). **Es lag so ein Friede Gottes über unserer Versammlung!** Das merkte ich besonders hinterher; und ich hatte den Eindruck, dass es den anderen auch so ging, und dass man nicht so gerne der erste sein wollte, der wieder zu reden anfing und damit diese Stille, diesen Frieden unterbrach.

Also, mein Hunger nach dem Wort Gottes und nach Gemeinschaft mit Glaubensgeschwistern war so groß, dass mir die Zeit zwischen Sonntagsgottesdienst und Mittwochsgebetsstunde zu lang werden wollte.

Außerdem hatten wir freitags alle zwei Wochen Bibelstunde. Als ich zur Gemeinde dazukam, waren sie gerade dabei die Offenbarung des Johannes zu lesen. Hui – da stehen krasse Sachen drin! Bitte unbedingt lesen, falls Du es noch nicht getan hast: auf das ab Kapitel 13 Beschriebene gibt es schon diverse Patente, auch schon von Microsoft![2]; in Schweden und anderen Ländern lassen es sich Leute schon **freiwillig geben[3]! Niemals mitmachen!!!**

Wir lasen abschnittweise und stiegen tief in die Materie ein. In diesen Bibelstunden über die Offenbarung fühlte ich mich dem Himmel und dem Reich Gottes so nah, wie sonst selten!

Und samstags hatten wir die Jugendstunde abends. Die war ebenfalls einer der Höhepunkte der Woche.

Zwei Inhalte sind mir haften geblieben: einmal sprach der jüngere Jugendleiter über ein Buch: „Nicht ich". Er sagte, wenn wir alles über diese Jugendstunde vergessen würden, sollten wir uns bitte dieses Buch im Gedächtnis behalten: „Nicht ich" (m. W. von Johannes Lohmann).

Ein anderes Mal wurde über ein Thema gesprochen, wo meiner leidseligen Erfahrung nach der wichtigste Punkt fehlte; es ging um den Vers „Habt nicht lieb die Welt, noch was in der Welt ist; denn alles, was in der Welt ist, die Lust der Augen, die Lust des Fleisches und der Hochmut des Lebens, ist nicht vom Vater, sondern von der Welt. Und die Welt vergeht und ihre Lust, wer aber den Willen Gottes tut, bleibt in Ewigkeit." (1.Johannesbrief 2,15-17). „Lust des Fleisches" – da wurde über den Wunsch nach Karriere gesprochen (dazu meinerseits siehe nächstes Kapitel) und vielleicht über Hobbys. Aber geschwiegen wurde über den meiner Einschätzung nach wichtigsten Punkt. Eine Schwester, ledig, Mitte 30, aus der Welt kommend, ergänzte ihn freimütig: dass

---

[2] Es sollte einen aufhorchen lassen, dass ein Patent mit der Nummer 2020-060606 in den derzeit gängigen Genspritzen enthalten ist: es ist ein Patent auf die Hydrogel-Luciferase (!), Daten von Geimpften über 5G in einer Cloud speichern und abrufen zu können; die Ärztin Dr. Carry Madej und viele andere warnen davor!!

[3] In Schweden gab es z.B. „beer-and-chips-partys": für ein Freibier ließen sich die Leute einen Mikrochip unter die Haut der Hand einpflanzen!!!! – Einige Jahre später ließen sich hierzulande Leute für eine Bratwurst impfen. – Was tat Esau um eines Linsengerichtes willen?

man sich doch als Mädchen einen Freund wünscht. Wir waren alle ganz Ohr, als sie ausführlich vor den damit verbundenen Gefahren warnte. Doch darüber mehr im nächsten Kapitel.

Brücken zum alten Leben abreißen und Altlasten abarbeiten

Am Sonntag, in der Nacht zum Montag, hatte ich Jesus in mein Herz aufgenommen und Ihm mein Leben übergeben.

Daraufhin änderte sich zunächst das Berufliche bei mir. Zu meiner letzten Prüfung im Semester erschien ich nicht. Und ich sagte mein lang ersehntes Praktikum ab. Es fiel mir gar nicht so schwer. Ich hatte mich zwar sehr darauf gefreut – aber ich wusste, für wen ich es tat. **Jesus war es absolut wert!**

Dann dachte ich: ‚OK, wenn ich jetzt hier bleiben soll, muss ich doch für meinen Lebensunterhalt aufkommen.' Ich zog also los, um eine Arbeit zu finden.

Da es in der Nähe einen Pferdehof gab, und ich als Kind mit Pferden zu tun gehabt habe, beschloss ich dort nach Arbeit zu fragen. Stall ausmisten, eventuell Reitstunden geben – so etwas war meine Idee. Die Inhaberin des Pferdehofs – sie war berufstätig und hatte Mann, drei Kinder und den Haushalt – war dankbar für mein Angebot. Ich half ihr bei etwas am Computer und dann beim Aufräumen. „Du kannst jeden Tag kommen!" strahlte sie mich an.

Ihr Mann hatte einen kaputten Rücken und konnte nicht mal den Geschirrspüler ein- oder ausräumen. Seine Frau kam ihren Pflichten nicht in allem nach; was bei ihr zu kurz kam, war der Haushalt. Für den wurde ich eingespannt. Und ich war froh, mir meine ersten eigenen Scheine verdienen zu können.

Tagelang wusch ich eine Waschmaschine nach der anderen, bis beim müffelnden Wäschehaufen im Bad schließlich ein Korb zum

Vorschein kam, wo offenbar die Wäsche ihren Anfang genommen hatte.

In der Küche liefen ein paar Katzen herum und bedienten sich auch an den Essensresten vom Tisch. Selten habe ich einen so heruntergekommenen Haushalt gesehen.

Eines Tages stand ich in der Küche, Geschirr von angekrustetem Essen freischrubbend, und dachte mir: ‚Sandra – was hast du da für einen Tausch gemacht! In dieser Zeit könntest du dein superspannendes Praktikum auf der Insel machen, auf das du dich so lange gefreut hast!' ‚Ja', dachte ich, ‚menschlich schaut es aus wie ein schlechter Tausch. Aber **das Glück, das ich bekommen habe, als ich Jesus in mein Herz aufnahm, möchte ich nicht zurücktauschen.** Auch, wenn man mir alles Glück der Welt anbieten würde: **Jesus ist mir wichtiger**, und alles Glück der Welt würde gegen meinen Herrn und Heiland so blass aussehen – und meiner Seele im Innersten keine Befriedigung geben. Mag es auch äußerlich wie ein schlechter Tausch aussehen: Nein, **ich bleibe bei Jesus.'**

„Alles will ich Jesus weihen, halte alle Welt für Spreu. Doch was ich dem Heiland schenke, gibt Er mir verklärt und neu", singen wir in einem zu Herzen gehenden Lied („Alles will ich Jesus weihen"). **In dem einen Punkt durfte ich das ein paar Jahre später erleben, dass Er mir in ähnlicher Weise zurückgab, was ich Ihm damals hingegeben hatte.**

Eine der Altlasten, die ich aus der Zeit vor meiner ganzen Hinwendung zu Jesus mitgenommen hatte, war das an einen jungen Mitstudenten gebundene Herz.

Nun hatte ich Jesus gesagt, dass Er den Weg für mein Leben aussuchen darf. Aber mein Sturkopf hoffte darauf, dass ich mir noch ein paar Sachen mitnehmen könnte. Eines der Dinge war mein verliebtes Herz. Gott hatte verhindert, dass er sich auch in mich verliebt hatte. Nun, da mich das Meer und mehr als tausend Kilometer von ihm trennten, schmerzte mein Herz vor Liebeskummer.

Just an dem Tag, wo ich nach meiner geänderten Lebensrichtung um ihn trauerte, berichtete mir nach meiner Arbeit beim Pferdehof meine Gastgeberin freudestrahlend, sie hätte sich gerade verlobt. Und die Details, wie sie das gemacht hatten; mein Herz blutete! Ich glaube, ich schaffte es nicht mal ihr zu gratulieren, sondern, an meinen eigenen Herzschmerz erinnert, lief ich aus dem Zimmer hinaus, um über mein eigenes Leid zu weinen, statt mich mit ihr und ihrer Freude mitzufreuen. Das ist ein Punkt, der mir schwerfällt. Aber es ist Gottes Gebot: „Freut euch mit den sich Freuenden; weint mit den Weinenden!" (Röm.12,15).

Bei diesem Mitstudenten hatte mich ja mein Gewissen von Anfang an gewarnt. Aber ich hatte nicht hören wollen. Jetzt hatte ich den Salat: vier Jahre Liebeskummer.

Stur in punkto Kleidung

Mein Leben hatte ich dem Herrn Jesus übergeben – aber nicht meinen Kleiderschrank. Da wollte ich noch selbst Herr im Haus bleiben.

Schon vor meiner Bekehrung zu Jesus war es mir ein Anliegen gewesen, zu Gottesdiensten und Bibelstunden mit einem Rock zu gehen. Mit einem richtig langen – bis zu den Knöcheln.

Das tat ich auch dort weiterhin.

Die übrigen Frauen und Mädchen trugen auch im Alltag lange Röcke. Sogar beim Fahrradfahren! Sogar beim gemeinsamen Volleyballspielen montags! Dazu konnte ich mich nun nicht überwinden. Ich wollte doch Sport machen, mich bewegen! So lernten die anderen Jugendlichen mich kennen als ein Mädchen, das zum Volleyball und zum Skilanglauf in Hose erschien.

Nach einer Weile färbte dies leider ab, und die unter 18-jährigen gingen auch zur Jogginghose beim Volleyballspielen über. Das weitete sich auf den Alltag aus; irgendwann gingen die unter 18-jährigen auch mit Jogginghose zur Schule.

In einer Zeit des Umbruchs hatte der Vater einer frommen russlanddeutschen Familie mir eine Frage gestellt. Er erwartete keine Antwort von mir und gab auch keine selber. **So bohrte die Frage in mir weiter: „In der Bibel steht doch, dass alle, die gottesfürchtig in Christus Jesus leben wollen, Verfolgung erleiden werden. Wie erklärst du es dir, dass in vielen Ländern Christen keine Verfolgung erleiden?"**

Irgendwann formte sich eine Antwort in mir: „Weil wir zu weltangepasst leben."

In der Zeit inneren Zerbruchs veränderte sich meine Haltung auch in diesem Punkt. „Näher, mein Gott, zu DIR" war mein Verlangen. Ich fand **5 Gründe**[4], warum ich **beschloss, auf Röcke umzusteigen;** an vier erinnere ich mich noch:

- ich fühle mich damit weiblicher

- die vom Wort geforderte Unterordnung der Frauen unter die Männer fällt mir mit Rock deutlich leichter und natürlicher

- ich bringe das andere Geschlecht durch meine anständige Kleidung nicht so leicht auf unanständige Gedanken

- ich gebe mich vor der Welt als Christin zu erkennen.

So flogen die Hosen aus meinem Schrank raus.

---

[4] zusätzlich zu den in der Schrift befindlichen Aussagen: „…[die Frauen sollen sich bekleiden mit] einem herab-Gewand (kata-stola)"/ → also sei das ein Rock oder ein Kleid; Frauenkleidung auf einem Mann, und Männerkleidung auf einer Frau → „wer solches tut, ist dem HERRN ein Gräuel"

Ich wollte wirklich Gott wohlgefällig leben: ich suchte Seinen Willen.

Den Blick hättet ihr sehen sollen, als ich, die inzwischen schon „ältere Jugendliche", das erste Mal in Rock zum Volleyballspielen aufkreuzte!!

Sogar beim Langlauf zog ich es durch – da hatte sich inzwischen auch das Blatt gewendet: Zu Beginn ihrer Norwegen-Zeit hatten die Mädchen und Frauen auch zum Skilanglauf Röcke an; ich eine Skihose; später einige andere Frauen auch; noch später hatten die allermeisten Frauen Skihosen an, und ich einen Rock.

Was Gott wohl darüber dachte? ER kennt die Gesinnung unseres Herzens: „Lass die Reden meines Mundes und das Sinnen meines Herzens wohlgefällig vor DIR sein, HERR, mein Fels und mein Erlöser!" (Ps 19,15). ER weiß, aus welcher Motivation ich es getan habe; tatsächlich wurde mir dann die Nachfolge schwerer. Wer weiß, bei was es mir später überall geholfen hat, zu meinem Anderssein und zu Jesus zu stehen.

Gelegenheitsarbeiten und kleine Stellen

Vor meiner Lebensübergabe an Jesus war mir das mit dem Beruf soooooo wichtig. Obwohl ich es nicht so bezeichnet hätte und mich dieser Ausdruck schon lange anwiderte, war ich **damals eine – Karrierefrau. Das änderte sich nach der Bekehrung**.

Am Tag nach meiner Bekehrung, wo ich wusste, Gott will, dass ich erst mal dort in Norwegen bleibe, hatte ich mein Praktikum auf der Insel La Réunion abgesagt, auf das ich mich sehr gefreut hatte. Interessanterweise war es mir nicht so schwergefallen. Die Reiserücktrittsversicherung konnte ich nicht verwenden, denn es war ja kein Krankheitsfall eingetreten. – **Jahre später hat Gott mir wunderbar zurückerstattet, was ich Ihm damals hinge-**

geben hatte: Vier Wochen La Réunion hatte ich Ihm hingegeben, und bekam stattdessen 4 Jahre später einen vollen Monat
Madagaskar, und zwar im Rahmen eines humanitären Projekts.

Als ich meine erste kleine Arbeitsstelle angetreten hatte, die so
schmuddelig war (s.o.), und ich mein altes und mein neues Leben miteinander verglich, hatte ich festgestellt: ‚**Es wirkt
menschlich gesehen wie ein schlechter Tausch. ABER: das,
was sich bei mir geändert hat – dass ich jetzt Jesus in meinem Herzen habe – das möchte ich nicht zurücktauschen
gegen alles Glück der Welt.** Auch nicht gegen das schönste
Praktikum!‘ – Das war mir eine wertvolle Erfahrung.

So schwer es mir manchmal fiel, die Arbeit dort zu tun, so war
ich doch froh, überhaupt eine Arbeit zu haben. Wie geschockt
war ich dann aber, als meine Arbeitgeberin mir mitteilte, sie
würde mich jetzt nicht mehr brauchen.

Da stand ich wieder vor dem Nichts.

Aber Gott hat Mittel und Wege.

Nach Kurzem organisierte mir meine Gastgeberin Anke, bei der
ich die ersten Wochen wohnte, ein Praktikum an der Grundschule. Ich lief mit: anderthalb Wochen bei einer ersten Klasse,
eine halbe Woche bei der siebten Klasse. Welch ein Kontrast!
Hier Abc-Schützen, dort pubertierende geschminkte Mädchen
und cool-sein-wollende Jungs.

Vom Dialekt her war es für mich schwer zu verstehen; auf dem
Lande war der Dialekt noch stärker ausgeprägt. Einmal kam ein
Junge nach der Pause rein, mit einem entsetzten Gesichtsausdruck, und teilte mir etwas mit, wovon ich verstand, dass er eine
Lösung von mir erwartete. Als ich nicht reagierte, wiederholte er
den gleichen Satz. ‚Junge‘, dachte ich, ‚schade, dass ich dir nicht
helfen kann, denn ich verstehe nicht, was du sagst.‘ – Eine Zeit
später kriegte ich heraus, dass er mir nach der Pause im Regen

ratlos gesagt hatte: „Ich bin klatschnass!" Kein Wunder bei dem Regen – aber ich hatte den Jungen nicht verstanden.

Ein anderer Erstklässler war richtig schwierig; später erfuhr ich von der Lehrerin, dass sich die Eltern gerade scheiden ließen.

Die Atmosphäre in der Schule und vor allem im Lehrerzimmer war sehr angenehm. Die Putzfrau – die sich mir ganz selbstverständlich und mit putznasser Hand vorstellte (dort gibt man sich nur beim ersten Kennenlernen die Hand, dann nicht mehr) – gehörte ganz normal mit dazu; sie saß und aß in der Pause mit dabei. Man war auf Augenhöhe!

Angestrengt versuchte ich dem Gespräch im Lehrerzimmer zu folgen. Doch nach zehn Minuten rauchte mein Kopf und schaltete ab.

Beim Unterricht saß ich schüchtern dabei – und hätte mir gar nicht vorstellen können, dass dieser Beruf jemals etwas für mich werden könne... Der Mensch denkt, …

Danach bekam ich über das Arbeitsamt ein fünfwöchiges Praktikum finanziert. Und zwar im Altenheim, auf der geschlossenen Demenzabteilung. So etwas hatte ich noch nie gemacht. Nach meinem ersten Tag war ich so entsetzt und mitgenommen – wie ein Mensch im Alter wird –, dass ich mich erst mal auf das Fahrrad setzte und wegfuhr; wie wenn ich vor diesen Eindrücken flüchten würde.

Unter den alten Leuten gab es viel Elend zu sehen. Einige Pflegerinnen waren so richtig mit Herzblut dabei. Eine davon bekam leider später einen Burnout. Eine hatte sehr viel Spaß bei der Arbeit. Bei einer Bewohnerin war von der Sprache nur noch die Satzmelodie erhalten geblieben. Die einzelnen Wörter waren ohne Sinn. Doch wenn man die Nationalhymne anstimmte, sang sie einwandfrei mit. Wenn diese Dame so in ihr Erzählen geriet, skandierte sie nach einer Weile: „hodd–dodododd–dodododd" und sie lachte herzlich dazu. Besagte Pflegerin lachte herzlich mit, ging tanzend mit ihr Hand in Hand aufs Zimmer und überlistete sie so, mit zur Toilette zu gehen. Anfangs dachte ich, dass ich diese Dame nicht verstehen würde, weil sie einen nördlicheren und deutlich anderen Dialekt sprach. So sagte ich zu Anfang in ihr Erzählen hinein: „Wie bitte? Ich verstehe nicht, ich komme aus Deutschland." Da schien sie einen klaren Augenblick zu haben, und ich meinte ein „Ooh – ach so!" zu verstehen, bevor der unverständliche Kauderwelsch weiterging.

Eine Dame rief ständig „Schwester, Schwester!" und hatte dann irgendein mehr oder weniger sinnvolles Anliegen: „Kannst du mir helfen gut zu sitzen/..." (obwohl sie gut saß). Manchmal wusste sie das Anliegen nicht mehr, bis jemand kam. Als ich erfuhr, dass sie ein Gotteskind ist und mit ihr über die Bibel sprach, stellte ich fest, dass dies ihr für eine Zeitlang innere Ruhe gab.

Faszinierend war eine demente Dame, die nach dem Essen meist das Portemonnaie zückte und bezahlen wollte, weil sie sich in einem Hotel o.ä. wähnte. Die Erklärung „Nein, es ist schon alles bezahlt" schien schwer bei ihr anzukommen. Ihr nächstes Anliegen war: „Ich muss doch jetzt nach Hause! Ich habe doch Mann und Kinder und Haus und Heim in M.!" Es wollte ihr nicht eingehen, dass dies jetzt ihr neues Zuhause war. Doch wenn man mit ihr das Spiel Sprichwörter-zu-Ende-raten spielte, wusste diese gebildete Dame beinahe alle.

Eine demente Dame, die früher in einer Pfingstgemeinde beheimatet gewesen war, sagte bei jeder Gelegenheit: „Lob und Dank."

Hier in der Kleinstadt und auch im Altenheim **gab es relativ viele wiedergeborene Christen. Es war auch ganz normal, dass zwischendurch im Altenheim christliche Lieder gesungen wurden und die Alten mitsangen.**

Am Ende meines Praktikums, wo ich mich gewöhnt und die Alten ins Herz geschlossen hatte, wusste ich nicht, wie es bei mir weitergehen solle. Ich schien vor dem Nichts zu stehen und klagte dies weinend der Pflegerin, die später wegen Burnout nicht weitermachen konnte. Sie versuchte noch irgendwie mich zu trösten. Es gelang ihr nicht so recht. Aber:

Gott kann trösten. Und ER weiß auch, wie es weitergeht.

Anderthalb Jahre lebte ich von Gelegenheitsarbeiten – **und war glücklich! Ich war so glücklich in Jesus, dass es mir so gut wie nichts ausmachte, niedrige und schmutzige Arbeit zu tun.**

Auch später sollte ich nochmal putzen gehen.

Manchmal konnte ich tageweise bei jemandem aus der Gemeinde mitarbeiten: er hatte einen Stand auf dem Markt. Da half ich mit beim Aus- und Einpacken, kam mit Leuten aus der Stadt – und ihrem Dialekt – in Kontakt und verkaufte Gemüse und Eier. Das war schön und anstrengend. Am Ende des Tages merkte der Körper, dass man gearbeitet hatte.

Auf meiner Suche nach Arbeit bekam ich über eine Freundin, die Krankenpflege studierte, eine Sommer-Aushilfsarbeit in der Pflege. Innerhalb eines Krankenhauses gab es drei Bewohner, die wie im Altenheim stationär zur Langzeitpflege dort lebten. Einer davon, über 80, hatte es als Hobby oder gar Lebensaufgabe, Deutsch zu lernen. Es war ihm solch eine Freude und Genugtuung. Immer wieder kamen aus Deutschland Zivis, die dort ihren Ersatzdienst ableisteten. Jeder von ihnen händigte diesem Patienten vor der Rückkehr nach Deutschland ein „Diplom" aus, wo er in Grammatik, Wortschatz und Aussprache nur die besten Noten eingetragen bekam.

Direkt gegenüber von diesem Krankenhaus war ein Altersheim. Dort spazierte ich mal rein, fragte, ob sie jemanden bräuchten, und die freundliche Dame erklärte: „Nein, zur Zeit nicht." Aber man könne ja nie wissen, warf sie ein, und sie würde sich für alle Fälle mal meine Nummer notieren. Bereits am nächsten Tag rief sie an und erklärte, dass eine Mitarbeiterin sich das Bein gebrochen hatte und ich anfangen könnte.

So sorgte Gott dafür, dass es auf meinem Weg immer ein Stückchen weiter ging.

Dort in dem Heim waren unterschiedliche Bewohner; ein paar davon seien hier erwähnt. Eine demente Dame fragte mich nach meinem Namen. Ich nannte ihn ihr; daraufhin erkundigte sie sich, warum ich denn so einen komischen Namen hätte. „Ich komme aus Deutschland", erwiderte ich erklärend. „Was – aus Deutschland!? Diese schrecklichen Deutschen – was die alles gemacht haben, im zweiten Weltkrieg..." und dann schimpfte sie aufgrund ihrer damaligen Kriegserfahrungen eine Weile über die Deutschen. Dann hielt sie inne und fragte: „Wie heißt du?" Wieder nannte ich meinen Namen, und sie wiederholte ihn verwundert. „Was für ein komischer Name! Warum heißt du so?" O nein, jetzt würde gleich wieder das Geschimpfe losgehen. Da gab Gott mir einen Einfall, und ich erklärte: „Weil meine Eltern mich so genannt haben." „Ach so." Der Fall war erledigt, die Schimpftirade blieb aus.

Es ist mir übrigens, soweit ich mich erinnern kann, nur noch einmal passiert, dass dort einer Person schlimme Erinnerungen hochkamen, wenn sie erfuhren, dass ich aus Deutschland komme. Einmal passierte es in meinem späteren Beruf, dass ein Kunde/Patient daraufhin mit Tränen in den Augen von seinen Kriegserlebnissen erzählte. Aber ohne Ressentiments. „Du kannst ja nichts dafür – du bist ja nach dem Krieg geboren", nahm er mich in Schutz.

Eine andere der Bewohnerinnen war mir ein Vorbild. ‚So will ich vom Charakter und Verhalten her im Alter auch sein (so Gott will und wir leben)‘, dachte ich. Obwohl im Rollstuhl sitzend, nicht mehr viel könnend und oft „Kann nicht" äußernd, wurde sie „Sonnenstrahl" genannt. Ja, sie begrüßte einen freundlich, strahlte einen immer an, glaubte von ganzem Herzen an den Herrn Jesus

– und war bei allen gern gesehen. Das Wort „Danke" benutzte sie häufig.

Eine demente Dame – und diese Lektion sollte man sich fürs Leben mitnehmen; eigentlich hatte meine Mutter es mir auch versucht beizubringen: wenn eine Freundin oder Person über andere lästert, wird sie auch über dich lästern – lästerte ab und zu über eine Pflegerin. Aber irgendwie tat sie mir leid; ihr Mann war schon gestorben, aber aufgrund der Demenz vergaß sie es immer wieder und fragte nach.

Irgendwann bekam ich nach einiger Zeit keine Schichten mehr zugeteilt, besuchte aber noch manche der alten Leute. Letztgenannter Dame schrieb ich sogar eine Karte mit Bibelvers. Später reimte ich mir zusammen, dass wahrscheinlich diese Dame sich bei der Leitung über mich beschwert hatte wegen dieser Bibelverskarte, und dass ich deswegen keine Schichten mehr dort bekam. Besuche wollten sie auch nicht mehr.

Also: **Vorsicht bei lästernden Leuten! Irgendwann trifft es Dich!**

Wieder einmal ging eine Arbeitsstelle zu Ende, und ich wusste nicht, wie es weitergehen solle.

Ich ging auf den Vorschlag einer Mitbewohnerin ein und machte ein „Praktikum" in einer Familie der Gemeinde. Durch eine ungeschickte Äußerung meinerseits, dass ich eine Abneigung gegen Haushaltätigkeiten hätte, versuchte die Hausmutter, mich davor zu verschonen. Und somit wurde es im Wesentlichen ein kleiner Kochlehrgang. „Eierstich" z.B. hatte ich vorher weder gesehen, gehört, noch gegessen, geschweige denn gemacht, und dort lernte ich es kennen.

Beim Arbeitsamt war ich noch gemeldet. Eines Sonntags bekam ich abends um zehn (!) einen Anruf von ihnen: ob ich nicht für einen deutschen Zahnarzt, der die Landessprache noch nicht so gut gelernt hatte, dolmetschen könnte. Ich sagte für das Vorstellungsgespräch am Montag zu.

Ich weiß nicht mehr, ob ich mir das Kleingedruckte nicht durchgelesen hatte, oder ob es nicht drin stand: als ich in dieser Zahnarztpraxis zu arbeiten anfing, bekam ich Handschuhe an und den Sauger in die Hand gedrückt. Es war also nicht nur dolmetschen zwischen Zahnarzt und Patient, sondern auch assistieren. Gleich am ersten Tag kam der größte Hammer für mich: Bei einer Operation wegen einer Zahnfleischentzündung musste ich als Assistentin den Sauger halten, der Eiter, Blut etc. absaugte. Ich positionierte den Sauger und wandte mein Gesicht zur anderen Seite, damit ich mich nicht übergeben musste.

Ein interessantes Phänomen, was bei mir auftauchte, war folgendes: wenn der Zahnarzt beim Patienten z.B. im Zahn 3/5 (die Zähne sind durchnummeriert, nach Quadrant und von den Schneidezähnen beginnend) bohrte, tat bei mir selbst mein Zahn 3/5 weh. Dieser Nebeneffekt legte sich innerhalb der ersten ein-zwei Wochen.

Ein anderer ungünstiger Nebeneffekt war, dass meine Hände, klein anfangend, mit einem juckenden Ausschlag versehen wurden. Die Ärzte testeten verschiedene Materialien, auch Latex, aber sie fanden kein Allergen. So wurde das Kind „Kontaktekzem" genannt, und begleitete mich von da an die nächsten zwölf Jahre. Mal stärker (vor allem im Winter), mal war es fast weg.

Das Zähnebleichen behagte weder dem Zahnarzt, für den ich übersetzte, noch mir. Aber der Chef hatte es im Angebot, und da mussten die Angestellten mitziehen. Zähne sind nicht weiß wie Papier. Doch dies schien eine hübsche, junge, unglaublich blonde Patientin zu erwarten. Nach der Behandlung hatten ihre Zähne, meine ich, die Farbe B1 (das hellste) – und sie war enttäuscht. Es war ihr nicht weiß genug.

Beim Zahnarzt hatte ich eine 100%-Stelle und noch kein Auto. Eine Freundin, die Krankenpflege studierte, hatte eine Mini-Wohnung in der Stadt. Es war bei ihr gemäß dem Sprichwort: „Da, wo Raum im Herzen ist, ist auch Raum im Haus." Weil es zu schwierig geworden wäre mit der schlechten Anbindung an die öffentlichen Verkehrsmittel, durfte ich bei ihr übernachten. Wir wohnten beengt, kochten schlicht und **waren glücklich: mit Jesus im Herzen und mit gesegneter Gemeinschaft und Frieden untereinander.**

Einmal die Woche gab es nachmittags eine Mitarbeiterbesprechung. Das war für uns der Höhepunkt der Woche, denn da wurde auf Kosten der Firma Pizza bestellt. Sie hatte auch eine Zweigstelle in der nächsten größeren Stadt. Auch dort arbeitete ich tageweise, je nachdem wo mein Zahnarzt eingeteilt war. Wenn wir dort waren, nahmen wir per Videoanruf o.ä. an der Konferenz teil. Einmal vergaßen sie, uns zuzuschalten; so hatten wir einen Nachmittag mit Pizzagenießen, ohne Konferenz.

Dass der Zahnarzt so schnell die Sprache lernte, bedauerte ich ein wenig. Denn das machte mich wieder arbeitslos.

Wie froh war ich, wenngleich etwas demütigend für mich, dass mein Nachbar, der bei einer Baufirma arbeitete, mich bei seiner Firma als Putzkraft empfahl. Da sollte ich die Baracken der Bauarbeiter putzen. Diese Baracken waren wirklich dreckig! Kein Wunder, die Männer kamen ja von der Baustelle da rein. So bekam ich, wie auch die Bauarbeiter selbst, von der Firma Stahlkappenschuhe und eine Bauarbeiterjacke mit dem Logo der Firma. Diese Arbeit war eine Phase mit vielen Freiheiten. Ich konnte mir die Woche selbst einteilen, welche Baustelle ich wann anfahren wollte. Außerdem hatte ich die Freiheit der Gedanken, da ich mich bei der Arbeit nicht schwer konzentrieren musste. **Ich füllte diesen Gedankenfreiraum beim Putzen mit Lieder auswendig lernen / singen oder beten / loben und danken. Es war erquickend!**

Zugunsten einer Sommer-Aushilfsarbeit überließ ich das Baustellenputzen meiner Nachbarin, mit der ich zeitweise bei dieser Stelle kooperiert hatte.

Mein nächster Job schien mir attraktiv, und ich strengte mich bei der Bewerbung und dem Vorstellungsgespräch an. Hatte schon etwas geübt; und tatsächlich kam die Frage: „Warum sollten wir gerade Sie einstellen?" Da zählte ich ihnen nochmal ein paar Gründe auf, und bekam daraufhin die Stelle in dem Tier- und Freizeitpark.

Meine Aufgabe war nicht das Elchefüttern, sondern bei einer Autoscooterbahn die Kinder in Empfang zu nehmen, ihr Alter zu erfragen, sie ab vier Jahren ins Auto zu setzen, nach ein paar Kurven mitsamt Autos sie auf einer Mini-Fähre über einen Mini-Ozean zu schippern und sie wieder an die Eltern abzugeben. Diese Station teilten sich drei Mitarbeiter. Es mussten immer drei anwesend sein, das war Vorgabe.

Eine Lektion hatte ich zu lernen; normalerweise mache ich meine Fehler nicht nur einmal. Wenn wir zur Toilette mussten, brauchten wir Ersatz und mussten vom Telefon im Autoscooterschuppen bei der Zentralstelle anrufen. Die schickten uns dann einen Ablöser. Die Regel kannte ich. Doch einmal musste ich so dringend, dass ich dachte, ich mach das schnell ohne Anruf, und sagte nur meinen Kollegen Bescheid. Aber meine Vorgesetzte hatte es doch mitbekommen, und ich erhielt einen Tadel. Just einen Tag später musste ich wieder so dringend zur Toilette. Wieder war ich versucht, es ohne Anruf schnell über die Bühne zu bringen. Doch ich überwand die Versuchung, illegalerweise einfach wegzugehen, rief an, und wurde abgelöst. **Diese Prüfung galt vor Gott offensichtlich als bestanden, denn ich bekam sie nicht nochmal.**

Es waren unterschiedliche Kollegen, alle sehr jung. Es war für mich das erste Mal, dass meine Vorgesetzte jünger war als ich!

Einen Kollegen bewunderte ich – wie er so sprudelig, einfalls-
reich und mitreißend war. ‚Für die Kinder genau das Richtige!' –
dachte ich und war etwas enttäuscht über mich selbst und meine
ausgewogenere Stimmung. Wenn ich also diesen Kollegen mit
seiner lebhaften, motivierenden Art erlebte, kam ich mir mit meiner gleichmäßig ruhigen Art um einiges ungeeigneter für diesen
Job vor. Jedoch an manchen Tagen dachte ich: ‚Was ist denn
heute mit dem Kollegen los? Schlaff und depressiv hängt er
herum, stützt sich auf ein Geländer o.ä., macht ein Weltunter-
gangsgesicht und ist kaum wiederzuerkennen.' Was war geschehen? Er hatte einen schlechten Tag (am Abend vorher zu lange
gefeiert oder dergleichen). An den Tagen war ich dankbar für
mein gleichmäßig ruhiges Gemüt und erledigte froh, aber nicht
überschwänglich, meine Aufgabe mit den Kindern.

Viele Jahre später sagte mir auf einer anderen Stelle eine Kollegin, die mit mir meiner Einschätzung nach nicht so gut zurecht-
gekommen war: „Manchmal hätte ich gerne etwas mehr von deiner ruhigen Art."

Jeder hat so sein Naturell: einer ist langsam, einer ist schnell.

**Entscheiden wir uns für Jesus, verändert Er uns in Sein Bild.
Der eine wird ruhiger und überlegter, der Schüchterne wird
mutiger, …**

Eine Freundin meiner Schwester, die mich vor und nach meiner
Bekehrung kannte, überlegte, wie sie **meine Veränderung** in
Worte fassen könnte, und beschrieb mir, wie ich geworden war:
„ruhiger, erwachsener, zufriedener."

Göttliches und Menschliches

**Als ich mich zu Jesus bekehrt hatte und von Gelegenheits-
arbeiten lebte, war ich so unbeschreiblich glücklich in Ihm!
Und ich hatte so ein inneres Verlangen nach Bibel, Gebet
und Gemeinschaft mit anderen Gläubigen. Jesus erfüllte**

mich so sehr, dass mir das Berufliche erstmal zehntrangig war.

Sonntags war der Gottesdienst, mittwochs die Gebetsstunde, freitags zweiwöchentlich die Bibelstunde und samstags die Jugendstunde. Aber die Zeit zwischen dem Sonntagsgottesdienst, der leider immer viel zu schnell zu Ende ging, und der Gebetsstunde am Mittwochabend, wollte mir wie gesagt zu lang werden. **So einen Hunger nach Gott und der Gemeinschaft der Heiligen hatte ich.** Das Volleyballspielen am Montag, so schön es auch war, ersetzte doch keine geistliche Veranstaltung, und ich hungerte weiter bis mittwochs abends.

Drei meiner himmlischsten Erfahrungen nach meiner Bekehrung zu Jesus waren folgende:

- die Gebetsstunden mittwochs; es versammelten sich nur Wiedergeborene. Zu Anfang wurde aus einem sehr tiefgehenden Andachtsbuch von Carl Eichhorn gelesen, danach wurden Gebetsanliegen gesammelt; anschließend beteten wir. Wer wollte, konnte beten; und zwar für das Anliegen, das ihm wichtig war; einige beteten auch mehrmals. Wir brachten die genannten Anliegen vor Gott, aber auch anderes, was nicht explizit vorher erwähnt worden war. Wir bekamen die Stunde immer gefüllt. Wenn es neun schlug, betete zum Abschluss noch der Leitende. Das Bemerkenswerte war: nachdem das letzte Amen verklungen war, lag über unserer kleinen Versammlung (zehn bis zwanzig Teilnehmer etwa) so spürbar – der Friede Gottes. Und zwar dermaßen, dass es unangenehm war, den ersten Satz zu sprechen, um nicht diesen Frieden zu stören. Wie erquickt waren wir nach dieser Stunde!

Diese Gebetsstunden sind mir in meiner Erinnerung mit das Kostbarste an meine Zeit dort.

- die Freitagsbibelstunden.

Sie fanden nur alle zwei Wochen statt; und zwar bei unseren Nachbarn. Anfangs gingen wir Abschnitt für Abschnitt durch die Offenbarung. Selten erschien mir der Himmel so nahe und so greifbar wie in gerade diesen Bibelstunden.

- die Bibelfreizeiten.

Kurz nach meiner Bekehrung konnte ich auf eine winterliche Bibelfreizeit mitfahren. Aber es war nicht in erster Linie die traumhafte weiße Landschaft, sondern es war die Gemeinschaft um die Bibel. Beeindruckend war bei meiner ersten Freizeit die Predigt über die Größe Gottes aus Jesaja. Mit dieser Kulisse im Hintergrund noch viel einprägsamer und anschaulicher: „Wer hat die Wasser mit seiner hohlen Hand abgemessen? ... Der die Berge emporhebt wie ein Stäubchen...“

Auch gerade das gemeinsame Singen der christlichen Lieder, vierstimmig in einem kleinen Jugendchor, zog einen förmlich hinauf.

Die herzlichen Tischgemeinschaften, so, als wäre es eine Familie, und das mehrmals am Tag, taten der Seele so wohl.

Und ein besonderer, unvergesslicher Höhepunkt war: morgens, damit jedes Zimmer noch Zeit für Bibellesen und Gebet hatte, wurden wir auf einmalige Weise geweckt: ein Bläserchor, bestehend aus mindestens vier Instrumenten, spielte zum Aufwachen für uns verschiedene christliche Lieder. Morgens, bevor der erste schlechte Gedanke kommt, solch himmlischen Klängen zu lauschen (und der Text der geblasenen Lieder kam dann in meinem Gedächtnis dazu), war wie ein Aufwachen im Himmel.

Von Tabors Höhen, vom Berg der Verklärung Jesu, mussten die Jünger wieder ins Tal hinab. So mussten auch wir nach den herrlichen Bibelfreizeiten wieder zurück in den Alltag.

Die ersten Wochen hatte ich noch im Dreimäderlhaus verbracht; Anke verdankte ich ja, dass ich überhaupt dort war (Bekanntschaft am Campingplatz damals und mein Urlaub bei ihr). Diese Wohngemeinschaft brachte einige Schwierigkeiten mit sich, wie sie leicht zwischen Frauen entstehen können. So ergriff ich dankbar die Gelegenheit, mich anderswo einzuquartieren. Das Mädchen, mit dem ich mich am engsten befreundet hatte, war kurz vor meinem ungeplanten Bleiben in ein Haus umgezogen, das einem Mann aus der Gemeinde gehörte. Für dessen Frau erledigte Janina, diese Freundin, einen Großteil des Haushalts. Das war ihre Arbeitsstelle, und dafür konnte sie frei im Nachbarhaus wohnen. Dort konnte ich also mit einziehen, und freute mich über die gemeinsame WG mit ihr. Sie tat mir gut, und sie wusste mit meinen Schwächen in Liebe und Weisheit umzugehen. Haushalt? Eher Fehlanzeige bei mir und eher knurrend, leider. Wenn meine Aufgabe das Staubsaugen war, und Janina heimkam, sah sie ganz genau: aha, Sandra hat staubgesaugt. Warum? Die Stühle, die ich fürs Saugen unterm Tisch weggerückt hatte, standen immer noch in respektablem Abstand zum Tisch. Der Staubsauger stand, wie bestellt und nicht abgeholt, einfach da, wo ich zuletzt gesaugt hatte. Solche Kleinigkeiten überging Janina meist in Liebe; und hätte sie es mir nicht Jahre später erzählt, wäre mir diese Begebenheit gar nicht zu Bewusstsein gekommen.

Wir lasen gerne morgens zusammen in der Bibel. Da gab es einen warmen Tee dazu – der manchmal leider auch verschüttet wurde – und wir saßen warm eingepackt in unserer Bettdecke. Da **lernte ich von ihr, mir für die „Stille Zeit" eine Stunde zu reservieren (was ich leider nicht durchzog). Wir lasen einen Abschnitt, besprachen den Inhalt, und am Ende betete jeder. Es war so erbaulich**, so ein unbeschreiblich guter Start in den neuen Tag!

Mit Gott anzufangen lohnt sich!

Dass etwas fehlt, wenn ich es nicht mache, erlebte ich übrigens Jahre später. Als ich einige Zeit bei ihr verbrachte, als sie schon verheiratet war, war ich einmal spät aufgestanden, setzte mich gleich zu ihr zum Frühstück dazu, und dann ging der Tag los. Irgendwann hatte ich das Gefühl: ‚Der Tag ist so leer, so dumpf'– ich wusste nicht recht, wie ich es beschreiben sollte. Auf einmal ging mir ein Licht auf: **„Heute habe ich das Bibellesen vergessen!!!" So bald wie möglich holte ich es nach und hatte wieder den Frieden!!!**

Apropos Frieden: wenn ich mit Janina zusammen Bibel las, hatten wir eine so schöne und friedliche Gemeinschaft. Wir waren uns **einig über den Bibeltext, und er hatte uns was zu sagen! Einmal erlebten wir es, dass wir uns über das Bibellesen so in die Wolle bekamen, dass es echt ungewöhnlich war. Plötzlich hielt sie im Streiten inne, um mich zu fragen: „Haben wir eigentlich vor dem Bibellesen gebetet?" Denn das taten wir jedes Mal davor. Ich überlegte kurz und musste sagen: „Nein, das haben wir heute vergessen." Schnell holten wir es nach: Und siehe da, wir waren uns voll einig über den Text (derselbe wie vorher!) und hatten den Frieden wieder; den Frieden Gottes.** Das war eine anschauliche Lektion, dass

…Gebet und Bibellesen zusammengehören.

Das Glück, das mir beschieden war, allein mit dieser lieben Freundin die Wohngemeinschaft zu teilen, währte nicht lange. Eine Familie, die eine ältere Witwe aufgenommen hatte, konnte es jetzt nicht mehr stemmen. Wo sollte sie unterkommen? Denn sie gehörte ja zur Gemeinde. Ohne mich zu fragen, beschloss mein Vermieter, dass ja bei uns im Haus noch ein Zimmer frei sei. Mit Entsetzen nahm ich ihren Einzug bei uns hin. Ja, wir waren so grundverschieden: in unseren Ansichten, unserem Wesen, unserem Reifegrad, unseren Glaubenserfahrungen, unseren Gewohnheiten, unserem Alter. Uns trennten zwei Generationen. **Wir wurden Schleifsteine für einander, aber gehörig!** Anfangs konnte ich noch etwas Gutes bei ihr finden und ließ mir von ihr und Janina helfen, meinen ersten Rock zu nähen. Hätten die beiden ihn nicht fertiggestellt, wäre wohl nie was aus ihm geworden. Aber was mich alles an der neuen Mitbewohnerin störte!

„So kennen wir von nun an niemanden mehr nach dem Fleisch" – davon war ich in meiner Störrigkeit trotz meiner Bekehrung weit entfernt. Überhaupt war und bin ich wohl ein langsam wachsendes Pflänzchen im Glauben, mit vielen Rückschlägen.

Kleinigkeiten konnten mich furchtbar bei ihr aufregen. Sie schnitt das Brot – aber so schräg, dass es immer schräger wurde. Innerlich regte ich mich furchtbar über dieses Schrägbrot auf. Ich wollte normale, gerade Scheiben essen! Zu allem Überfluss bat sie mich auch noch, als das Brot von beiden Seiten schräg und schräger geschnitten worden war, ob ich die letzte (völlig ungleichmäßig dicke) Scheibe nehmen könne, denn die könne sie nicht mehr durchschneiden. So! Ich ärgerte mich schon jedes Mal, wenn sie das Brot schräg schnitt. Und jetzt, wo es irreparabel am allerschrägsten war, sollte *ich* es essen! Das war doch der Gipfel! – Doch soweit ich mich erinnern kann, gelang es mir, in dem Moment nicht zu explodieren, sondern den Ärger und das Schrägbrot herunterzuschlucken.[5]

Es störte mich, wie viel sie aß, und dazu auch noch viel Süßes, trotz ihres Übergewichts. Anfangs langte ich bei dem Süßen, das sie großzügig mit uns teilte, auch kräftig zu, bis zu meiner ersten selbst zu zahlenden Zahnarztrechnung für fünf Löcher, über dreitausend Kronen! Es störte mich auch, dass sie Sachen aß, um sie „wegzumachen", wie sie sich ausdrückte. Und über solche Reste hätte ich mich bei der nächsten Mahlzeit noch gefreut (vielleicht hätte ich dann eine Scheibe weniger vom Schrägbrot gebraucht...) – aber sie waren ja schon „weggemacht". Das klang so wie wegschmeißen. Und Essen schmeiße ich gar nicht gerne weg. Nein, auch nicht, wenn es über dem Mindesthaltbarkeitsdatum ist. Ich glaube, irgendwann hatte ich es ihr beigebracht, so dass sie für mich Essen bis zur nächsten Mahlzeit stehen ließ.

---

[5] Warum wir nicht einfach die Brotschneidemaschine benutzten, die allem Ärger ein Ende gemacht hätte, oder ob wir sie erst später bekamen, weiß ich nicht mehr.

Es schmerzte sie, dass Janina und ich eine so innige Gemeinschaft hatten. Gerne hätte sie als dritte Freundin mit dazugehört. Es war mir nicht möglich. So störte sie sich daran, wenn wir gemeinsam und ohne sie Bibel lasen. Später dachte ich wohl an die Situation zurück, als ich – schon als „älteres Semester" – mit jüngeren Christinnen zusammen war; da waren sie untereinander befreundet und konnten ebenfalls mit mir nicht so viel anfangen wie mit ihresgleichen. Das tat mir weh. So oder noch mehr muss es auch dieser älteren Glaubensschwester wehgetan haben; wir lebten ja zu dritt im gleichen Haushalt.

Oder war es ihre unangenehme Art? Sie ging psychologisch ungeheuer geschickt vor. In einer Zeit, wo ich in einer tiefen Depression war, aber auch gleichzeitig Jesus ähnlicher werden wollte, dachte ich: ‚Ich muss nun um der Liebe willen, deren ich ihr bisher zu wenig erwiesen habe, **ihr jeden Wunsch erfüllen.**‘ **Das war falsch!**

Einer der Wünsche, den ich ihr quasi mit Magenschmerzen erfüllte, war – als Janina schon ausgezogen war – das morgendliche gemeinsame Bibellesen. Ich war froh, wenn ich dem mittels einer Frühschicht entkommen konnte. Sie hatte ein ungeheures psychologisches Geschick, mir während des Bibellesens die Leviten zu lesen. Sie sagte nicht direkt: „Das und das machst du falsch". Sie machte das viel subtiler…

Denn, wenn Gottes Wort einen trifft, tut man Buße über der konkreten Sünde, dankt dem Herrn für die Vergebung und geht fröhlich weiter mit Ihm. Bei ihr dagegen war es so, dass ich mich ständig elend, schlecht und schuldig fühlte, wenngleich ich mich bei ihr entschuldigte. Mir graute jeden Morgen vor dieser Demütigung, und ich befand den Vers „…aber meine Züchtigung ist jeden Morgen da" (aus Psalm 73) als für mich zutreffend. Mit ihr zusammen Bibel zu lesen und ihre Kommentare ertragen zu müssen, das fühlte sich für mich an, wie wenn ich freiwillig einem tollwütigen Tier ein scharfes Messer reichte und mich schicksalsergeben vor es hinstellte!

Doch nicht nur sie wurde an mir schuldig, sondern auch ich an ihr, indem ich so ungern Sachen für sie erledigte, wie z.B. den Einkauf.

Einmal predigte unser Nachbar im Sonntagsgottesdienst über die Liebe, anhand von 1. Korinther 13. Anhand der vielen Punkte, die er nannte, **überführte uns der Geist Gottes, und als wir uns nach der Versammlung vor unserem Haus begegneten, baten wir beide einander herzlich um Vergebung und umarmten uns sogar.**

Von dieser Liebe Christi bekam ich seitens der Gemeinde etwas zu spüren, als ich auf dem Parkplatz bei der Arbeit eine Delle in das daneben parkende Auto gemacht hatte. Irgendwem aus der Gemeinde hatte ich es erzählt, und bald darauf überreichte mir mein gläubiger Nachbar etwas: „Die Gemeinde hat zusammengelegt." Es waren umgerechnet etwa tausend Euro! „Es kostet aber nicht ganz so viel", fing ich an, doch mein Nachbar winkte ab. Den Rest könne ich behalten. **Wie gerührt und erleichtert ich war, ist kaum zu beschreiben! Das rechne ich meiner Gemeinde hoch an. Gott segne all die anonymen Spender!**

Es gab nicht nur Schleifsteine für mich, sondern auch **Personen, die mich beeindruckten.** Da war einmal meine eine Nachbarin. Ihr Haus war immer offen für Besucher, und man fühlte sich zu jeder Zeit dort herzlich willkommen. Einen Grund für ihre Gastfreundlichkeit erfuhr ich einmal, nämlich: dass sie und ihr Mann beschlossen hatten, **die Arbeit könne warten, der Gast sei wichtiger!** Kam man gerade zur Essenszeit, wurde man wie selbstverständlich mit dazu geladen. Die Tischtennisplatte oder den Pool im Garten (der war bei Hauskauf schon mit dabei gewesen) zu benutzen war so normal, wie wenn man selbst fast dort wohnen würde. **Nie erlebte ich sie wütend,** noch nicht mal, wenn ungezogene Kinder dort waren. Sie hatte eine so freundliche Art und brachte sogar die Kinder dazu, das Richtige zu tun. Sie hatte einen Blick für andere Menschen. Sie bot Janina und mir an, dass wir sonntagabends doch zu ihnen zur Familienandacht kommen können. Dass sie uns damit noch ein Stück Familienanschluss zukommen lassen wollten, verstanden wir damals wohl kaum; für uns war es eher ein Termin, ein Programmpunkt, der uns zu viel wurde. Schade, es hätte mir bestimmt gutgetan.

Auch als ich schon längst von dort weggezogen war – es ist jetzt über zehn Jahre her –, rief und ruft sie ein paarmal im Jahr bei mir an und erkundigt sich nach meinem Ergehen. Sie war und ist ein bisschen wie eine Mutter für mich. Möge Gott sie und ihre Familie reich segnen.

Bevor ich auf **die Person** zu sprechen komme, **die mich am allermeisten beeindruckt** hat, will ich noch erwähnen, dass in dieser deutschen Gemeinde ein unglaublich starker Zusammenhalt herrschte. Wir machten viel gemeinsam – und wohl zu wenig mit den Einheimischen – und waren, mit Ausnahme der Arbeit, eigentlich immer zusammen. Nicht nur die Versammlungen, gemeinsames Volleyballspielen, Bibelfreizeiten, Jugendfreizeiten, Jugendchor, sondern auch gegenseitige Einladungen und Ausflüge. Für letzteres fühlte sich unter anderem eine Person zuständig, die uns zum Segen wurde. Selbst seit Jahren geschieden und alleinlebend, früh verrentet aus gesundheitlichen Gründen, setzte er sich sehr für die alleinstehenden Personen in der Gemeinde ein. Die Witwe, die bei uns wohnte, brachte er jede Woche zum Schwimmen und auch öfters zu Arztterminen. Er organisierte Ausflüge und auch mal einen Urlaub für uns; er war wie ein guter Onkel für uns.

Interessanterweise änderte sich nach einigen Jahren das Bild: er fand eine Arbeit, die er doch noch von seiner Gesundheit her ausüben konnte. Ab da hatte er nicht mehr so viel Zeit, sich um die Witwen und Alleinstehenden zu kümmern. Stattdessen beklagte er sich, dass die Gemeinde zu wenig für die Ledigen tue. Logisch, denn er war ja für diese Aufgabe weggefallen.

Die Person, die mich am meisten beeindruckte und die mir heute noch als leuchtendes Vorbild vor Augen steht, hatte sich als Kind oder früh in der Jugend bekehrt. **Sie hatte zeitweilig auch Schattenseiten**; sie liebte einen Jungen aus der Gemeinde und er sie auch. Doch als er sich von Jesus abwandte, entschloss sie sich offensichtlich, Jesus höher zu stellen! Eine Zeitlang wurde sie irgendwie modern und weltlich, die Röcke wurden kurz und das Auto dick. Aber diese Phase ging vorbei und die Röcke wurden wieder lang und das Auto bescheiden. Ina fiel auf durch ein sanftes und stilles Wesen, denn man hörte und sah nicht viel von ihrer kleinen Gestalt. Ich habe den Eindruck, wo immer es die Gelegenheit zum Dienen gab, nahm sie diese sehr gerne wahr. Ob es darum ging für eine Zusammenkunft zu kochen, etwas mit Kindern zu machen oder ihren Eltern zu helfen; stets schien sie zur Stelle zu sein. Gemeinsam mit ihren zwei engen gleichaltrigen Freundinnen führte sie die Kinderstunden durch. Ich glaube, dass sie sehr schön und gesegnet waren. Später gründete sie mit ihren Freundinnen für die Allerkleinsten einen Kinderchor. Sie schrieb auch selbst christliche Lieder; zumindest von einem Gedicht weiß ich, dass sie eine Melodie dazu erschuf. Nach der Schule machte sie keine Ausbildung, sondern ging putzen (die Gründe weiß ich nicht im einzelnen; ob sie mehr Zeit haben wollte, in ihrer Familie mitzuhelfen? Oder für den Herrn? Ich weiß es nicht). Und wie sie putzen ging! Sie hatte mindestens zwei Stellen, eine in einer Bäckerei nach Ladenschluss und eine in einem Heim für betreutes Wohnen, wo ich eine Zeitlang in der Pflege arbeitete. Wenn ich ihr da im Treppenhaus begegnete, war es, wie wenn man einem Engel begegnen würde. Sie hielt mit ihrem Schrubber auf ihrer Stufe kurz inne und strahlte einen mit so leuchtenden Augen an, als würde Jesus einen anschauen.

Was Ina wohl während des Putzens dachte? Wohin sie ihre Gedanken lenkte? Ob sie betete? Ich denke, bestimmt. Ob sie an Jesus dachte? Mit Sicherheit.

Dann nahmen ihre Eltern mindestens eines ihrer jüngeren Geschwister aus der Schule raus (was da konkret im Unterricht gelaufen war, weiß ich nicht mehr). Daraufhin reduzierte sie ihre

Arbeit, um zu Hause den Heimunterricht für das Geschwisterchen durchführen zu können. Von ihrem Vater erfuhren wir, dass sie gesagt hatte, dass sie das gerne machen würde, denn dann könne sie ja damit dem Herrn Jesus dienen.

Ihre Freizeitbeschäftigung? Außer dem Spielen eines Blasinstruments, mit dem sie zusammen mit anderen unsere Bibelfreizeiten bereicherte, und dem Treffen ihrer Freundinnen, fand sie eine erfüllende Aufgabe darin, Zwillingsjungen, die im Alter von etwa einem Jahr ihre Mutter verloren hatten, zu sich zu nehmen, sich um sie zu kümmern, mit ihnen zu spielen, … Der verwitwete Vater der Zwillinge, der wohl nicht gläubig war, äußerte einmal: „Wenn es Engel gibt, dann ist Ina einer."

Geänderte Berufstätigkeit

Irgendwie hielt bei mir die Phase des Putzens, so wie bei Ina, nicht dauerhaft an. Auch die Geschwister aus der Gemeinde fragten, ob ich nicht mal was Bodenständiges machen wolle, statt immer nur „ein paar Wochen hier, ein paar Wochen dort". Manche rieten mir einen praktischen Beruf zu erlernen. Irgendwie wollte ich aber mein Studium doch gerne fortsetzen. Bei meiner Bekehrung wusste ich ja, dass ich erstmal dort im Ausland bleiben sollte. Ich hoffte, **Gottes Wille** würde mich für nur ein halbes Jahr dort lassen und dann wieder nach Hause schicken. Nach einem halben Jahr spätestens merkte ich, **dass mein Platz immer noch dort war**.

‚Ob ich nicht einfach hierzulande weiter studieren kann?' überlegte ich. Von den wenigen Unis des Landes ließ ich mir die Infounterlagen zukommen. **Doch immer, wenn ich daran dachte**, mein damaliges Fach weiterzustudieren, **war es mir, wie wenn der Friede, den ich bei meiner Bekehrung von Gott bekommen hatte, mich ein Stück weit wieder verlassen würde.**

Es war mal wieder eine Nacht, in der ich keinen Schlaf fand; so kniete ich mich zwischen 2 und 3 Uhr morgens hin, betete und sprach: *„Gott, ich verstehe, dass ich das bisherige Studium nicht weitermachen soll. Ich habe aber keine Ahnung, was ich sonst machen soll. Bitte zeig DU's mir."*

So wartete ich, aber auch nach Wochen war noch kein Brief vom Himmel gefallen, wo drin stand: „Sandra, werde dies oder das!"

‚Dann muss ich es irgendwie selbst rausfinden', dachte ich. So wälzte ich zwei Kataloge: einen mit Ausbildungs- und einen mit Studienberufen. Das, was ich mir persönlich für mich vorstellen konnte, schrieb ich auf eine Liste. Diese Liste schickte ich an eine Organisation, die dann für einen auswählt; etwa wie in Deutschland die „Zentrale Vergabe von Studienplätzen": je nachdem, ob und wie gut man die Kriterien erfüllt, versuchen sie, einen möglichst weit oben bei den angegebenen Berufswünschen einzutragen…

Auf meine Liste hatte ich fünf-sechs Sachen draufgeschrieben, unter anderem Optik zuoberst. Vor dem Abschicken betete ich: **„Gott, bitte lass mich in den Beruf reinkommen, den DU für mich vorgesehen hast."**

Wochen und Monate vergingen. Zwei Wochen, bevor es losging, erhielt ich den Bescheid, dass ich für … Optikk (dort mit zwei k, wie damals die Ladenaufschrift!) aufgenommen worden war!

‚Nein', dachte ich, ‚das geht doch nicht. Dieser Ort ist drei Stunden mit dem Zug und vier Stunden mit dem Auto von meiner Gemeinde entfernt! Das kann doch nicht sein! Da muss ich Gott missverstanden haben', meinte ich.

Was sollte ich tun? Ich überlegte: ‚Jetzt muss ich so lange beten, bis ich die richtige Antwort von Gott bekomme.' Also begab ich mich abends, statt ins Bett, ins Gebet. Ich dachte: ‚Vielleicht zeigt Gott mir was in der nächstgelegenen Stadt, damit ich bei meiner Gemeinde bleiben kann.' Nichts war's! Ich weiß nicht mehr wann in der Nacht, da kam die Freundin Janina, und fand mich halb verzweifelnd am Beten. Da gab sie mir **einen schlichten und einfachen Rat:** „Du hast doch Gott um Seine Antwort gebeten. Du hast sie bekommen. Warum nimmst du sie nicht einfach an? Und **wenn du dir so unsicher bist, dann bete** doch: ‚*HERR, wenn es doch nicht Dein Wille ist, dann lass noch was dazwischenkommen!*'" Kurz beteten wir noch gemeinsam, dann schickte sie mich schlafen, was ich auch gerne annahm. Müde genug war ich ja.

So wartete ich drauf, dass etwas dazwischenkommen würde.

Jetzt bist Du mir bis hierher auf meiner Lebensreise gefolgt und auf meinem Glaubensweg; Du hast ein bisschen kennengelernt, wie Gott mich, den Sturkopf, geführt hat. Was meinst Du, hat Gott etwas dazwischenkommen lassen? ...

Mit Janina fuhr ich mit dem Auto hin, um eine Wohnung zu suchen. Und als ich da stand, an der künftigen Schule, so anonym, kamen mir die drei Jahre wie eine Ewigkeit vor! Am Schwarzen Brett waren jedenfalls Wohnungsaushänge, so besichtigten wir ein paar davon. Eine war dunkel und im Souterrain, aber der Vermieter war überaus freundlich. Als wir am Stadtrand, um einiges weiter weg, ein helleres Zimmer fanden, entschied ich mich für dieses, und der andere Vermieter wirkte enttäuscht. – Aber er hatte so etwas wie einen Vaterinstinkt, und so wurde er mir für meine Zeit in Kongsberg wie mein Onkel; er zeigte mir die Stadt und ihre Umgebung – teils auf Skiern, teils um Beeren zu sammeln –, vermittelte mir einen Job und war immer wieder darauf bedacht mir Gutes zu tun. Möge Jesus ihn noch retten...

Aus allen Landesteilen und aus ein paar Ländern kamen die jungen und älteren Leute, um Optiker zu werden. Anfangs verstand ich die, die von weiter nördlich oder östlich kamen, kaum. Bei einer Busfahrt saß ich neben einer Frau, die vorher beruflich schon etwas anderes gemacht hatte; sie wirkte so einsam, deswegen setzte ich mich neben sie. Mehr als zweimal nachzufragen, was sie denn gesagt habe, war mir zu peinlich, und so gab

ich zu ihren Äußerungen ein paarmal grunzende Verständnis-
laute, mal lachte ich leicht, je nachdem, was ich vermutete, was
gerade passend sein könnte. Denn nach anderthalb Jahren Ge-
wöhnung an den Dialekt des Südens fiel es mir anfangs nicht
leicht, mich in die anderen Dialekte hineinzufinden. Und es ärgerte mich etwas, dass der südliche Dialekt, der von der Satzmelodie her monotoner ist, sich für die noch nördlicheren Nord-
lichter nach typisch deutschem Akzent anhörte.

Einmal, wo ich es mitbekam, machte sich einer meiner Mitstudenten über mein Nicht-alles-verstehen-weil-Ausländerin vor ein
paar anderen lustig. Das tat weh.

– Ansonsten muss man ihnen zugutehalten, dass sie normaler-
weise viel mehr loben als tadeln, und auch Ausländern viele
Komplimente machen, wie gut sie die Sprache schon gelernt hätten. Lob und Anerkennung ist dort weit verbreitet. Diese Mentalität findet sich auch im Wortschatz wieder. Als ich nach Jahren
wieder in Deutschland war, vermisste ich die Möglichkeit, mich
beim Positiven differenzierter ausdrücken zu können. Mit „lieb",
„schön" und „nett" konnte ich einfach nicht mehr alles ausdrücken, was ich gewohnt war zu sagen. –

Das erste Studienjahr war so larifari, dass ich überlegte, ins
zweite Jahr zu wechseln. Da fingen die in Mathe doch tatsächlich
mit Bruchrechnen an! Bruchrechnen! War das in der siebten
Klasse, wo wir es gelernt hatten? Oder noch früher? Und in Chemie fingen sie ganz von vorne an! Also, diese zwei Fächer
brauchte ich nicht mehr zu besuchen. Fürs Zeugnis hätte ich mir
für diese Fächer eine Befreiung holen können; bei Chemie weiß
ich nicht mehr, ob ich es tat. In Mathe jedenfalls war es beide
Male eine „Kofferklausur", wo man sich alle Unterlagen, die man
wollte, mitnehmen konnte. So lieh ich mir also vorher die Bücher
aus und ging komplett unvorbereitet, aber mit meinem früheren
Schulwissen plus den Büchern, in die Klausur. – Ansonsten
nutzte ich meine Extrazeit fürs Kochen (einmal schaltete ich die
falsche Herdplatte an, bis ich es merkte, war sie rotglühend; was
für eine Bewahrung, dass weiter nichts passierte), Skilanglauf

(auch auf der beleuchteten Loipe), Singen, später auch Orgelspielen auf der prächtigsten Orgel, die ich je erlebt habe; ich fing
einen Spanischkurs an – und ärgere mich bis heute, dass ich
dem Rat einer dominant auftretenden Glaubensschwester folgte
und den Kurs abbrach, weil sie meinte, ich sollte mich doch stattdessen mehr um den Haushalt kümmern.

**Deshalb: Prüft alles. Auch die Ratschläge von Mitchristen.
Denn Sie müssen für Dich nicht unbedingt stimmen.**

Das zweite Jahr wurde hart, aber vom Fachlichen her endlich interessant. Mit Faszination lernte ich, wie genial Gott das Auge
geschaffen hat; das Zentralsehen mit den drei Farbzapfen; das
Randsehen mit den Stäbchen, und wenn sich im Randbereich
unseres Gesichtsfeldes etwas bewegt, hat Gott einen Reflex für
uns eingerichtet, dass sich der Blick darauf richtet; die unglaub-
liche Präzision, wie das Licht eingefangen, gebündelt und durch
die vielen Schichten quasi ohne Verlust zur Netzhaut geleitet
wird; die ungeheuer komplexe und perfekt gemachte Signalwei-
terleitung mit den sich an der richtigen Stelle kreuzenden Ner-
venfasern, und die hochkomplizierte Verarbeitung im Gehirn.
Praktisch hatten wir aneinander Sehtests zu machen, noch und
nöcher. Ich lobte meine Mitstudenten, wenn sie ihre Arbeit gut
machten und mithilfe des einfachen Wink-Tests meinen Sehfeld-
ausfall (durch die damalige Netzhautablösung bedingt) fanden;
ich behielt diese Info auch manchmal für mich, wenn die Mitstudenten über den Test nur drüberhudelten. Im Winter fuhr ich morgens im Dunkeln mit dem Fahrrad mit Spikes-Reifen zur Hochschule. Tagsüber saßen wir in abgedunkelten Vorlesungssälen,
nachmittags in abgedunkelten Sehtestzimmern, abends fuhr ich
im Dunkeln zurück. Manchmal ging ich danach noch zur beleuchteten Langlaufloipe.

Im dritten Jahr war so viel zu tun und so unglaublich viel zu lernen. So konnte ich nachts einmal nicht schlafen, weil ich mir so
Sorgen machte, wie ich das alles schaffen sollte. Am nächsten
Tag – damals waren mir die schlaflosen Nächte neu – hatte ich
einen Nervenzusammenbruch. Da heulte ich mindestens einer

Dozentin was vor, und auch bei meiner deutschen Ärztin konnte ich die Tränen nicht zurückhalten. Sie gab mir eine Krankschreibung, und den wohl besten Rat, den ich damals gebrauchen konnte: ich sollte, wo es ging, langsamer machen, und ansonsten für den Endspurt noch durchhalten. Dabei half es mir auch, dass ich für die letzten Monate, dank einer deutschen Freundin[6] (die im zweiten Jahr war und gerade durch das Praxissemester drei Monate abwesend war), in das Studentenwohnheim neben der Hochschule ziehen konnte. So sparte ich mir die sommers zweimal am Tag zwanzig Minuten Radfahrt von einem Ortsende zum anderen und winters die je nach Schneeverhältnissen bis zu 45-minütige Durchpflüge"fahrt".

Immer wieder wurde ich von meinem guten Onkel, Ole, eingeladen. Er war es auch, der mir einen Nebenjob im Bergwerksmuseum vermittelte. So ein Vorstellungsgespräch habe ich noch nie gehabt! Er war mit dabei, und im Sinne von „es rühme dich ein anderer und nicht dein eigener Mund" (hoffentlich habe ich mich mit diesem Buch nicht gerühmt, **alle Ehre soll Gott gehören!**) vermittelte er seinem guten Freund, dem Chef des Bergwerkmuseums, meine Vorzüge. Ich brauchte eigentlich nur dazusitzen und zu lauschen. Kein Wunder, dass ich nach so einer Fürsprache den Job bekam! Auf Führungen bereitete ich mich intensiv vor, bekam in all den Jahren aber nur eine offizielle. Dafür konnte ich an der Rezeption die Kunden bedienen.

Das konnte ich übrigens auch noch wo anders (dazu gleich im nächsten Kapitel), denn das brauchte ich finanziell.

---

[6] Es ist unglaublich, was diese Freundin im Zuge von „andere Länder, andere Sitten" über sich ergehen ließ: sie war gelernte Optikerin aus Ostdeutschland. Um ihrer zweiten Ehe willen war sie umgezogen. Dort in Norwegen wurde ihre Ausbildung nicht anerkannt; nein, es hieß, sie müsse die vollen drei Jahre nachstudieren. Und, da sie ja in der Schule nicht Englisch, sondern Russisch gelernt hatte, musste sie auch noch Schulzeit nachholen: ein oder sogar zwei Schuljahre. – Ich bewundere die Freundin, wie sie dies ohne großes Aufhebens einfach so hingenommen hat.

Alle zwei Wochenenden fuhr ich zu meiner Gemeinde zurück, allermeist mit dem Zug. Janina ließ es sich etwas kosten, mich zum Bahnhof zu bringen. Denn der Zug ging montags um 5:27, und vorher lasen wir noch zusammen die Bibel. Manchmal waren wir so knapp dran, dass es ein Nervenkitzel war, oder eine Vertrauenssache. Spät dran, die Wege vielleicht glatt (das Auto sowieso schon in seinen Jahren – **später fuhr dieser alte Mazda nur noch mit Gebet**); aber **wir hatten gebetet, dass wir den Zug noch erwischen.** Und?

Hier durfte ich Gottes Güte erleben. In all den drei Jahren habe ich kein einziges Mal meinen Zug verpasst, weder auf dem Hin- noch auf dem Rückweg.

Von Chefs, Mitarbeitern und Arbeitssuche

Für die Finanzierung meiner Heimfahrten suchte ich händeringend eine Arbeit. Oder mehrere. Wie wild fuhr ich am Studienort hin und her und gab meine Bewerbung fast wahllos hier und dort ab (wahrscheinlich sogar bloß meinen damals noch recht kurzen Lebenslauf – der den Chefs meist genügte). Auf einer Fahrt (vielleicht schon beim Heimradeln nach einem Vorlesungstag) entdeckte ich plötzlich einen Laden, wo ich noch keine Bewerbung abgegeben hatte, und wollte sofort hineilen. Da sagte ich mir innerlich: → ‚Halt, stopp! **Wenn Gott will, dass du an diesem Ort eine Arbeit bekommst, kann ER dir eine von den vielen Stellen geben, wo du dich schon beworben hast, von deinen ersten zwanzig oder dreißig. Du musst jetzt nicht noch die einunddreißigste abgeben.' In diesem Glauben fuhr ich getrost nach Hause – und bekam die Zusage** von der 20-minus-x-ten Bewerbung: in einem sehr grünen Supermarkt. Dort saß ich in Grün an der Kasse oder räumte manchmal die leuchtgrünen Regale ein. Das Beste an dieser Arbeit war: in den wenigen Minuten Pause – mein Mini-**Andachtsbuch von Spurgeon. Großartig, ermutigend und tröstlich, die Verheißungen Gottes.**

Mein Chef hatte im Büro, gegenüber seinem Schreibtisch, wo er oft draufschaute, einen Zettel hängen: Mein Ziel: …

Sollten wir so nicht Jesus, unser Ziel, vor Augen haben?

Also: grün beim Supermarkt war ich jeden zweiten Freitagabend (plus Extraschichten bei Gelegenheit). Grün hinter den Ohren war ich jeden anderen zweiten Samstag, in einem Optikergeschäft in der Kleinstadt an meinem Gemeindeort. Schüchtern wischte ich samstags – Optiker wissen: der vollste Tag in der Woche – auf den Regalen Staub. Aber wenn Kunden kamen, versuchte ich mich aus dem Staub zu machen. „Ich kann ja noch nichts, und ich weiß fast nichts", dachte ich und brachte Reparaturen nach hinten zum Optikermeister. Wie ich es geschafft habe, das erste Optikjahr jeden zweiten Samstag dort dumm herumzustehen und so gut wie nichts zu leisten, weiß ich bis heute nicht. Ebenso wenig ist es mir verständlich, dass die gute Familie mir dabei von Herbst bis Sommer zuschaute. Ich war zu schüchtern, um Kunden zu bedienen, und die Chefin war zu schüchtern, um mich auf meine Fehler hinzuweisen. Ziemlich zu Anfang hatte ich gefragt, ob ich dort in den Ferien arbeiten könne – vielleicht hatten sie mir damals sogar die Zusage dafür gegeben. So ging ich davon aus, wartete aber noch monatelang auf eine Bestätigung. Als mein letzter Arbeitssamstag vor den Sommerferien vorüber war und der Laden geschlossen worden war, fragte ich die Chefin nochmal: „Also, ich kriege doch meinen Sommerjob hier, ja?" Was dann kam, war das eine Extrem von Negativ-Verhalten eines Chefs: Erst jetzt listete sie mir all meine Fehler auf, die sie und ihre Eltern (die im Geschäft mitarbeiteten) schon die ganze Zeit an mir gestört hatten!!! Nein, sie hatten es sich überlegt, und wollten mich nicht für den Sommerjob nehmen.

Da stand ich, ein zur Schnecke gemachter begossener Pudel, der heulte wie ein Schlosshund!!!

Nach dieser Demütigung suchte ich dringend und schnell eine andere Sommerarbeit. Wo sollte ich sie finden? Es war ja schon kurz vor knapp.

Aber bei Gott sind alle Dinge möglich!

Er hatte für mich doch noch ein Plätzchen. Und was für eins!
Das war Balsam für meine Seele nach dieser unangenehmen Erfahrung. Die Chefs, zwei Brüder, einer Optiker, einer Uhrmacher, waren überaus freundlich. Was ich nicht konnte, zeigten sie mir, erklärten es freundlich und geduldig. Es gab sogar mindestens einmal ein Kompliment. Und meine Lernkurve ging steil nach oben!

Habe ich dort alles richtig und zu ihrer Zufriedenheit gemacht? Natürlich nicht. Sagten sie es mir erst hinterher, als Liste, die einen erschlägt?

Nein. Als Chefs haben sie genau die goldene Mitte im Umgang mit Fehlern getroffen. Viel Lob für Richtiggemachtes; und wohldosierten Tadel, im rechten Moment. Eines Tages bekam ich einen Anruf, und der Optiker-Chef hatte ein Anliegen. Vorsichtig und in Watte gepackt äußerte er es: wenn man doch da so teure Brillen verkauft, tja, dann sei das ja nicht so angemessen in Jeans und T-Shirt. Ob das für mich in Ordnung sei, wenn eine bestimmte Mitarbeiterin mit mir zusammen shoppen gehen und mich beraten würde. Und die Kosten für die Uniform würden sie auch übernehmen. Dies war vorsichtig und in aller Freundlichkeit gesagt. Jetzt wartete er auf meine Antwort. In dem Moment fehlten mir sprachlich die Feinheiten. Ich wollte ausdrücken, es wäre für mich in Ordnung, solang die Kleidung anständig genug sei; in meiner Ermangelung des wichtigsten Wortes sagte ich etwas, das wie eine humorvolle Übertreibung klang, und der Chef lachte herzlich los: „Das hast du jetzt aber toll aufgenommen!"

Ab dem nächsten Mal erschien ich nicht mehr in meinem Lieblings-Jeansrock. Fürs erste borgte ich mir bei einer Schwester aus der Gemeinde Rock und Bluse, die schickimicki waren. Später ging ich mit einer aufs Äußere bedachten Kollegin aus dem Bergwerksmuseum zum Einkauf. Mein Chef war zufrieden. Er musste nicht nochmal etwas ihm und mir Unangenehmes äußern.

Die dritte Art auf Fehler zu reagieren von Seiten des Chefs lernte ich in dem Laden kennen, wo ich mein Praxissemester absolvierte und später angestellt war. Auch da gab es zwei Chefs: einen freundlichen, fachlich super kompetenten, sehr erfahrenen, von dem ich viel lernen konnte, und eine organisatorische Chefin, eine Powerfrau, klein – und so richtig oho. Was sie alles auf die Reihe bekam! Starker Wille, starkes Temperament und starke (Über-)Reaktionen auf die Fehler der Mitarbeiter. Auch sie schaffte es, als ich ein teures Glas falsch eingeschliffen und damit unbrauchbar gemacht hatte, mich so zur Schnecke zu machen, dass mich eine andere Kollegin heulend vorfand. „Da brauchst du dir nichts zu denken", tröstete sie mich. „Sie explodiert halt sofort bei Fehlern. So ist sie einfach. Erwarte nicht, dass sie sich dafür später entschuldigt." – Die Kollegin hatte recht; und kündigte. Vielleicht hatte sie auch damit recht.

Fehler runterschlucken und einem am Ende die Liste vor die Nase halten – keine gute Idee!

Bei Fehlern sofort explodieren – auch keine gute Idee!

Fehler taktvoll ansprechen, Vorschläge machen und gemeinsam eine Lösung finden – der goldene Mittelweg.

Bin Gott dankbar, dass ER mich diese drei Extreme erleben ließ. Selbst muss ich **es auch lernen.** Bin eher auf der Seite „alles zunächst runterschlucken" angesiedelt; und wenn ich's nicht mehr aushalte, suche ich lieber das Weite. Auch keine Lösung.

„Lasst uns die Wahrheit sagen in Liebe!" - das ist der beste Weg.

Wenn der Beruf zu wichtig wird

Vorhin erwähnte ich, dass mir, als ich Jesus ins Herz aufgenommen hatte, alles andere fast egal geworden war (und ich berichtete von Ina, die mit leuchtenden Augen putzen ging). Doch als dann ein Brief von der Hochschule kam, war mir so, als würde diese ganze hässliche Welt, die ich doch anderthalb Jahre hinter mir gelassen hatte, wieder von mir Besitz ergreifen wollen; ja, man bräuchte unbedingt den und den speziellen Laptop, und dies und das und sonst noch was. Und wie wichtig das alles wäre. **Jesus ist am wichtigsten!** Und **es widerstrebte mir, mich diesem Diktat von Weltlichkeit und Rennen nach höher, schneller, weiter von neuem zu unterwerfen.**

Noch während des dritten Jahres **bat ich Gott, mir doch vor dem Abschluss schon die Zusage für eine Arbeitsstelle zu geben. Ein halbes Jahr, bevor ich fertig war, hatte ich die Zusage in der Tasche.**

Ja, Gott erhört Gebet.

Und zwar war es die Stelle, wo ich schon mein Praxissemester verbracht hatte, und wo ich ab da meinen jeden-zweiten-Samstag-Job gemacht hatte (bei besagter Chefin).

Ich liebte meinen Job! Es war megaspannend für mich, mir die Symptome des Patienten (ja, so nannten wir sie dort) anzuhören und mir innerlich schon meine Diagnose zusammenzureimen, ob er/sie nun kurz- oder weitsichtig war, presbyop (alterssichtig) oder ob er/sie eine Hornhautverkrümmung hatte. Die einleitenden Tests, die dort wohl nach einer Zeit fast jeder Optiker weglässt, machte ich mit ziemlich deutscher Gründlichkeit. Dafür bekam ich manchmal ein Lob von den Patienten – „Sowas hat mein voriger Optiker aber nicht gemacht" – und mit Wonne ging ich über zur Refraktion, also zur Brillenglasbestimmung. Mal sehen, wieviel Plus ich noch rauskitzeln kann – besonders bei Kindern! Megaspannende Sache! Und wir durften sogar weittropfen! Was da nicht alles rauskam: ein Kind, das im Alltag praktisch kurzsichtig war, erwies sich durch Tricksen meinerseits und mit Augentropfen sogar als weitsichtig! Aber durch innere Anspannung hatten sich auch die inneren Augenmuskeln verspannt, und das Kind überkompensierte die Weitsichtigkeit bis hin zur praktischen Kurzsichtigkeit! Dieses Kind bekam eine Plusbrille, an die es sich zur Entspannung der Augen gewöhnen sollte. Nach einiger Zeit erfuhr ich von der Mutter, dass sie mittlerweile die Brille wegließen!

Oder bei der Altersgruppe 40+ war´s spannend, ob sich bei der Person, die vor mir saß, der benötigte Nahzusatz (die Addition: die Plusstärke, die man beim Lesen zusätzlich braucht) nach der Tabelle richtete oder nicht.

Und der Clou, der in Deutschland den Augenärzten vorbehalten ist: bei den 40+Patienten – die Augenhintergrunduntersuchung! Da konnte man ins Innere des Auges hineinschauen! Das wunderschöne Geflecht von Adern auf der Netzhaut betrachten, den Gelben Fleck (wenn ich mir den anschaute, musste ich leider die Patienten blenden), den Blinden Fleck (wo der Sehnerv das Auge Richtung Gehirn verlässt – da konnte ich beginnenden Grünen Star feststellen!) und das Verhältnis der Dicke von Adern zu Venen (da konnte ich hohen Blutdruck ablesen)! Und nicht zu vergessen: die Eintrübung der Linse, also Grauen Star, konnte ich erkennen. Bei kritischen Befunden durften wir, unter Nennung der Diagnose, an den Hausarzt und sogar an den Augenarzt überweisen. Ach, und dann ließ ich die Patienten manchmal hüpfen: Wir hatten ein zum damaligen Zeitpunkt hochmodernes Augeninnendruckmessgerät; es sah aus wie eine etwas deformierte silberne Pistole – und da kam tatsächlich etwas raus: etwas wie ein Stecknadelkopf, frontal aufs Auge. Kein Wunder, dass die meisten zusammenzuckten (manche merkten auch gar nichts davon). – Keine Bange, das war nicht gefährlich. Anhand der gemessenen Rückstoßgeschwindigkeit berechnete das Gerät den Augendruck. Und ja, hygienisch war es auch; die Stecknadel wurde natürlich nach jedem Patienten gewechselt. – Auch das Gesichtsfeld konnten wir bei Bedarf messen. Unser Geschäft war super ausgestattet. Für jeden Sehtest wurden 30 Minuten reserviert und für Patienten 40+ sogar 40 Minuten (wegen der Zusatzmessungen).

Ich liebte diesen Beruf und ging ganz in ihm auf.

„Du sollst keine anderen Götter haben neben MIR"; – zum Abgott kann alles werden, was einem wichtiger wird als Gott.

Und das war mir meine Arbeit.

Was tut Gott in so einem Fall? Kannst Du bald erfahren.

Was tat ich, als es mir bewusst wurde? Ich bat Ihn um Vergebung.

„Zerbrich mich, Herr!"

Das war ein Buchtitel, den ich gelesen hatte, und irgendwie fühlte es sich richtig an, das zu beten.

Pass auf, was Du betest! Gott nimmt unsere Gebete sehr ernst.

Nachdem ich das gebetet hatte, **war es erstaunlich, was im nächsten Dreivierteljahr alles zerbrach.**

Ich hatte eine russlanddeutsche Familie kennengelernt; so gottesfürchtig wie die habe ich vorher und nachher keine getroffen. Sogar bei Tisch bewegten die Kinder himmlische Gedanken: „Wenn ich dann in den Himmel komme, dann treffe ich den … aus der Bibel, nach dem ich benannt bin." „Seid dankbar in allen Dingen" – den Anfang dieses Liedes konnte die unter Zweijährige lallen, bevor sie sprechen konnte. „Wen liebst du?" wurde sie später gefragt. „Mama", war die Antwort. „Und wen noch?" „Papa." „Und wen noch?" „Gott."

Mit dieser Familie freundete ich mich innig an. Ich konnte so vieles von ihnen lernen. Die Mutter von so vielen Kindern – immer freudig im Herrn! Und was sie alles für Geschichten auf Lager hatte, von Leuten, die etwas mit Gott erlebt hatten! Und was sie alles aus der Bibel wusste! Und wie fromm sie sich kleidete – die Röcke möglichst lang und weit. Und immer mit Kopftuch. Alle Gäste wurden so freundlich aufgenommen. **Ich fühlte mich dort wie zu Hause.** Ich war dort so gerne, und ich merkte, dass es mich mehr erfüllte, dort einen Tag zu verbringen, als einen Tag auf der Arbeit zu sein (und wenn Du meine Begeisterung für meinen Job herausgelesen hast, weißt Du: das will was heißen!). So beschloss ich, dieser Familie einen Tag in meiner Woche zu widmen – zum Klavierunterricht, zum Mithelfen, zur Gemeinschaft. Ich reduzierte meine Arbeitsstelle auf 80%. Der Freitag in dieser Familie war mir der kostbarste Tag in der Woche.

Wenn sie sich mit zwei gleichgesinnten Familien zur Bibelstunde trafen – wow! Das war eine Atmosphäre – von Gottesfurcht, von Liebe zu Gott schon bei den Kindern (auch schon die Kinder beteten laut!), von Ordnung, Respekt und Wohlerzogenheit. Gelegentlich kamen Glaubensgeschwister aus Deutschland, um ihren Gottesdienst zu leiten und zu bereichern.

Also, diese Familie war für mich eine enorme Bereicherung.

<u>**Zerbruch:**</u> es waren meine drei wichtigsten Dinge, die für mich wegbrachen. Zwei davon will ich hier erwähnen, eines vielleicht später.

Meine engste Freundin Janina hatte sich verlobt; mit einem Deutschen, aus Deutschland. Und würde zurück nach Deutschland ziehen... und mich alleinlassen. So feierten wir von der Gemeinde aus für die beiden eine unbeschreiblich schöne Hochzeit.

Und als sie weg war, verlor ich meine Arbeitsstelle – erstmal zur Hälfte. Die Finanzkrise machte sich bemerkbar. Es war wohl das erste Mal seit -zig Jahren, dass Optiker in diesem Land keine Stelle fanden (außer in den zwei begehrtesten Städten).

Dafür hatte ich mehr Zeit für die beschriebene außergewöhnliche Familie. Irgendwie **war es schon „meine" Familie geworden.**

In meiner Arbeit war ich die letzte Optikerin, die angestellt worden war. So wurde mir, nachdem sie Monate zuvor meine Stelle auf 50% herabgeschraubt hatten, schließlich ganz gekündigt. Die Kunden waren im Zuge der Finanzkrise weggeblieben, außer bei meinem Chef, der seit dreißig Jahren dort arbeitete, und dessen Terminkalender nach wie vor voll ausgebucht war.

Freundin weg, Arbeit weg! – Und noch jemand weg! Aber dazu muss ich etwas weiter ausholen.

Wenn das Heiraten zu wichtig wird

Meine freie Zeit konnte ich mit dafür einsetzen, einer Familie aus der Gemeinde, die umgezogen war, beim Streichen ihres Holzhauses zu helfen. Es war sehr verwinkelt, und dies Projekt war nicht mal eben so erledigt.

Es war eine schwere Zeit für mich: ohne Freundin, ohne Arbeit, ohne Perspektive – aber mit... Liebeskummer. Dazu noch vor der Nase eine blutjunge Jugendliche, die sich von Jesus abgewandt hatte und mit einem Jungen aus der Gemeinde ging. In dieser meiner Misere sah ich dieses glückliche Pärchen unbeschreiblich oft.

Gott erhörte übrigens auch da eines meiner Gebete: ich bat Ihn, damit keine Lücke in meinem Lebenslauf entstehen möge, dass ich doch – ich hatte die Arbeit bis Juli gehabt – im August wieder eine Arbeit finden möge. Und Er gab sie mir – sogar zwei! Doch dazu später.

Um den Kummer um meinen damaligen Mitstudenten zu verarbeiten, hatte ich damals vier Jahre gebraucht. Wie gerne hätte ich ihn geheiratet. Aber – das kann ich jetzt mit dem Abstand und der Weisheit und der Erfahrung des reiferen Alters sagen: **Es war gut so! Wir wären nicht glücklich miteinander geworden.**

Gegen das Heiraten sträubte ich mich – auch nach meiner Hinwendung zu Jesus – zunächst buchstäblich mit Händen und Füßen. Ich hatte das Gefühl, als verheiratete Frau sei man nur der Fußabtreter (damals kannte ich die besagte Familie noch nicht). Als eine verheiratete Frau aus der Gemeinde mir vorschlug, dass es für ein gläubiges Mädchen doch das Beste sei, zu heiraten – da schüttelte ich so lange und vehement den Kopf, dass meine Brille quer durchs Zimmer fast bis in die Ecke flog.

Das änderte sich, als wir nach einigen Jahren Besuch aus Deutschland bekamen. Janina wohnte damals auch noch mit in der WG. Der Besuch bestand aus vier Bekannten der bei uns wohnenden Witwe. Und einer davon setzte sich mir innerhalb von einem Tag, als ich die vier kennenlernte, direkt ins Herz.

Rate mal, wie viel ich in der Nacht geschlafen habe...

Der schien genau für mich zu sein: einiges größer, etwas intelligenter, für mich top aussehend und – gläubig. Mein Herz schlug höher, und ich wusste gar nicht, wohin mit den Gefühlen. Und wie wir zusammenfinden könnten. Und plötzlich schien auch die ganze schwere Zeit mit der alten Mitbewohnerin in unserem Haus Sinn zu machen: wenn sie der Grund wäre, dass ich meinen Mann in dieser Zeit finde? Es schien alles so logisch – und so hoffnungsvoll.

Ach ja, **bei solch einer Lebensentscheidung sollte man auch noch Gott fragen,** oder? Hmmm. Na ja. Gut. Okay. Begeistert war ich von dem Gedanken nicht. Ich musste doch irgendwie mit ihm in Kontakt bleiben...

Ich bat Gott dringend: *„Wenn Du willst, dass wir in Kontakt bleiben, weil wir füreinander bestimmt sind – dann lass doch bitte* (damals arbeitete ich noch als Optikerin) *bei einem von den Vieren bei der Brille was kaputtgehen, damit sie in meinen Laden kommen."*

Und? Kam jemand?

Du kannst es Dir denken: nein.

Schlusspunkt? - Ja, eigentlich ja. Hätte es sein sollen. **War ja eindeutig!**

Gott sagte einmal zu Bileam „Nein." Was machte er? Er sagte nein. Aber dann kam die Anfrage zum zweiten Mal – und er erdreiste sich, von Gott nochmal eine Antwort zu wollen, ob er diesmal mitsolle. Kennst Du diese Geschichte? O, sie ist so warnend und lehrreich.

Ist es gut, Gott zu trotzen? Haben wir dann Seinen Segen zu erwarten?

Also, ich konnte mich mit Gottes „Nein!" nicht zufriedengeben. Als ich das nächste Mal in Deutschland war, suchte ich seine Telefonnummer raus. Nein, als erstes besuchte ich seine Gemeinde – fand ihn aber nicht. Das (und seine Gemeinde) hätte mir **das zweite Stoppschild sein können! – Ich Sturkopf.**

Ich fand einen Vorwand, seine Telefonnummer herauszusuchen: ich bräuchte doch eine Kontaktperson für einen am Glauben interessierten Bekannten.

So ergab sich der Kontakt. Ich kam mit ihm zu seinem Hauskreis. Alles Ehepaare – außer uns. Ein ziemlich moderner Hauskreis.

Beim nächsten Mal sollte keine Bibelbetrachtung, sondern gemeinsames Grillen stattfinden. Er besorgte auch für mich das Fleisch mit. Das war nett. Ich meine, ich besorgte dafür für uns beide das Brot.

Damit – wenn er mich heiraten will – er das nicht um meines Äußeren willen tut, kleidete ich mich zu diesem Grillabend bewusst etwas schäbig: einen abgetragenen Jeansrock und ein älteres, verblichenes T-Shirt.

Irgendwie war meine Rechnung aufgegangen: wir blieben in Kontakt. Aber ich hatte die Rechnung ohne den Wirt gemacht!

Zurück in meinem Land nahm das Unglück seinen Lauf. Schon vorher eigentlich; bei meiner Schwester hielt ich das Neugeborene im Arm und schrieb ihm dies; „Ach, das ist aber schön", schrieb er zurück. ‚Also auch noch kinderlieb!', dachte ich und bekam Wasser auf meine erträumten Zukunftsmühlen.

Nach der Arbeit benutzte ich die Stunde, die ich auf den Bus warten musste, um mit ihm in Kontakt zu bleiben (die Pause teilweise auch). Vieles an ihm begeisterte mich. Was mich nicht begeisterte – aber Liebe macht ja blind – waren zwei Dinge mindestens (Nummer null war eigentlich schon seine Gemeinde). Das eine Gewichtige war: ich erfuhr, dass er sich morgens nicht immer Zeit nahm zum Bibellesen. Manchmal holte er es noch in der U-Bahn nach. Das machte mich traurig – **signalisierte es mir doch irgendwie, dass er den Herrn Jesus nicht (immer) an erster Stelle hatte.** Das zweite war: er hatte mir mitgeteilt, was für Musik er gerne hörte. Da gab ich den Namen der Gruppe im Internet ein – und wusste schon genug, allein durch das Aussehen der Musiker (Wie könnte ich mit jemand verheiratet sein, der so etwas gerne und freiwillig hört?!).

Allen Alarmglocken und Warnlichtern zum Trotz war ich überglücklich, als er eines Tages nicht nur mit seinem Namen unterschrieb, sondern mit „Dein ...". Es muss wohl in der Pause gewesen sein – ich lief durch den Laden, durch die Werkstatt – und hätte es am liebsten laut jubelnd jemandem mitgeteilt – doch dafür erschien es mir glücklicherweise noch zu früh.

Daheim teilte ich es meinen zwei engsten Freundinnen mit – und eine fragte ich (ohne in meiner unbeschreiblichen Freude drauf zu achten, ob sie vielleicht gerade selbst traurig sei oder gar im Liebeskummer): „Habe ich jetzt einen Freund?"

Was für ein erhebendes Gefühl!

Ich wartete noch – allen überfahrenen Stoppschildern zum Trotz – auf Gottes OK. Wir schrieben viele Mails, telefonierten selten – und wenige Male bekam ich von der energisch-schwungvollen und geliebten Handschrift einen Brief.

Janina war erleichtert, dass, wenn sie wegen ihrer Heirat mich verlassen würde, ich doch auch jemanden hätte. Alles sah so aus, als würde es bei uns auf Verlobung hinauslaufen. Da Janina eine lange Verlobungszeit hatte, witzelte ich manchmal: „Vielleicht heiraten wir ja noch vor euch."

Räusper – **bitte immer dazusagen: „Wenn der Herr will und wir leben – werden wir sowohl dieses als auch jenes tun."**

Es kam wie es kommen musste, und es kam dicke: **„Zerbrich mich, Herr"** – in ziemlicher Wucht.

Irgendwie merkte ich es in meinem Herzen, dass ich keinen Frieden darüber hatte, weiter mit ihm in Kontakt zu bleiben. Dies teilte ich ihm schweren Herzens mit und hoffte immer noch, dass dies ein „Warte" von oben sei, statt ein „Nein!!!"

So kam alles zusammen: **Freundin weg, Arbeit weg und Freund weg!**

Zu meinem Schmerz schickte er mir zu meinem Geburtstag – trotz der Kontaktpause – per Fleurop einen Blumenstrauß, wie ich ihn noch nie vorher oder nachher gesehen hatte. Einen deutlicheren Heiratsantrag konnte er mir kaum machen. Wie schmerzte es mich, den Duft der dunkelroten Rosen und weißen Lilien des Geliebten einzusaugen. Dennoch schnupperte ich oft tief und ausführlich am Strauß.

Es war komisch: immer, wenn ich daran dachte, ihn zu heiraten, wurde es in meiner Seele Nacht. Ich weiß nicht, wie fern Du schon mal von Gott gewesen bist; meine drei schlimmsten Tage der Gottesferne kamen mir als Vergleich immer wieder hoch. Damals – ich hatte noch nicht Jesus zum Herrn meines Lebens gemacht – hatte ich in meinem Herzen gedacht: „Gott und Jesus – ja; aber zwei Dinge in meinem Leben möchte ich nicht lassen." Da hatte ich also zwei Sachen bewusst vor Gott gestellt.

„Du sollst keine anderen Götter haben neben MIR".

Und darauf waren für mich die drei schlimmsten Tage in meinem Leben gefolgt. In mir war es Nacht gewesen; ich hatte einen solchen Unfrieden gehabt; ich hatte mich aufs Rad gesetzt, war möglichst weit weggefahren, aber diese innere Dunkelheit hatte mich verfolgt. Schließlich hatte ich mich im Wald auf einen Jägersitz gesetzt. **Es war so scheußlich gewesen** – ich kann es gar nicht beschreiben. **Es war mir gewesen, als hätte ich den Zorn Gottes mit Händen um mich herum greifen können. Schrecklich. Schrecklich, unter dem Zorn Gottes zu stehen!!! Schrecklich, unversöhnt in die Hände des lebendigen Gottes zu fallen!!!**

Damals hatte ich nach drei Tagen gebetet und zu Gott gesagt: *„Ich halte diesen Unfrieden nicht mehr aus. Wenn es sein muss, nimm mir diese zwei Dinge – aber schenk mir wieder DEINEN FRIEDEN."*

Nach dem Amen war der Unfriede weg gewesen.

Und nach einem Dreivierteljahr auch die zwei Dinge, die ich Ihm vorangestellt hatte. Vielleicht interessiert Dich noch, was das für zwei Dinge waren: es war derjenige, um den ich später vier Jahre Liebeskummer hatte (**der Mitstudent von damals**), und **mein damaliges Studium** (was ich dann nicht fortsetzte, als Jesus Herr über mein Leben wurde).

Diese schreckliche Dunkelheit, die ich damals in meiner Seele erlebt hatte, empfand ich fast so stark wieder, wenn ich mich mit dem Gedanken beschäftigte, diesen Mann zu heiraten.

Und zu meinem großen Bedauern, zu meiner tiefsten Trauer, blieb sie.

So rief ich ihn eines Tages an, und tat ihm schweren Herzens kund, dass ich ihn nicht heiraten kann.

Wer kann sich ausmalen, wie es ihn getroffen hat. Ja, er war sehr betroffen. „Es macht mich nicht glücklich", äußerte er.

„Mich auch nicht." Da schloss ich meine zweite Bekanntschaft mit Depressionen (die erste war eine Mobbing-Zeit in der sechsten Klasse gewesen).

Verstanden wurde ich von den Eingeweihten kaum. „Ich verstehe dich nicht", äußerte die Witwe, von der ich dachte, dass sie die indirekte Vermittlerin meines erhofften Mannes werden würde. Dachte sie ebenso wie ich an den Verlauf von Janinas Beziehung, wo vor der Verlobungszeit auch eine längere Kontaktpause eingetreten war – und dass es bei mir analog gehen müsse?

Auch andere, die nicht verstanden, was ich gerade durchmachte, fügten meinem Leid noch Schmerz hinzu (z.B. jugendliche Mädchen von ca. 16 und 17, die mir in einem gemeinsamen Urlaub in den höchsten Tönen von ihren Heiratsträumen vorschwärmten – am besten schon mit 18; ich war 26 und am Boden zerstört).

Ja, man sollte aufpassen und feinfühlig sein, welche Themen man mit welchem Gegenüber teilt...!

Wieviel Leid hätte ich mir ersparen können – und vor allem diesem sympathischen gläubigen Mann! Für ihn war es ja noch schlimmer, dass ich Gottes sämtliche Stoppschilder

überfahren hatte. Ich war ja schuld – und was konnte er dafür? Jetzt hatte ich ihm ein zerbrochenes Herz beschert und sein Leben ruiniert – vielleicht für Jahre, vielleicht noch länger! Hoffentlich nicht für immer.

Da kann ich nur innerlich schreien: *„HERR, vergib mir! Heile DU den Schaden, den ich angerichtet habe!"*

Gott wollte dieses Leid uns beiden ersparen.

Wie gut ist es, willig auf Seine Stimme zu hören. Seine Gedanken sind höher als unsere und Seine Wege weiser.

Das Leben unten auf der Talsohle

Hier war ich – **mitten im „Zerbrich mich"-Prozess.**

Die Situation zu Hause war schwer – und ich dachte, ich hätte keine Aussicht auf Besserung. Die alte Mitbewohnerin würde immer älter und schwieriger werden, und mein Leben würde nie wieder besser werden. Heiraten könnte ich sowieso vergessen. Jetzt müsste ich mein trauriges Leben allein, doch mit der schwierigen Mitbewohnerin fristen.

Auch die Arbeit im Altenheim – die ich auf wunderbare Weise bekommen hatte – fiel mir insgesamt schwer. Wobei es auch da schöne Seiten gab – denen ich gerne noch ein paar Zeilen widme – doch wenn man durch die schwarzgraue Brille des Lebens schaut, ist halt so ziemlich alles schwarzgrau.

Auch in der Gemeinde erlebte ich einen Niedergang. Es ging schleichend. Bei den Mädchen fing es mit Jogginghosen im Alltag an (wie gesagt, hatte ich damals leider den Grundstein dazu gelegt); hinzu kam (zunächst durchsichtiger) Nagellack; es folgten Halsketten, ärmellose T-Shirts; bei den Jungen kamen die gegelten Haare; später kam das gemischte Baden.

Ein richtiger Lichtblick in meinem vermeintlich nur traurigen Leben war **„meine" Familie**. Zunächst war ich ja gegen das Heiraten gewesen, und als ich diesen stattlichen jungen Mann kennengelernt hatte, dachte ich: Mit so einer Einstellung solltest du nicht in die Ehe gehen. Woraufhin ich beschlossen hatte, öfters bei „meiner" Familie zu sein, zu der mich eine tiefe Liebe hinzog, um von ihrem guten Beispiel einer gläubigen, tief gottesfürchtigen Familie und Ehe zu lernen. Ich ging weiterhin gerne hin, auch wenn meine Aussicht auf Heirat jetzt weggefallen war.

Und die Zeit kam, wo ich beschloss, aus Glaubensgründen kein Internet mehr zu benutzen. Es war komisch, meine Emailadresse abzumelden und auf diesem Weg nicht mehr erreichbar zu sein. Aber es war in den zwei Jahren, in denen ich es durchzog, ganz angenehm.

Mit meinen äußerlichen Veränderungen (die Hosen und die nur knielangen Röcke hatten meinen Schrank verlassen) war ich ab da bei den Jugendlichen der Gemeinde untendurch. Manchmal kann man die Verachtung der anderen richtig spüren. Unsere Wege hatten sich überkreuzt: bei mir von störrisch-rebellierendem Beharren auf Hosen hin zu dem Wunsch nach einem gottesfürchtigeren Leben; bei ihnen – angestiftet durch mein schlechtes Vorbild damals – hin zu einem moderneren und weltförmigen Äußeren.

Meine Talsohle war also: Freundin weg, geliebte Arbeit weg, Verlobter in spe weg, Verachtung in der Gemeinde, schwerfallende Arbeit, und eine schier unerträgliche Wohnsituation.

Bevor ich auf die zwei Arbeiten eingehe, die ich in meiner Tal-Phase hatte, ein paar Lebensweisheiten aus der Wohnsituation:

Erwarte nicht, dass die Person, mit der Du gut befreundet bist und mit der Du Dich super verstehst, Dir bei gemeinsamem Wohnen die gleiche Freude bereiten wird.

Das wusste ich damals noch nicht, sondern ich hätte Luftsprünge machen können, als eine befreundete Schwester aus der Gemeinde – sie wohnte bis dato bei der lieben Nachbarsfamilie – mir mitteilte, sie würde bei mir und der Witwe mit einziehen. Diese Schwester war mir ein Vorbild; tatkräftig, fest im Glauben, sich für uns Schwestern engagierend, stets gut drauf, konnte viel aus ihrem reichen Leben erzählen und dabei manche Glaubenserfahrung weitergeben. Ja, ich freute mich über ihren Einzug! So war ich dann auch nicht allein mit der für mich schwierigen Mitbewohnerin.

Pustekuchen. Meine Freude währte nicht lange.

Diese tatkräftige Schwester, hart im Nehmen, auch wenn sie sich manchmal eine Schmerztablette einwarf, war nicht nur hart zu sich selbst, sondern vor allem auch zu mir. Das Eklige an der Sache war, dass sie mir ihre Vorwürfe so durch die Blume sagte – gerne auch noch beim gemeinsamen Bibellesen; so wie bei der alten Mitbewohnerin – dass ich mich nicht verteidigen konnte. Der Vorwurf gegen mich stand einfach im Raum; und ich war – nach meiner Empfindung – die Dumme. Die so vieles falsch macht. Die nicht richtig im Glauben lebt. Das Bibellesen mit ihr war mir, ebenso wie bei der alten Mitbewohnerin, eine Seelenmarter.

Trafen wir uns im Haus, wenn ich oder sie gerade von der Arbeit gekommen war, standen mir oft schon die Tränen in den Augen. Dann bekam ich dermaßen indirekt zu hören, dass man als Christ doch nicht weinen darf, Stärke zeigen muss, „unverzagt und ohne Grauen stets sich lassen schauen" (so in einem christlichen Lied) soll – dass ich mich als Person und als Christ einfach nur als Versager fühlen musste. Und sie war die Starke, die Siegerin.

Du kannst Dir vorstellen, dass ich gerne die Flucht ergriff, um nicht zu Hause sein zu müssen.

So fand ich im Laufe der Wochen und Monate drei **Zufluchts-orte**: am öftesten **bei „meiner" Familie** – da durfte ich auf dem Sofa im Spielzimmer übernachten. Dort war auch der Ofen; manchmal war es kalt, manchmal überheizt. Mal konnte ich nicht schlafen, wenn ich an meine Mitbewohnerinnen zu Hause dachte. Einmal weckte mich morgens der Familienvater; nachts hatte ich lange nicht einschlafen können, und morgens hatte ich dann meinen Wecker überhört. So hatten sie von der Arbeit aus angerufen und gefragt, ob ich noch zur Frühschicht erscheine. Als ich eine halbe Stunde später verschlafen dort erschien, lächelte die Chefin (eine wiedergeborene Christin übrigens, doch dazu gleich mehr) und hatte Verständnis.

Mein zweiter Zufluchtsort war **eine Familie mit vier Kindern** („meine" hatte noch einige mehr), von denen das erste schon Heimunterricht bekam. Dort fühlte ich mich auch willkommen; es kann sein, dass ich dort auch ab und an übernachtete.

Mein dritter Zuflucht- und Übernachtungsort war, wenn es sich ergab, meine eine Arbeitsstelle.

Zwei Arbeitsstellen: entweder wird er den einen lieben...

Hast Du schon mal eine Arbeit durch einen Telefonanruf bekommen? Oder durch Empfehlung Deiner Nachbarin?

Beides war bei mir der Fall. Mein (zu hoch) geliebter Optikerjob war vorbei; neben meiner Betätigung beim Hausanstreichen verteilte ich Lebensläufe und machte Anrufe. An einer Stelle, wo ich telefonisch nach Arbeit fragte, antwortete eine sehr nette Frau, Vertretungskräfte würden sie immer brauchen können. Sie lud mich zum Gespräch ein.

Was war bei Deinen Vorstellungsgesprächen die erste Frage?

In Deutschland oft: „Haben Sie gut hergefunden?"

In Deutschland ziemlich bald: „Kann ich Ihre Zeugnisse sehen?" (Nein, die hat man ja vorher schon hingeschickt – aber Papiere, Papiere, Papiere wollen sie...).

Nun, bei meinem Vorstellungsgespräch dort war die erste Frage: „Wie ist denn deine Kontonummer?"

Du hast verstanden, was ich damals auch verstand: sie hatte mich bereits vor dem persönlichen Gespräch schon innerlich angestellt. –

Meine Nachbarin hatte ihrer Chefin von meiner Arbeitssuche erzählt und von meiner Berufserfahrung. Diese Chefin lud mich also *auch* zu einem Vorstellungsgespräch ein – und was war ihre erste Frage??

„Wie ist denn deine Kontonummer?"

So war es in dem Land, das Gott zum Wohnen für mich ausgesucht hatte: erstmal schauen sie: Wer bist du als Person?

Dann: Was kannst du/hast du schon gemacht?

Und, was in Deutschland die Nummer eins ist: Papiere hoch drei – das kam gar nicht. In beiden Fällen.

So – nun hatte ich also zwei Arbeitsstellen parallel. Am Anfang der Woche wusste ich meist nicht, wie viele Schichten ich bekommen würde. Denn als „Vertretung" (ohne Ausbildung in dem Fach) durften sie mich nicht für einen bestimmten Prozentsatz vorab einplanen – nur, wenn jemand unvorhergesehen ausfiel.

Da war ich froh um jede Schicht, die ich kriegen konnte (außer sonntags – den hielt ich mir frei; tja, einen Vorteil darf man ja haben, wenn man schon keine feste Anstellung bekommt). Manchmal hätte ich bis zu sieben oder acht Schichten in der Woche machen können. Ein einziges Mal kam es vor, dass ich die ganze Woche leer ausging.

Wenn ich keine Frühschicht hatte und mit der alten Mitbewohnerin gemeinsam am Frühstückstisch saß, fragte sie mich: „Musst du heute arbeiten gehen?" Da verbesserte ich sie: „Du musst fragen: 'Darfst du heute arbeiten gehen?'" Denn es war ja keineswegs selbstverständlich. Das lernte die alte Mitbewohnerin relativ schnell, und bald fragte sie mich morgens: „Darfst du heute arbeiten gehen?"

Nachts konnte ich oft Stunden nicht einschlafen und war dann froh, wenn es irgendwann in der Nacht klappte. Und wenn ich ausschlafen konnte, so kam es wohl ab und zu vor, dass ich bis mittags schlief und statt Frühstück direkt zum Mittagessen gehen konnte. Andererseits war ich froh, wenn ich morgens nach einer noch so kurzen Nacht aus dem Bett geklingelt wurde, weil sie mich für eine Frühschicht brauchten.

Wahrscheinlich ahnst Du schon, wohin es mich verschlagen hatte: wie schon einige Male vorher in die – Pflege.

Das Heim, wo meine Nachbarin arbeitete, und wo insgesamt eine eher gottlose und unangenehme Atmosphäre im Pausenraum herrschte, war in der 8 km entfernten nächsten Kleinstadt. Eigentlich war es kein Heim, sondern betreutes Wohnen. Über drei-vier Gebäude verteilt wohnten die alten und/oder pflegebedürftigen Menschen, und jeder Mitarbeiter hatte eine Liste, wann man wo zu sein und was man zu erledigen hatte. Da galt es, mal einer stets zufriedenen fast Hundertjährigen die Stützstrümpfe anzuziehen, mal gab es bei einer zitternden, dementen Dame die Medikamente zu verabreichen, oder bei einer bissigen alten Frau die Körperpflege vorzunehmen. Was es da alles für Schicksale gab! Ein schwerbehinderter Mann mittleren Alters schien noch depressiver zu sein als ich!

Vor einer 98-Jährigen, die sage und schreibe Ururgroßmutter war, fürchteten sich die Pflegerinnen; jede versuchte sie zu meiden. **Betend ging ich zu ihr hinein.** Sie schimpfte heftig über das Unrecht, was ihr widerfahren war – ein Pflegefehler, woraufhin sie seitdem ein Bein hinter sich herzog und zudem auf den

Rollator angewiesen war – und wie schlecht es ihr seitdem ging. Ich hörte es mir geduldig an – und sagte dann, **innerlich betend und bebend: „Ich kenne jemanden, der noch mehr Unrecht erlitten hat als du." Erstaunt hielt sie inne. Eine ganze Weile hörte sie mir zu, als ich erzählte, wie Jesus zu Unrecht gelitten hat, um unsere Sünden zu tragen.**

Schade, dass ich Gespräche in dieser Art nicht öfters bei ihr wiederholte. Ob sie sonst am Ende noch Jesus als ihren Erretter angenommen hätte?

In dem anderen Heim, in einem Mini-Städtchen ca. 30 km entfernt, das man bei uns eher Dorf nennen würde, herrschte eine ganz andere Atmosphäre: bei der einen Station mit 10 Bewohnern waren 9 wiedergeborene Christinnen mit meist leuchtenden Augen; bei der anderen Station ca. 5 von 10; beim Personal vielleicht noch ein Drittel oder ein Viertel. Auch die eine Chefin war gläubig und strahlte so eine Zufriedenheit und Freude aus. Es war eine freundliche, helle Stimmung im ganzen Heim.

Dahin wurde jene gefürchtete 98-Jährige wegen verschlechterten Gesundheitszustandes verlegt. Die Mitarbeiterinnen waren fassungslos, was da in ihrer Akte stand: denn hier in dem hellen, frommen Heim war auf einmal auch diese Anna wie ausgewechselt! So zufrieden, ausgeglichen... (zumindest die erste Zeit nach ihrer Ankunft).

Es war einfach unglaublich, diese Atmosphäre. So zufriedene demente Damen (fast alle – eine wurde auch zickig und etwas gefährlich, wenn ihr was nicht passte). Eine war mehr um mich besorgt; als um sich selbst: „Es hat geschneit, es ist glatt draußen", sagte sie beim Blick aus dem Fenster, „hoffentlich kommst du heil nach Hause." Eine andere Demente wünschte mir bei jeder Schicht: „Hoffentlich bekommst du einen netten Mann" (sie kannte ja meine Situation nicht). Eine Neunzigjährige, die leider das Laster des Rauchens nicht aufgegeben hatte und wohl auch Lungenkrebs hatte, erzählte von der Erweckungszeit im Süden des Landes. Da war sie, 13-jährig, mit ihrem Vater in einer der

Erweckungsversammlungen gewesen: er wurde von Gottes Geist so berührt und hatte solch eine Sündenerkenntnis, dass er zittern und/oder weinen musste; sie wollte ihn trösten, wurde aber selbst so von Gottes Geist ergriffen, dass sie ebenfalls zittern und/oder weinen musste; es kann sein, dass sie beide am gleichen Tag, in dieser Versammlung, durch die Gnade Gottes die Vergebung der Sünden ergriffen und durch Jesus von neuem geboren wurden. Diese Zeit der Erweckung muss bewegend gewesen sein!

Die Ausläufer der dieser Erweckung sind heute noch im Bibelgürtel zu finden. Und dort auf dem Land waren sie, z.B. in diesem Heim, noch spürbar.

Mit das Schönste an diesem Job war: zur Nachmittagsschicht, während die anderen Pflegerinnen die Bewohner mit ihren Rollstühlen in die Stube brachten und ihnen Kaffee und Kuchen servierten, konnte ich auf dem Klavier Glaubenslieder spielen und dazu singen, und die Alten sangen gut und gerne mit! ☺

Was für eine Freude: Lieder für Jesus singen und spielen, Alten eine Freude machen und sie singen sogar mit – und das nennt sich Arbeit, und ich werde auch noch dafür bezahlt!

Die Mitarbeiterinnen waren unglaublich lieb zu mir. Eine etwa 50-Jährige, die den Alten mit ungeheurer Wertschätzung und Liebe begegnete, schaute mich, als dort Arbeitskleidung für alle eingeführt wurde, verständnisvoll an und sagte von sich aus: „Du kannst weiterhin im Rock kommen. Den wäschst du einfach selbst, und den Kittel kriegst du von hier."

Man hatte Zeit: Zeit für Pausen, Zeit für die Alten, Zeit zum Häkeln oder Stricken, Zeit zum Unterhalten. Ganz das Gegenteil von Deutschland, wie ich später erfahren sollte.

So sorgt euch nun nicht um den morgigen Tag.

Wie erträgt man am besten eine ausweglose Situation?

Einmal fand ich den Schlüssel dazu – aber leider verlegte ich ihn schnell wieder.

Eines Morgens machte ich mir folgende Gedanken: ‚Es ist eine schreckliche Wohnsituation. Keine Aussicht auf Besserung. Es ist mir schwer mit meiner Arbeitssituation. **Der Liebeskummer fast nicht zum Aushalten. Von den Jugendlichen verachtet. Von der engsten Freundin verlassen. Die Freundin zur Feindin, die bei mir mit eingezogen ist. Nein, keine Hoffnung auf Änderung der Lage.**

ABER [und diesen Tipp wünschte ich mir, dass ich es schaffen würde, ihn jeden Tag zu beherzigen]: „**JETZT SCHAUE ICH MAL NICHT AUF DIE GESAMTSITUATION. JETZT SCHAUE ICH NUR AUF DEN HEUTIGEN TAG, BIS HEUTE ABEND, MIT GOTTES HILFE.**"'

Und was war?

- **Ich hatte an dem Tag Arbeit, und zwar in dem freundlichen Heim**
- **es war eine angenehme Frühschicht**
- **die Sonne schien, und es lag Schnee**
- **danach hatte ich noch Zeit und noch Sonne, mich auf die Bretter zu stellen und im Wald hinter dem Haus eine Langlaufrunde in märchenhaft schöner Landschaft zu drehen**
- **zu Hause gab es an dem Tag keinen besonderen Ärger.**

Und meine Gedanken schauten, wie es eben ging, auf Jesus. Und NUR BIS ZUM ABEND. Am Abend, als ich mich zum Gebet hinkniete, konnte ich nur STAUNEN UND GOTT DANKEN, was für einen schönen Tag Er mir geschenkt hatte.

Er weidet mich auf einer grünen Aue

Irgendwann hatte ich mich innerlich damit abgefunden, dass mein Leben als Christ halt unten auf der Talsohle entlangschrappt.

Als ich mich damit abgefunden hatte, rief meine frühere Optikerchefin (die so explodieren konnte) an und teilte mir mit, dass ein Laden der gleichen Kette an der Westküste jemanden suchen würde, ein halbes Jahr vertretungsweise.

Ich telefonierte mit der neuen Chefin – stellte sie mir als eine kleine, hellhäutige und rothaarige Frau vor – und teilte ihr meine Rahmenbedingungen mit: dass ich nur 80% arbeiten wolle, dass ich alle zwei Wochen heimfahren wolle (um den Klavierunterricht in „meiner" Familie fortzusetzen), und dass ich kein Internet mache. Wahrscheinlich dachte ich, jetzt wird sie mich nicht wollen. Aber **sie sagte, da würden wir einen Weg finden.**

Für mich klang das alles viel zu schön, um wahr zu sein. Das kann bestimmt nicht Gottes Wille sein, dachte ich in meiner Depression. Wahrscheinlich ist es nur eine Versuchung. Ich betete und überlegte; Janina, der ich davon erzählte, gab mir einen **wertvollen Tipp: „Wenn nichts Konkretes dagegenspricht, dann nimm es doch aus Gottes Hand an."**

So machte ich es schließlich. Vor meiner Abreise kamen nach der Bibelstunde die Leute zu mir[7], gaben mir die Hand und wünschten mir Gottes Segen. Und den bekam ich – spürbar und greifbar! Es ist mir bis heute unfassbar, wie

---

[7] Es fühlte sich ein bisschen an wie bei Hiob – als er aus seinem Leid draußen war, kam seine Familie zu ihm, und sie gaben ihm Geschenke. „Die Gerechten werden mich umringen, wenn DU mir wohlgetan hast" – so fühlte ich, als die Geschwister zu mir kamen und mir gratulierten, als es bei mir bergauf ging. Doch, es hatte auch vorher welche gegeben, die mitfühlend waren und versuchten, mich aufzubauen. Aber vermutlich kann die Mehrheit der Menschen mit einem so Depressiven nicht viel anfangen.

Gott mich innerhalb von so kurzer Zeit von so einem tiefen Loch auf die höchsten Berge führte.

‚Im Paradies muss es noch schöner sein', dachte ich eines Tages, in der Küche stehend die Aussicht auf den tausend Meter hohen Berg und auf den prächtigen Rhododendronbusch vor meinem Fenster genießend: ‚aber zur Zeit bin ich sehr nahe dran.'

Eine unglaublich schön gelegene Wohnung für mich allein (!), mit Aussicht auf die Berge; vom Hügel hinter dem Haus Aussicht auf einen Meeresarm; nebenan die sehr netten und friedlichen Vermieter. Ich meine sogar, dass mir die Wohnung von der Arbeit bezahlt wurde.

Und die Arbeit! Wow! Hauptverantwortlich als Optikerin für den Laden (die Chefin, die in Mutterschaftsurlaub war, stellte sich als Asiatin heraus), einzige Optikerin, zwei im Wesentlichen sehr nette Kolleginnen, eine Klientel, die teilweise von weither kam (siehe unten); geschätzt und anerkannt; Freude bei der Arbeit; geniale Arbeitszeiten (ich merkte noch die Ausläufer meiner Depression an meinem erhöhten Schlafbedürfnis).

Als Optiker bekommt man die Anerkennung der Kunden, wenn man Glück hat, bei der Abholung der Brille. Oder nach zwei-drei Jahren, wenn sie wiederkommen und sagen: „Von Ihnen hätte ich gerne wieder eine Brille, mit der vorherigen war ich super zufrieden." Wenn man aber nur von Februar bis einschließlich August wo ist – wie kann man da positive Rückmeldung erhalten? Einmal tatsächlich direkt bei der Abholung; das ist mir so haften geblieben, weil die Situation etwas außergewöhnlich war. Eine ältere Kundin, vielleicht schon um die siebzig, wollte ein gewisses Angebot in Anspruch nehmen, was normalerweise eher für Gleitsichtbrillenanfänger geeignet war und dann noch ohne jede Entspiegelung. Meine Kollegin und ich rieten ihr davon ab; sie hörte deutlich heraus, dass wir von diesem Angebot nicht sonderlich angetan waren. Als sie die beiden nicht entspiegelten Gleitsichtbrillen, mit nur schmalen Sichtbereichen, schließlich abholte – wohl mit einer niedrigen Erwartungshaltung – setzte sie sie auf und sagte begeistert: „Ich kann ja was sehen!"

Eine andere Kundin, die eine neue Gleitsichtbrille bekommen hatte, weil sich ihre Stärken geändert hatten, brauchte innerhalb kurzer Zeit wieder neue Stärken. Wie es bei fortgeschrittenem Grauen Star in kurzer Zeit der Fall sein kann, hatte sich ihre Stärke binnen kurzem um zwei Dioptrien in Minusrichtung bewegt. Ich hatte ihr zur OP geraten. Zufällig traf ich sie, einen Ort weiter, am Kai für eine Fähre. Freudestrahlend erzählte sie, dass sie so dankbar war für meine Empfehlung und die gelungene OP.

Bei meinen zweiwöchentlichen Heimfahrten musste ich mal an dem Gebirgspass vor einem zeitweilig gesperrten Tunnel warten. Dort kam ich ins Gespräch mit dem Mitarbeiter, der den Verkehr regelte: ich hätte ihm ja seine Brille gemacht, und er sei so zufrieden. – Er wohnte weit weg von meiner Arbeit, doch wir waren ja der einzige Optiker in einem riesigen Umkreis. So bekam ich, vor dem Tunnel mitten in der Pampas, eine positive Rückmeldung für eine meiner Brillen.

Zu der Zeit sagte ich: „Ich habe den allerschönsten Weg zur Arbeit." Der wurde übrigens auch von meiner Arbeitsstelle finanziert. Nein, damit meine ich nicht den zehnminütigen Fußweg von meiner Wohnung dort; sondern ich meine die zweiwöchentlichen Heimfahrten: traumhaft, herrlich, wunderbar. Entweder ein Stück mit Schiff über einen Meeresarm, wo ich mich von der Sonne anscheinen und die frische Luft um die Nase wehen ließ; oder durch einen kilometerlangen Tunnel unter einem Gletscher durch. Und hinterher der Blick auf den Gletscher. Dann die Fahrt durch ein grünes Tal. Und dazwischen, ungefähr bei Halbzeit: der Gebirgspass. Schnee ohne Ende! Nach gut zwei von vier Stunden machte ich hier Rast, schnallte meine Langlaufskier unter, und los ging's, eine herrliche Runde durch die bis Ende Mai verschneiten sonnigen Berge. „Geht's mir gut", dachte ich, „die anderen haben keine Vorstellung davon, wie's mir hier gut geht!"

Ich war Gott so dankbar! Gerne sang ich das Lied „Geh aus, mein Herz und suche Freud"', und besonders gerne die Strophe: „Ach, denk ich, ist es hier so schön, und lässt Du's uns so lieblich geh'n auf dieser armen Erde."[8]

Auch gemeindemäßig schenkte Gott mir einen guten Anschluss. Dort traf ich mich mit einigen Älteren zur Bibelstunde (auch wenn ich einmal raus ging, weil sie einen Film schauten, statt im Wort zu lesen) und knüpfte Kontakt mit einer Familie aus Eritrea.

Da durfte ich manch frohe Stunde verbringen. In der Nähe des Centers, wo ich arbeitete, wohnte also die schwer rheumageplagte eritreische Mutter mit einer 11-jährigen und einer ca. 6-jährigen Tochter. Wir hörten nicht auf, um Wiedervereinigung ihrer Familie zu beten; von ihrem Mann, sowie von zwei Söhnen und einer weiteren Tochter, hatte sie jahrelang nichts gehört. Der älteste Sohn war ins Militär gegangen. Einige Monate später – welche Freude! Ihr Mann kam mit dem jüngeren Sohn und mit der Tochter (ca. 14 – aber wie lebenstüchtig! Sie hatte, statt dort zur Schule zu gehen, die Mutter ersetzt und war unbeschreiblich flink im Haushalt). Ich durfte die Freude ihrer Wiedervereinigung teilen. In ihrer gebrochenen Sprache sagte die Mutter einige Male: „Vorher – viel denken; jetzt – ein bisschen denken" und meinte damit ihre Sorgen, die sie sich um die verschollenen Familienmitglieder gemacht hatte und noch machte.

Mit den Töchtern spielte ich Federball, **mit der Mutter las ich manchmal in der Bibel.** Einige Male nahm ich die Töchter mit auf einen Bergausflug. O, es war atemberaubend schön! Und direkt vor der Haustür! Man brauchte gar nicht weit zu gehen, auf ein Aussichtsberglein, und sowie man den Wald durchquert hatte und oben ankam, verschlug es einem buchstäblich den Atem bei diesem Anblick: blaue Weiten des Meeresarmes, unterbrochen

---

[8] „ …Wie wird es erst nach dieser Welt dort in dem reichen Himmelszelt und güld'nen Schlosse werden!" – Dieses Lied ist, wie viele andere schöne mit Tiefgang, von dem leiderprobten Paul Gerhardt.

von Schiffen mit geriffelter Spur hinter sich, viele Inseln dazwischen, herrliche Berge...!

Einmal, als ich alleine eine Tour machte, nahm ich meine Langlaufskier mit, da ich gehört hatte, dass es oben noch Schnee geben sollte. So marschierte ich im Grünen los, die Skier auf der Schulter; es kam mir komisch vor. Wie schade, dass ich an dem Tag keinen Fotoapparat mitgenommen hatte! Es war einfach unglaublich. Oben schnallte ich meine Skier an. Auf der einen Seite mächtige, imposante Berge (die ich jetzt von der anderen Seite aus sah, statt von meiner Wohnung); Schnee zum Skifahren genug; und gegenüber: der malerische Fjord, und dahinter wieder steile Berge. Es war so schön, dass ich es kaum fassen konnte! Dieser Ausflug war ein kostbares Geschenk für mich, von dem ich noch lange zehren konnte.

Einen Teil meiner freien Zeit dort verbrachte ich mit Orgelspielen. Dazu durfte ich die relativ nahegelegene Dorfkirche benutzen. Einmal begegnete ich dabei einer Dame, die bei dem angrenzenden Friedhof ein Grab besuchte. „Mein Mann ist vor zehn Monaten gestorben – und es tut noch genauso weh", berichtete sie traurig. ‚Aha', dachte ich, ‚Liebeskummer ist zwar schlimm, aber *dieser* Schmerz bleibt mir erspart.'

Aufgrund eines christlichen Buches, das ich gelesen hatte, nahm ich Kontakt mit einer Familie auf, die anfangs noch auf der Nachbarinsel wohnte. Ich weiß nicht mehr genau, was ich für **Erwartungen** hatte, aber mit Sicherheit wurden sie mehr als **übertroffen**. Auch wenn sie in so manchem anders dachten und handelten, war hier **ein leuchtendes Beispiel von gelebtem Christsein**. Mit einem Wohnmobil und einem christlichen Spruch drauf waren sie durchs Land gefahren, um von Jesus weiterzusagen. Mit Freude hatten sie jedes Kind willkommen geheißen, das ihnen Gott anvertraut hatte – auch mit Erbkrankheit. Das Faszinierendste an ihnen war: die Bibel des Vaters und seine Augen. Diese Bibel – da war nicht nur unterstrichen worden. Nein, er lebte darin; er gebrauchte nicht nur Farben plus Kugelschreiber, sondern kringelte sich einzelne Wörter ein, die ich in dem Zusammenhang wichtig waren, z.B: „[Abraham] zog aus, <u>ohne zu wissen,</u> wohin er komme… (Hebr. 11,8).“ Sein Herz und Denken war so von Jesus erfüllt. Er dichtete und komponierte auch christliche Lieder und sang sie, gitarrenbegleitet, gemeinsam mit seiner Frau. Sie waren sehr gastfreundlich. Und – jetzt kommt's – wenn er einen anschaut, hast du das Gefühl, aus seinen Augen schaut dich Jesus an!!

Es war eine traumhaft schöne Zeit dort an der norwegischen Westküste!

An meinem Auszugstag schaffte ich es, dem Herrn sei Dank, mein komplettes Zeug so in mein kleines Auto zu schlichten, dass es bis oben hin vollgestopft war. So brauchte ich kein zweites Mal zu fahren. Aber fürs Packen hatte ich so lange gebraucht, dass mir eine Frau aus der Gemeinde, die mir viel Gutes erwiesen hat – sie wohnte auf der anderen Seite des Hügels, mit Aussicht auf den Fjord – anbot, ich könne doch noch einmal bei ihr übernachten, weil es schon so spät geworden war. Dankbar nahm ich dieses Abschiedsgeschenk an. Schade, dass meine Arbeit nicht verlängert wurde.

Reisegnade

In meiner Zeit dort in Norwegen erlebte ich immer wieder, wenn ich einmal im Jahr „Heimaturlaub" machte, Gottes Hilfe.

Einmal sollte ich mit einem älteren Ehepaar, das Verwandte in unserer Gemeinde besucht hatte, mit dem Auto und der Fähre mitfahren. Weil ich am Vorabend der Reise meinte, das Haus wer weiß wie putzen zu müssen, hörte ich morgens ihr mehrfaches Klingeln an der Tür nicht. Als ich wach wurde, wunderte ich mich, dass sie noch nicht vorbeigekommen waren. Doch der erste Blick auf die Uhr gab mir einen gehörigen Adrenalinstoß: verschlafen! Nur noch kurze Zeit bis zur Abfahrt der Fähre! Fast wie damals, mit dem Flughafenbus. Ich flehte zu Gott um Gnade, dass ich die

Fähre noch erwischen möge, schnappte mein Gepäck und raste selber mit dem Auto zur Fähre. Wenn ich auf dem 30-min-Parkplatz stehe, wenn alles gut geht, und ich schnell mein Ticket bekomme, vielleicht schaffe ich es auf den letzten Drücker, bevor sie die Brücke wieder hochklappen und sich die Tore der Fähre schließen...

Ganz kurz vor knapp sprang ich vom besagten Parkplatz in die Schalterhalle. Dort hatte ich den Geistesblitz, ihnen meinen Autoschlüssel dazulassen. Ich holte mein Ticket ab, rannte die Schläuche hinauf, sprang in die Fähre hinein – und der Bedienstete schloss hinter mir zu.

Als die Fähre ablegte, konnte ich Gott von Herzen danken. Auch das Ehepaar fand ich noch: als ich partout auf alles Klingeln und Klopfen nicht reagiert hatte, hatten sie beschlossen, ohne mich zur Fähre zu fahren, um sie nicht auch noch selbst zu verpassen. Sie waren erleichtert, dass ich sie doch noch erwischt hatte, und ich telefonierte mit einer Kollegin, die so freundlich war, mein Auto auf einen anderen Parkplatz umzustellen; eine Freundin holte es von dort für mich ab.

Ein andermal war ich, zusammen mit der Freundin und späteren Mitbewohnerin, auf der Rückreise von Deutschland. Irgendwann merkten wir, dass wir schon knapp dran waren, und fuhren schneller – bis wir in einen Stau gerieten. Wir konnten nur hoffen und beten. Als der Stau endlich vorbei war, schaute ich auf die Uhr, auf die Schilder und auf den Tacho, und begann zu rechnen: wenn jetzt nichts mehr dazwischenkommt, und wir haben noch so und so viel Kilometer, und so und so wenig Zeit, dann müssten wir, um gerade noch rechtzeitig zur Fähre zu kommen, eine Durchschnittsgeschwindigkeit von 180 km/h hinlegen. Da ich hinter dem Steuer saß, versuchte ich dies betend. Etwa zwei Minuten vor Abfahrt der Fähre fuhren wir zum Schalter, ließen uns unser vorbestelltes Ticket geben, und fuhren aufs Autodeck. Hinter uns noch ein Auto (hatte wahrscheinlich auch im Stau gestanden), und die Fähre ging zu.

An Deck sagte ich der Freundin, dass wir doch jetzt Gott danken sollten. Es schien ihr etwas unangenehm zu sein, so in Gegenwart der anderen Fahrgäste, aber das war mir gerade egal: Gott hatte uns so eine großartige Gebetserhörung geschenkt, und ich war so unbeschreiblich erleichtert. So sprachen wir ein Dankgebet, oder sangen sogar noch ein Danklied.

In der Zeit, als ich noch kein eigenes Auto hatte, war ich öfters auf andere angewiesen, oder auf den Zug. Wenn ich relativ kurzfristig eine Reise nach Deutschland machte, ließ ich mich z.B. von Janina an die Fähre bringen, und sprach dann Leute an, ob sie mich mit rüber nehmen würden. Es gab ein Ticket für Autofahrer, bei dem man für ein Auto plus 2-5 Personen den identischen Preis zahlte. So erlebte ich es mehrfach, dass mich Leute auf ihr Ticket mit dazu buchten (und es nicht extra kostete). Und mich teilweise nach der Fähre noch ein Stück mitnahmen. Bevor ich die Leute ansprach, betete ich. Und so ging es jedes Mal gut. Obwohl ein LKW-Fahrer, bei dem ich noch weitere Stunden mitfahren konnte, mir Tramp-Schauergeschichten erzählte und so versuchte mich von weiterem Trampen fernzuhalten. Ein anderer brachte mich bis zu meiner Destination in Deutschland.

Eine Rückfahrt ist mir noch lebhaft in Erinnerung: man wollte mich überreden, mich doch wieder in Deutschland sesshaft zu machen. Es klang logisch so überzeugend. Aber ich dachte: Mein Platz ist doch dort in Norwegen! Das habe ich doch als Gottes Willen erkannt!

Was sollte ich tun? Wahrscheinlich betete ich: „Gott, wenn DU mich wieder dort haben willst, bitte bring mich gut wieder hin." So ließ ich mich an eine Autobahnraststätte bringen, und sagte: „Wenn ich bis heute Abend noch dastehe, bleibe ich doch in Deutschland."

Mein Gepäck stand am Rand, ich daneben, und es begann zu tröpfeln. Ich streckte den Daumen hoch, und das erste Auto hielt an und nahm mich mit. Und zwar einige hundert Kilometer. Bei ein paar Bauarbeitern fuhr ich ein Stück mit; und einmal stand ich ziemlich lange an der Landstraße. Gegenüber war ein McDonalds, und die jungen Leute fuhren um den Kreisverkehr herum, ohne mich mitzunehmen. Allmählich begann ich mir Sorgen zu machen: Was, wenn mich jetzt keiner mehr mitnimmt? Wenn die kühle Nacht kommt? Wenn ich irgendwo im Nirgendwo stehe, und nicht weiterkomme?

Da kam mir ein Gedanke, der mir Zuversicht gab:

Wenn Gott dich in Norwegen haben will, wird ER dich doch nicht an der Landstraße in Dänemark stehenlassen.

Es stimmte: als nächstes nahm mich ein junger Mann ein Stück weiter mit. Und zum Schluss: eine Frau, die am Fährort wohnte, und die mich direkt bis zur Fähre brachte. Jetzt hatte ich die freudige Zuversicht: Wenn Gott mich schon bis hierher gebracht hat, wird ER mir auch noch jemanden schicken, der mich auf sein Fährticket mit dazunimmt.

Und so kam es auch. Bis zur Abfahrt der Fähre hatte ich den nächtlichen Strand noch für mich alleine. Gott brachte mich wieder gut nach Hause, und ich konnte IHM nur danken, für Seine Hilfe und für Seine Güte.

Wiederholungslektion

Sind Wiederholungslektionen schwerer oder leichter als die vorhergegangene Lektion?

Wenn man an die Schulzeit zurückdenkt – würde ich sagen, die Wiederholung ist leichter.

Die Zeit an der Westküste war für mich ein Geschenk von oben, ein halbes Jahr grüne Aue. Von dort aus ging es **zurück ins Tal der Demütigungen.** Die Wiederholungslektion hatte begonnen. Zurück zu der alten Mitbewohnerin, zurück in meine Gemeinde, zurück zu meinen zwei vorigen Arbeitsstellen.

Eine Sache hatte sich geändert, und zwar in der Wohnsituation. Die Nachbarin, über deren Einzug ich mich riesig gefreut hatte, und die mir so zugesetzt hatte, war wegen eines Todesfalles in der nahen Familie vorübergehend ausgezogen. So sehr wie es mir für sie und ihre Familie leidtat, war die Wohnsituation für mich doch erleichtert.

Mit der alten Mitbewohnerin war es **immer noch schwer.**

Zu meiner Schande muss ich gestehen, dass ich unter anderem mit ihrer Schwerhörigkeit nicht gut zurechtkam. Es nervte mich ungeheuer, wenn ich den Mund öffnete, um ihr etwas zu sagen, und schon vorher wusste, dass ich es nochmal sagen müssen würde. Beim zweiten Mal das Gleiche sagen kochte ich innerlich. Oder ich musste sie anschreien, damit sie mich verstand. Schreien tue ich sonst nur, wenn ich sauer bin. Umgekehrt hatte es leider auf mich die Rückwirkung, dass ich sauer wurde, *weil* ich schrie. – Innerlich schrie ich immer wieder zum Herrn um Hilfe; eine Zeit lang half mir Folgendes: bevor ich redete (und natürlich ahnend, dass ich es nochmal sagen müssen würde), nahm ich mir vor: ‚**Das zweite Mal sage ich es für Jesus.**‘

Und – es funktionierte! Nein, Jesus würde ich ja nicht an-schreien.

Aber es gab noch genügend andere Schwierigkeiten zwischen uns. So war ich wieder unstet und flüchtig, und **suchte wieder Zuflucht bei „meiner" Familie.** Auch vom Arbeiten her blieb es weiterhin täglich oder wöchentlich spannend, wann, wo und wie viele Schichten ich in den Altenheimen bekommen würde. Insgesamt eine Situation menschlich zum Davonlaufen; geistlich zum Ausharren und Lernen.

Eines Tages sprach ich mit **einem Gläubigen, der mit seiner Familie zur Gemeinde kam. Eines seiner Kinder** war mir übrigens **eine Erquickung meiner Seele** bei der verweltlichenden Jugend: mit Vorliebe Bach-Musik hörend, brennend für den Herrn, in Altersheimen Traktate verteilend; wenn dann jemand vom Personal vorwurfsvoll sagte: „Das darfst du hier nicht!" – war die Gegenfrage: „Wer sagt das?" Auf ein stotterndes „Äh, … ich!" kam ein „Aha" oder „Ach so" und weiter ging's mit Evangelisieren im nächsten Stockwerk. So eine kühne Unverfrorenheit! So ein Mut für Jesus! Möge dieses Gotteskind reichlich Frucht für seinen Herrn einbringen. – Dem Vater dieses Kindes **klagte ich mein Leid: „Jetzt schon sieben Jahre harre ich aus in der Schule mit dieser alten Dame. Und das einzige, was ich gelernt habe, ist: ich bin nicht freundlich, ich bin nicht liebevoll, ich bin nicht geduldig – ich bin kein guter Christ!"**

Lapidar antwortete er: „Vielleicht war es ja das, was du lernen solltest." Und dann sagte er noch dazu: „Dann kann es sein, dass deine Lektion bald beendet ist." Ich ahnte nicht, dass er so bald Recht haben würde.

Der Versuch eigene Wege zu gehen – wieder eine Rechnung ohne den Wirt

Von einem aus der Gemeinde erfuhr ich von **einer beruflichen Möglichkeit, die mir zusagte.** Von dieser Idee war ich dermaßen angetan, **dass ich gar nicht Gott fragen wollte**, um „nicht schon wieder" ein „Nein" zu bekommen. Ich informierte mich, plante und organisierte. Zu dem Zweck wollte ich – und da half mir eine gläubige Freundin, die ich an meinem Optikerort kennengelernt hatte – für zwei Monate ins Ausland, um meine Sprachkenntnisse aufzupolieren. Ja, ich wollte nämlich Touristenführungen machen, für die Leute, die mit Kreuzfahrtschiffen am Hafen ankamen.

Dann bekam ich noch einen anderen Job – wahrscheinlich wegen *einer* Person, für die Gott mich da hinschickte. Denn ich hatte nur diesen einen Auftrag von dieser Arbeit aus bekommen. Mit wenig Zeitaufwand war ich als Dolmetscherin angelernt worden (mein Kindheitstraum). Da war uns auch beigebracht worden, dass ein Dolmetscher neutral sein soll, keine eigene Meinung einbringen – er soll im Prinzip unsichtbar sein. Verständlich. Soweit.

Mein Auftrag, zu dem ich eines Montags bestellt worden war: in einer Kinder- und Jugendpsychiatrie dolmetschen. Es ging um eine Jugendliche, die zu Hause Probleme hatte. Nach erledigtem Auftrag stand ich – und ihr Schicksal war mir zu Herzen gegangen, und ich wünschte, ihr helfen zu können – noch neben ihr draußen vor dem Gebäude. **Innerlich mahnte es mich: lade sie zur Gemeinde ein!**

Da hätte sie Deutsch sprechen, junge Leute und vor allem Jesus kennenlernen können. Das wäre die größere Hilfe gewesen als Gespräche mit Psychologen.

Nun dachte ich aber an das Neutralitätsgebot, dem wir uns verpflichtet hatten, und wünschte ihr alles Gute und ging, ohne das Rettungsseil auszuwerfen.

An dieses Versagen denke ich noch heute mit Traurigkeit.

Der Montag lief weiter, und am Dienstag stand meine Abreise bevor. Bei der Buchung dieser Reise – **ich hatte diese Sache ja nicht mit Gott abgestimmt** – war mir offensichtlich nicht ganz wohl in meiner Haut gewesen, denn ich hatte eine Reiserücktrittsversicherung dazugebucht. So, und bevor ich die Reise antrat, rief am Montag ein früherer Kollege an. Ob ich denn noch arbeitslos sei, ob ich noch eine Stelle als Optikerin suchen würde. Er würde jetzt eine neue Stelle in einer Stadt an der Westküste anfangen und bräuchte noch Mitarbeiter. Ob ich Interesse hätte?

Ausgerechnet jetzt, wo ich für zwei Monate weg wollte! Und die eindeutige Antwort könne er mir erst am Mittwoch nach ihrer Personalkonferenz geben. Was sollte ich tun, einen Tag vor meiner Abreise, bei so einem verlockenden Angebot?

Da rechnete ich mir die vier in Frage kommenden Möglichkeiten durch:

Fall eins: ich gehe ins Ausland – und kriege trotzdem den Job

Fall zwei: ich gehe ins Ausland – und verpasse deswegen den Job

Fall drei: ich sage das Ausland ab und bekomme den Job

Fall vier: ich sage das Ausland ab und bekomme trotzdem nicht den Job. Worst case.

Ich überlegte hin und her – am liebsten hätte ich natürlich beides gemacht. Erst das Ausland, dann den verlockenden neuen Job. Ich grübelte, rechnete – und **betete**. Es war komisch; dieser trübe Februartag war nicht nur äußerlich grau und neblig, **in meinem Inneren war es auch so dunkel.** Ich weiß noch, wie ich das Licht in meinem Zimmerchen anschaltete, um der Dunkelheit entgegenzuwirken. Doch gegen meine innere Dunkelheit half auch das nicht.

Da beschloss ich, die Reise abzusagen (natürlich in der Hoffnung auf den Job). Zum Glück konnte ich von der Rücktrittsversicherung Gebrauch machen. Interessant: **nach diesem Anruf war es etwas heller in meiner Seele.**

Der Dienstag, an dem ich meine Reise nicht antrat, verstrich. Meinen beiden Arbeitsstellen im Altenheim hatte ich schon mitgeteilt, dass sie mich für zwei Monate nicht wegen Schichten anrufen bräuchten.

Der Mittwoch begann, und ungeduldig wartete ich auf den Anruf meines ehemaligen Kollegen und nun neuen Chefs in spe. Ich wartete und wartete. Ob ich bis Donnerstag wartete? Ich meine, ich konnte es am Mittwochabend schon nicht mehr aushalten und rief selbst an.

Die etwas verlegene Antwort lautete: „Ja, wir haben uns besprochen, und jetzt ist es so, dass wir zur Zeit noch keinen weiteren Optiker brauchen."

Der worst case, der schlimmste Fall, war eingetroffen. Ich stand da, wie der Hund am Bach mit Knochen im Maul, der noch einen weiteren (Hund mit) Knochen im Wasser sieht und ihn unbedingt haben will. Um ihn zu schnappen, verliert er seinen eigenen Knochen.

Tja – eigentlich selbst schuld! Hatte ich Gott gefragt?

Offensichtlich hatte ich **noch nicht gelernt**, dass man **spätestens bei so großen Entscheidungen nach dem Willen des Höchsten fragen sollte.** Es heißt, weise Menschen lernen sogar aus den Fehlern von anderen. – Die Glücklichen! Die müssen nicht alle Fehler selber machen!

Und ich, Sturkopf? War mal wieder gegen die Wand gerannt! Hatte noch nicht genug aus meinen Fehlern gelernt.

Alle Wege verbaut?

Da stand ich nun:

- **meine zwei Arbeitsstellen abgesagt**
- **die Reise abgesagt**
- **den neuen Job nicht bekommen.**

Was sollte ich tun? ‚Dann habe ich jetzt zwei Monate Zeit', dachte ich. Es kam mir gelegen, die Reisepläne einer befreundeten Familie zu hören: sie wollten nach Deutschland fahren, und hatten noch einen Platz frei. So fuhr ich bei ihnen im Auto nach Deutschland mit. Ich wollte Janina besuchen.

Sie und ihr Mann nahmen mich herzlich in ihre kleine Wohnung mit auf, und sie bezog mich in ihren Tagesablauf mit hinein.

Da war ich nun – immer noch in tiefer Trauer um jenen Mann, den ich nicht geheiratet hatte – bei einem mehr oder minder glücklichen Ehe- und Liebespaar. Du kannst Dir denken, dass es mir nicht leichtfiel.

Zusätzlich noch diese Ungewissheit, wie's bei mir weitergehen sollte. Ich hing richtig in der Luft. Es schien nicht vorwärts und nicht zurück zu gehen. Oder doch seitwärts? – Immer noch spielte ich mit dem Gedanken, die abgesagte Reise von Deutschland aus verspätet noch nachzuholen.

Endlich, **endlich bat ich Gott aufrichtig um Wegweisung** in dieser Sache, und zwar eines Abends, vor dem Schlafengehen. Vermutlich auf Knien.

In dieser Zeit las ich jeden Morgen ein Kapitel aus dem Alten Testament und eins aus dem Neuen. Und an jenem **auf mein Gebet folgenden Tag las ich etwas im AT**, das mir zunächst gar nichts zu sagen schien. Auf einmal – **in der Übersetzung, die ich las – fand ich da etwas so Deutliches zu meiner aktuellen Situation; klarer hätte die Antwort kaum sein können. Noch bevor ich zum Neuen Testament überwechselte, war mir klar, dass ich da die Bestätigung lesen würde** (ob ich schon wusste, welches Kapitel aus der Offenbarung das nächste sein würde?).

Es war so klar, dass **ich Gott für die Antwort dankte** (ich hoffe, dass ich es tat – **denn die Antwort passte mir mal wieder nicht**). Nun konnte ich der Familie der Freundin, die für mich den Aufenthalt organisiert hatte, absagen.

So – wieder eine Türe war zugegangen.

Und ich?

Litt unter Schlaflosigkeit, Einschlafproblemen, wurde teilweise jede Stunde wach, wenn ich dann mal schlief. Ich verstand Gott und die Welt nicht mehr.

Ich war depressiv, und das Wasser in den Augen stand mir stets kurz vor dem Überlauf. **Trotzdem ging ich mit Janina und ihrem Mann meiner Gewohnheit nach mit zu den Gottesdiensten in ihrer Gemeinde.** Danach, wenn sie sich unterhielten, stand ich schüchtern, den Tränen nahe, daneben. **Ich beging den Fehler (zu all meinen anderen dazu), mich mit ihr zu vergleichen, und blickte auf das Irdische statt auf Jesus.**

Eines Tages fragte mich Janina, ob sie ein nettes Mädchen aus der Gemeinde einladen könne. Mir war nach Heulen zumute, nicht nach Besuch, und sagte – „OK."

Dann saß sie mit am Essenstisch, diese Nina, und erzählte humorvoll und fröhlich aus ihrem Leben. Ihre witzige Art tat mir irgendwie gut. Und sie war so freundlich zu mir. Dann brachte sie einen **Vorschlag**, ob ich denn nicht auf ein **Bibelwochenende** mitfahren wolle. Mit der Jugend. Hmmm. Ich fühlte mich nicht so jugendlich, sondern nach Heulen. Als sie mein Zögern merkte, schlug sie vor: „Komm doch mal sonntagabends mit zur Jugend. Da kannst du sie kennenlernen." Das war ein guter Vorschlag, fand ich, denn ich dachte: ‚OK… und wenn ich mich an dem Abend in der Gesellschaft der jungen Leute nicht wohlfühle, dann komme ich erst recht nicht mit auf das Wochenende.'

Von Janina und ihrem Mann durfte ich mir das Auto ausleihen und fand irgendwie den Weg zum Gemeindegelände. Da waren mehrere Gebäude. Wo sollte ich nochmal reingehen? Durch ein Fenster sah ich junge Leute; aber ich hatte doch was von einem Torbogen gesagt bekommen? Ich irrte ein bisschen herum, klopfte dann schließlich ans Fenster und fragte nach dem Eingang. Das Mädchen, das mir den Weg ums Gebäude herum zu beschreiben suchte, nahm offenbar Notiz von dem Fragezeichen in meinem Gesicht, unterbrach ihre Erklärung und sagte: „Ach, sonst kannst du eigentlich auch hier durchs Fenster kommen." Gesagt, getan: ich zog meine Schuhe aus, kletterte auf den Fenstersims, sprang unten mit den Schuhen in meiner Hand in eine große Küche hinein, und sagte den verwunderten Gesichtern: „Hallo, ich bin die Sandra."

Sie lächelten und sagten mir ihre Namen. Immer noch lächelnd, führten sie Smalltalk mit mir. Bald, zu bald, kam die unvermeidliche Frage: „Und wie alt bist du?" Ich erwartete mit an Sicherheit grenzender Wahrscheinlichkeit, dass sich nach meiner Antwort die Mundwinkel nach unten bewegen würden und die Lächel-Erkennung eines Fotoapparates aussetzen würde. Doch zu meiner großen Verwunderung blieb das gleiche Lächeln bestehen.

Nun, sie waren nett – so viel konnte ich nach dem Abend sagen. **Und ich beschloss mitzufahren.**

„HERR! Wenn das mein neuer Platz sein soll, ..."

Gespannt fuhr ich mit der „Jugend", von denen alle jünger zu sein schienen als ich, in einem mit Jugendlichen vollgepackten Auto mehrere hundert Kilometer zu dem Freizeitheim. **Und was ich da erlebte, das übertraf all meine Erwartungen!**

So eine Atmosphäre der Liebe – fast wie damals auf den Bibelfreizeiten, die als Kind in mir so eine Sehnsucht nach Gott geweckt hatten.

Beim Essen – das gab es mindestens viermal am Tag – saßen wir gemeinsam an langen Tischen. Da war ein Mädchen – es wusste schneller als ich Bescheid, was mir fehlte, und schon kam die Butter, kamen die Brötchen oder was auch immer, fast angeflogen. Und das mit einem herzerwärmenden Lächeln. **Das war: „Du sollst deinen Nächsten lieben wie dich selbst."**

Die Versammlungen um Gottes Wort, mit Liedern aus hundertfachem Mund, zogen einen so nach oben!

Leider unterhielt ich mich nicht mit allen, wo ich die Gelegenheit dazu gehabt hätte („... eure Sanftmut lasst *allen* Menschen bekannt werden..."), weil ich dachte: die treffe ich ja eh nicht alle wieder.

Doch es hatte mir **so gut gefallen, und die Gemeinschaft so gutgetan, dass ich anfing – endlich! – Gott zu fragen, ob dies mein neuer Platz sein solle.**

So bewarb ich mich hüben wie drüben auf Optikerstellen: Einmal fuhr ich noch zurück nach Norwegen für ein Vorstellungsgespräch an der Westküste. Dieses Vorstellungsgespräch war für die norwegische Mentalität völlig untypisch! Der potentielle Chef wollte mein Zeugnis sehen! So etwas hatte ich dort noch nicht erlebt. Und dann bohrte er noch nach, warum ich da im dritten Jahr in dem und dem Fach eine schlechte Note drinstehen hatte. Sowas! Und er fragte auch noch, ob ich einen Freund hätte. „Ich bin frei", gab ich zur Antwort. Ob ich denn bereit sei umzuziehen. „Ich bin offen für etwas Neues", erwiderte ich, und er notierte sich auf seinem Bogen „etwas Neues". So etwas Komisches habe ich in ganz Norwegen noch nicht erlebt. Von diesem potenziellen Chef hörte ich nie wieder etwas. Er auch nicht von mir.

Dann bekam ich, als ich aufgrund des eben beschriebenen Vorstellungsgesprächs noch in Norwegen war, einen Anruf von einem potentiellen Chef aus Deutschland. Wie ein Polizeiwachtmeister fragte dieser mich, ob ich denn zur Zeit frei hätte – und als ich es bejahte (ohne zu sagen: „Öh, ich bin aber gerade noch im Ausland"), befahl er schulmeisterlich: „Dann erwarte ich, dass Sie an dem und dem Tag bei mir im Geschäft sind." Irgendwie kriegte ich es reisetechnisch auf die Reihe – und das Gespräch war so wie das Telefonat. Welcome back to Deutschland. So einen Chef? Mit so einem preußischen Befehlston? Ich war doch Norwegen gewöhnt, wo alle so ziemlich auf Augenhöhe waren! Und jetzt so etwas?

Nun, ich war dann ziemlich froh über die Absage – ich hatte ja schließlich noch andere Eisen im Feuer. Eine Stelle schien mir die passendste: moderne und viele Geräte, wie in Norwegen, gut ausgebildete (aber auch eingebildete?) Chefs, freundlich. ‚Da will ich anfangen', dachte ich motiviert.

Nun betete ich schon eine Weile um Gottes Führung. Aber wie sollte ich Seinen Willen herausfinden? Nachdem ich diesen Laden kennengelernt hatte, betete ich so: *„HERR! Wenn DU mich wieder in Deutschland haben willst, gib mir doch bitte diese Stelle."*

Vielleicht hätte ich anders beten können und sollen. Ich bekam sie jedenfalls. Aber es war doch nicht alles Gold, was so schön geglänzt hatte. **Für den Chef hätte ich lügen sollen; ich hatte ihm aber gesagt, dass ich das nicht mache.** Die Atmosphäre war drückend. Die Mittagspause war viel zu lang (anderthalb Stunden in der Mitte des Tages sinnvoll zu füllen – eine ganz schöne Herausforderung; und sehr frustrierend, weil nach der Arbeit der Tag fast weg ist). Ich durfte nicht so viel tun – und als ich endlich mal einen Sehtest machen durfte, lag ich von der Stärke her daneben; auch sonst stellte ich mich öfters ungeschickt an... Schließlich reparierte ich eines Freitags einer Kundin die Brille. Am Montag erschien eben jene Kundin beim Chef, mit zerbrochener Brille, und auf Nachfrage des Chefs zeigte sie auf mich und sagte: „Sie war's."

„Also, Frau Müller, das hat keinen Zweck mit uns." Fünf Wochen lang war ich ihm wegen des Arbeitsvertrages vergeblich nachgelaufen. So war er mich natürlich einfacher los!

Für mich aber brach eine Welt zusammen!

Erst diese schweren Phasen in Norwegen.

Dann die Zeit bei dem Ehe- und Liebespaar.

Und eine ganze Weile dieses Schweben im Ungewissen, ob und wo es weitergehen soll.

Dann endlich, endlich mal wieder eine Stelle in meinem Beruf... aber mit so viel Ärger. Und jetzt, nach so kurzer Zeit, schon die Kündigung!

Ich weiß nicht, wie lange ich fassungslos war und trauerte. Eines Tages kam mir ein **Gedanke, der mich tröstete**: ich hatte ja nicht gebetet: 'Gott, bitte gib mir diese Stelle bis zur Rente', sondern: ,Wenn DU willst, dass ich wieder in Deutschland sein soll, gib mir bitte genau diese Stelle.'

Aha: Ich sollte also wieder in Deutschland sein! - **Das war die Antwort auf mein Gebet.** Beruhigt dachte ich: ,Dann habe ich ja jetzt Zeit, um meinen Umzug zu organisieren. Und auch, um auf die Jugendfreizeit im Sommer mitzufahren – bei diesen unglaublich netten Christen, die ich kennengelernt habe.'

Ein ganz besonderer Umzug

In meiner schweren ersten Zeit zurück in Deutschland bekam ich das Geschenk, dass einige ganz junge Christinnen (zwischen 16 und 20) mit mir Freundschaft schlossen. Immer wieder luden sie mich ein, wir genossen zusammen Pizza, musizierten zusammen, schauten Fotos an, unterhielten uns sehr angeregt – und sie hörten auch mir gespannt und interessiert zu.

Eine dieser Freundinnen, Laura – sie hatte Gott in einer schweren Phase ihres Lebens gebeten, sie entweder schon zu sich zu nehmen oder etwas ganz Besonderes aus ihr zu machen – sollte mir bei zwei Punkten eine ganz besondere Hilfe werden: bei meinem Umzug, und später auch noch beruflich.

Sie beschloss mit nach Norwegen zu kommen, um mir bei meinem Umzug zu helfen; zusätzlich engagierte sie noch einen Cousin von ihr, der auch mithalf.

In Norwegen erwartete mich eine Überraschung! Leute aus meiner Gemeinde hatten für mich schon mal begonnen, meine Sachen dort in Umzugskisten zu packen! Und ich hatte gedacht: ,Wie soll ich das alles schaffen: das ganze Zeug einpacken, mich verabschieden, mich abmelden... und das alles in fünf Tagen!'

Ja – alle eure Sorge werft auf IHN! ER sorgt für euch!

Es ergab sich, dass ich in der Nacht vor der Abreise (wir mussten früh bei der Frühfähre sein) nur zwei bis drei Stunden Schlaf bekam. Der Cousin der Freundin fuhr mein kleines Auto, doch den großen Umzugswagen musste ich selbst fahren (da die anderen unter 25 waren, wäre es sonst von der Versicherung her viel teurer gewesen). 15 Stunden waren wir bis zu unserem Ziel in Deutschland unterwegs. Diese Anspannung, mit dem gefühlt LKW-großen Fahrzeug so viele Stunden auf der Autobahn ... und das mit so wenig Schlaf!

Endlich kam ich mit dem nicht vollbeladenen Riesenfahrzeug gegen neun Uhr abends bei Janina an – und befürchtete, jetzt würde das Ausladen anstehen. Sie kam mir entgegen, und ich brach heulend über dem Lenkrad zusammen: „Ich kann nicht mehr!" Streng sagte sie: „Du gehst jetzt ins Bett!" Das ließ ich mir nicht zweimal sagen und schlief auf ihrem Sofa ein, fast ehe sie den Raum verlassen hatte.

Der nächste Tag war mein Geburtstag. Missmutig stand ich auf - noch ein Jahr älter! Schlecht gelaunt und fertig von der gestrigen Reise fuhr ich mit Janina ein paar gebrauchte Möbel kaufen.

Die Wohnung hatte mir übrigens ebenfalls Laura verschafft. Sie war schön, groß, alt – und eine Baustelle. Als ich angefangen hatte, mühsam die mindestens drei Lagen Tapeten abzukratzen, dachte ich: ‚Wenn ich hier eingezogen bin, lebe ich erstmal mindestens drei Monate auf einer Baustelle.'

Also, ich kam nichtsahnend mit neuen gebrauchten Möbeln, und wunderte mich, aber nur ein bisschen, dass eine Jugendliche dort mit einem Strauß Blumen über den Hof lief. Sie grüßte freundlich.

Missmutig ging ich die vielen Stufen bis zu meiner Baustelle hoch. Ich öffnete die Tür: - ‚Nanu?... Der Einbauschrank ist doch braun gewesen!?' Er leuchtete mir jetzt in Weiß entgegen! – Blitz!

Da hatte jemand meinen erstaunten Gesichtsausdruck fotografiert – Zack! – Da fingen auf einmal an die dreißig Frauen und Mädchen, die ich erst jetzt hinter der Tür bemerkte, mit einem Geburtstagslied an!

Der Flur war mit einer schönen weißen Tapete bekleidet. Auf dem Tapeziertisch war ein großes Kuchenbuffet aufgebaut. Mir kamen Tränen der Rührung.

Was war geschehen? Heimlich hatte Nina (die mich auf das Bibelwochenende eingeladen hatte), die von meinen fünf Tagen geplanter Abwesenheit wusste, ein paar Hilfsmannschaften zusammengetrommelt und koordiniert. Sie hatten die Baustelle in eine Wohnung verwandelt und den dazugehörigen mäuse- und spinnenbevölkerten Dachboden in einen benutzbaren Stauraum.

Im Wohnzimmer hatten unten die Mädchen eine warm-orange Tapete angebracht, im oberen Teil die Jungen eine hellere. Das wurde noch mit einer schön ergänzenden Bordüre verbunden. Der Flur besaß eine Tapete aus freundlichem Weiß. Das Schlaf- und Arbeitszimmer strahlte freundlich in zitronengelb. Das war so mein Wunsch gewesen, dass jedes Zimmer eine andere Farbe haben solle.

Als krönenden Abschluss meiner Überraschungsgeburtstags- und Wohnungseinweihungsfeier zeigten sie eine humorvolle Diashow von der Renovierung, die sie mit vereinten Kräften vorgenommen hatten.

Ein echt nettes Detail war noch: mit Janina war ich einige Zeit vor dem Umzug beim Tapetenkaufen gewesen, und ich hatte ihr gezeigt, welche ich schön fand, doch sie hatte mir zu den günstigen Raufasertapeten geraten, „…du weißt ja nicht, wann du wieder eine Arbeit kriegst." Dies hatte die Mutter von Laura erfahren – und gesagt: „Komm, ich bezahle die Zwischensumme", und hatte sie umgetauscht, sodass ich die schöneren bekam. Voll lieb!

Gemeinde top, Arbeit flop

So – **nun hatte ich also meinen Wohnort und meine Gemeinde**. Und **wusste** (wenn auch noch bzw. immer wieder arbeitslos): **Hier ist mein Platz. Hier will Gott mich haben. Und ich liebte diesen Platz. Ich liebte die Gemeinde. Es ist schwer zu beschreiben, wie viel mir die Gemeinde bedeutete und mein Platz in der „Jugend". Sonntags zweimal Gottesdienst war mir neu. Wenn ich wollte, konnte ich sonntags ein ganz volles Programm haben: um 8 die Jugendgebetsstunde, vormittags Gottesdienst, nach dem Mittagessen z.B. Kranken- oder Altenbesuch, dann der Nachmittagsgottesdienst – ja, und abends das Beisammensein mit der Jugend. Da wurde z.B. Volleyball gespielt, oder wir fuhren ein Stück und machten einen Ausflug an einen Fluss oder auf einen Berg, und sangen dort im Dunkeln in einer Hütte vierstimmig (und ca. achtzigstimmig); das Bewegendste kam zum Schluss: da ergriff einer, der für die Leitung des Abends eingeteilt war, das Wort, und fragte in die Runde, was wem bei der Predigt wichtig geworden war.** Da kamen ganz persönliche Mitteilungen. **Es war so ein Glaubensaustausch. Zum Abschluss wurde gebetet und wer wollte, konnte sich beteiligen. Diese Sonntagabende mit guter Gemeinschaft, gutem Essen und geistlichem Austausch sind mir eine kostbare Erinnerung.**

Überhaupt auch die Gemeindeveranstaltungen. Besonders die Jugendstunden mit über hundert Teilnehmern, Themen, die einen packten, und wieder: der himmlische Gesang.

Da waren für mich altbekannte Glaubenslieder, und auch einige von den neueren wurden mir wertvoll. Es gab auch mehrere Chöre, und ich überlegte: soll ich in den „normalen" oder in den „Jugendchor"? Ich beschloss, mir beide anzuschauen, und da ich mich nicht entscheiden konnte, meldete ich mich bei beiden an. 2x2 Stunden die Woche Lieder für Gott singen, die zu Herzen gehen und einem oft aus der Seele gesprochen/gesungen waren – das waren mit die erhebendsten Stunden der Woche!

Gerade in einer für mich sehr schweren Zeit taten diese Lieder meiner Seele wohl, z.B. „Gott, mein Fels und meine Burg, meine Zuflucht, mein Erretter... aus der Tiefe meiner Not, da rief ich IHN, und ER hörte mich...“

Und **ich bin dem Herrn dankbar, dass in dieser schweren Zeit meine jungen Freundinnen mir zur Seite standen!**

Interessanterweise erfolgte die besonders schwere Zeit für mich, als ich einen Schritt getan hatte, den ich Jahre vor mir herge-schoben hatte, bzw. unsicher war: ‚Soll ich, soll ich nicht?‘ Als Baby war ich ja getauft worden – aber da konnte ja ich weder „Muh“ noch „Mäh“ dazu sagen. Später, mit 19, war ich aufgrund eines Bibelverses überredet worden: es heißt ja „Wer da gläubig geworden und getauft worden ist, der wird errettet werden“ – und es war mir einleuchtend: erstens gläubig werden, zweitens ge-tauft werden. Mit 19 hatte ich mich für gläubig gehalten, und hatte mich – **innerlich mich sträubend – nochmal taufen lassen.** Ich mich ja erst später, mit 21, bewusst entschieden, Jesus meine Sünden zu bringen und Ihm mein Leben zu übergeben. Damals hatte ich gedacht: ‚Zweimal bin ich ja schon getauft!‘ (als Baby und mit 19). – Nun hörte ich aber in meiner neuen Gemeinde, dass da **Taufunterricht** angeboten wurde. „Was ist das? So et-was hatte ich noch nie. Kann ich da auch hingehen?“ Konnte ich. **Diese Lektionen, die wir da durchgingen, besonders die über die Heilsgewissheit, halfen mir sehr im Glauben weiter. Und wie ich so den Kurs besuchte, kam in mir (manchmal hatte ich ihn schon gehabt) der Wunsch hoch, mich nochmal auf meinen eigenen Glauben (meine persönliche Entschei-dung für Jesus) taufen zu lassen. Das wurde ein ganz, ganz besonderer Tag: zusammen mit sieben anderen Täuflingen aus der Jugend, alle im weißen Taufgewand – bezeugen zu können vor großer Zuhörerschaft und vor der unsichtbaren Welt: „Ja, ich glaube, dass Jesus der Sohn Gottes ist, und ganz persönlich mein Retter und Herr.“ - Schade, dass von**

meinen Angehörigen keiner kam. Aber Freunde und meine neue Gemeinde freuten sich mit.

Und gerade nach diesem Glaubensschritt **kam so eine schwere Zeit – wie wenn Satan testen wollte, ob ich es auch wirklich ernst meine, mit dem Glauben an Jesus.**

In puncto Arbeit hatte ich für zwei Monate einen kleinen Aushilfsjob, wieder bei einem Optiker. Da kamen auch viele Nonnen aus einem benachbarten Kloster als Kundinnen. Sie bekamen Rabatt auf ihre Brille. Was mich beeindruckte: bei einer dieser Nonnen leuchtete die Freude der Hingabe an Jesus aus den Augen. Sie war ca. 30.

Dieser Minijob lief nach wenigen Monaten aus, und ich war beim Arbeitsamt gemeldet. Mal wieder landete ich in der Pflege: zuerst in einem Heim, dann lief es aus. Es war eine Phase wie in meiner Anfangszeit in Norwegen, nach meiner Bekehrung: paar Wochen hier, paar Wochen da, paar Wochen arbeitslos und wieder von vorne. In zwei anderen Heimen hatte ich mich beworben. **Woher sollte ich jetzt wissen, welches davon Gottes Wille für mich ist?** Mal wieder gab mir Janina einen wertvollen Tipp: wenn ich keine besondere innere Weisung empfand, könne ich es mir aussuchen. Bei dem einen Heim machte ich einen Probetag. Dieses Heim war so in den Berg hineingebaut, dass es düster war. So empfand ich auch die Atmosphäre dort – und entschied mich stattdessen für das Heim bei mir um die Ecke.

Es war eine geschlossene Demenzabteilung (so wie damals bei meiner allerersten Erfahrung). Es gab ein paar bemerkenswerte Bewohner: zwei waren dicke Freundinnen, die eine war eine Frühzubettgeherin, die andere nicht. So legte sich manchmal die Erstere in das Zimmer der Zweiteren zum Schlafen; Zweitere wanderte ruhelos noch eine Weile auf dem Flur auf und ab, seufzend: „Ach, was soll ich machen; jetzt hat sie sich in mein Bett gelegt." Irgendwann folgte sie dann doch dem Rat, sich im anderen Zimmer in das Bett der anderen Dame zu legen. Zusammen mit einer Dritten sah man die beiden tagsüber meist zusammen.

Einmal blieb ich stehen, um auf dem Flur mit diesen drei Damen ein paar nette Sätze zu wechseln (das war das Schöne damals gewesen bei meinem „Lieblingsheim" in Norwegen, dass man Zeit hatte, Zeit für die Alten, und sie fühlten sich wohl). Da ermahnte mich eine Mitarbeiterin, bei der es mich wunderte: „Keine Zeit zum Schmusen! Weiterarbeiten!" Südländische Menschen hatte ich sonst als warm- und vielleicht barmherziger eingeschätzt. Entweder sie war eine Ausnahme, oder die deutschen Arbeitsverhältnisse hatten schon sehr auf sie abgefärbt.

Diese Arbeitsverhältnisse waren auch echt krass. In Norwegen hatten wir pro Pflegekraft 3-4 Patienten zu versorgen, am Wochenende 5.[9] Aber hier? Wenn es wenig waren, dann waren es 8 Patienten pro Pflegekraft; waren es mehr, konnten es 12 sein – und bei voller (Patienten-)Besetzung 15. Doch damit nicht genug: man musste pro Patient ca. 10 Seiten Papiere ausfüllen und sein Namenskürzel setzen, für jedem getätigten Handgriff, (in Norwegen wurden bei der Übergabe nur die wichtigsten Eckpunkte genannt, die die nächste Schicht wissen musste). Da waren Dinge doppelt und dreifach aufgeführt. Bei einem kahlköpfigen Mann unterschrieb ich nur für Kopfpflege, aber nicht für Haarpflege. Wenn da stand: Mundpflege, Zahnpflege und Prothesenpflege, unterschrieben die Kollegen alle drei. Nagelpflege unterschrieb ich nur, wenn ich sie tatsächlich ausgeführt hatte.

---

[9] Dort in Norwegen fingen wir gemütlich um 7:30 mit Kaffeetrinken und Übergabe an. Ab 8 Uhr gingen wir zu den Patienten. Vormittags gab es eine Frühstückspause für die Mitarbeiter, etwa eine Viertelstunde. Mittagspause machten wir eine halbe Stunde. Die bekamen wir bezahlt, denn wir mussten ja, wenn jemand von den Patienten klingelte, hingehen. Die Schicht war um spätestens 15 Uhr zu Ende (Ausnahme: wer Übergabe hatte, hatte Dienst bis 15:15).
Hier in diesem Heim in Deutschland begann die offizielle Arbeitszeit um 6:30. Spätestens um 6:15 (noch früher anzufangen weigerte ich mich, andere rannten wohl schon um 6 Uhr los) war man freiwillig gezwungen, ohne Übergabe den Pflegewagen zu schnappen und loszudüsen. Frühstückspause gab es keine. Mittagspause: wurde eine halbe Stunde vom Lohn abgezogen, aber sie zu machen hatte ich meist keine Zeit. – Joggen brauchte ich nach so einer Schicht nicht mehr zu gehen!

Und wenn man den Papierkrieg nicht nach jedem Patienten direkt erledigte, wusste man hinterher nicht mehr so genau, bei wem man was gemacht hatte. Leider war ich auch nicht gut organisiert und strukturiert; andere bekamen es hin, erstmal Patient A zu wecken, um Patient B schon zu waschen, kurz nach Patient C zu schauen, schnell zu kontrollieren, ob Patient A sich schon in Gang gesetzt hatte, um sofort bei Patient B mit Anziehen weiterzumachen, ruck-zuck seine Papiere auszufüllen, schnell Patient D wecken, gleich Patient A fertig machen und direkt anschließend die Papiere, etc.

Bis ich meinen letzten Patienten frühstücksfertig und alle Papiere unterschrieben hatte, konnte es 11 Uhr sein. Dann bekam ich einen Rüffel, weil die Morgentabletten zu nahe an die Mittagstabletten herangerückt waren.

Außerdem bekam ich Ärger, weil ich nicht jeden Handgriff unterschrieb, sondern nur die tatsächlich getätigten. „Ja, aber wenn der medizinische Dienst der Krankenkassen kommt, und sieht, dass nicht alles ausgefüllt ist; dann denken die: ‚Aha! Das kann der Patient also selbst erledigen', stufen ihn niedriger ein – und dann wird der Personalschlüssel noch ungünstiger."

Unschön und ungut – aber konnte ich deswegen mein Gewissen überfahren und einfach lügen, auf dem Papier?

Es ereignete sich auch noch ein Unfall, den ich mit zu verantworten hatte, und wurde auch dafür heftig getadelt.

Zu der Zeit hatte ich die Befürchtung, dass es Gottes Wille sei, dass ich die Altenpflegeausbildung machen soll. Was auch immer mich daran so abschreckte – für mich erschien es beruflich als das Schlimmste, das machen zu müssen. Ich sträubte und wehrte mich innerlich sehr dagegen. ‚Alles, bloß das nicht!' In meiner Gemeinde hatte mir zu allem Unglück noch jemand geraten, für eine Frau sei es doch das Beste, in der Pflege zu arbeiten (dieser Jemand heiratete dann später eine Krankenschwester). Ich fand diese Vorstellung einfach nur schrecklich, und so fuhr ich in meiner Rat- und Rastlosigkeit eine Stunde zu einer gläubigen Freundin. Sie war auch ziemlich ratlos mit mir und wusste nicht so recht, wie sie mir weiterhelfen sollte. Kann sein, dass auch sie mir zum Pflegeberuf riet, ich weiß es nicht mehr genau. Das brachte mich jedenfalls auch nicht weiter, und frustriert begab ich mich wieder auf den Rückweg.

Auf dieser kurvenreichen Strecke geriet mein Auto einmal ins Schleudern, Bäume rechts und links. Ich bemerkte, dass mein Puls noch nicht mal höher schlug. War mir alles so egal, sogar zu sterben? – Diese Gleichgültigkeit schockierte mich.

Den Rest der Autofahrt verbrachte ich mit Beten und Flehen; noch vor der Ankunft hatte ich schließlich alles vor Gott gelegt und gesagt: *„Gott, ich stelle es mir als das Allerschlimmste vor, die Altenpflegeausbildung zu machen. Aber wenn DU es willst, geschehe DEIN Wille – aber dann hilf mir auch."*

Der Friede war wieder in meinem Herzen; ich kam zur Jugendstunde, wo sie mit Singen angefangen hatten, und ich konnte von Herzen in das Lied mit einstimmen: „Lass mir das Ziel vor Augen bleiben, zu dem DU mich gerufen hast! Lass nicht aus Deiner Spur mich treiben des Weges Länge oder Last; bin ich versucht, auf mich zu schauen und nicht mehr auf das Ziel zu seh'n, hilf mir aufs Neue im Vertrauen auf Deinen Sieg voranzugeh'n."

Äußerlich hatte sich nichts geändert. Ich hatte immer noch das Gefühl, ich müsste die Altenpflegeausbildung machen. So ging ich wenig später auf eine diesbezügliche Infoveranstaltung, um mich darauf einzustellen.

Wenige Wochen nach meiner Bereitschaft diesen Weg zu gehen, **stellte ich erleichtert fest, dass Gott es nicht von mir wollte.**

Eine Schwester aus der Gemeinde, die jahrelang durch Prüfungen gegangen ist, guckte mich bei einem Gespräch liebevoll und durchdringend an und meinte mit ehrlicher Anteilnahme: „Ja, Sandra, was soll denn mal aus dir werden?"

und schlug vor, ich könne doch mal ein Praktikum an einer christlichen Grundschule in der Nähe machen.

Diesen Vorschlag setzte ich in die Tat um und streckte die Fühler auch noch in andere Richtungen aus: bei einer Logopädin bekam ich einen Probetag und bei einer Ergotherapeutin. Während ich Letzterer zuschaute, merkte ich, wie ich mich in Gedanken stattdessen damit beschäftigte, Unterricht zu planen.

Auch Laura, die mir die Wohnung beschafft und beim Umzug geholfen hatte, empfahl mir, doch Lehrerin zu werden.

So ein langer Weg?! Jetzt nochmal ganz von vorne anfangen?? Na, diesmal wollte ich mir absolut sicher sein, ob es Gottes Wille ist oder nicht. **So einen großen Schritt wollte ich nicht ohne IHN und Sein Einverständnis tun.**

So bat ich IHN, ER möge mich doch die Aufnahmeprüfung bestehen lassen, wenn das Sein Weg und Wille für mich wäre; wenn nicht, möge ER mich bitte durchfallen lassen.

Eine sehr musikalische Schwester aus der Gemeinde gab mir freundlicherweise gratis Klaviernachhilfe (viele Jahre hatte ich ohne Unterricht nur selbst vor mich hin gestümpert); ich meine, sie half mir sogar bei der Gesangsvorbereitung.

Sicher dachte ich an die Situation damals zurück, wo es vier Möglichkeiten gab. Noch arbeitete ich nämlich in dem Altenheim, wo es so viele Probleme gab. „Wahrscheinlich wird es von den vier möglichen Fällen wieder der letzte", vermutete ich:

Fall 1: Ich verliere meine Arbeit, aber bestehe die Prüfung.

Fall 2: Ich behalte meine Arbeit und bestehe die Prüfung (nicht so wahrscheinlich)

Fall 3: Ich behalte meine Arbeit und die Prüfung klappt nicht.

Fall 4: Ich verliere meine Arbeit, und bei der Prüfung falle ich auch durch. Genauer gesagt: ich behalte meine Arbeit noch, habe deswegen so wenig Zeit zum Üben, dass ich bei der Prüfung durchfalle. Wenn ich durchgefallen bin, verliere ich wohl auch noch meine Arbeit.

Meine Arbeit verlor ich so, dass ich noch zwei Wochen Zeit zum Üben hatte.

So trat ich zur Prüfung an, **sang ihnen etwas Christliches vor (dachte, dann war es wenigstens dafür gut, dass sie die Botschaft gehört haben)**, stellte mich am Klavier beim vom-Blatt-Spielen nicht toll an und fand auch den Theorieteil schwierig.

Als ich einige Tage später bei der Sekretärin anrief und sie mir **zu meiner Verwunderung** mitteilte, ich habe **bestanden**, bat ich sie, doch nochmal in der Liste nachzuprüfen, ob sie nicht aus Versehen in der Zeile verrutscht war...

ER weidet mich auf einer grünen Aue – nochmal 😊

Nein, sie war nicht verrutscht. Und Musik sollte also eines meiner beiden Fächer sein. Französisch wurde nicht mehr angeboten, und so nahm ich Englisch dazu.

Was hatte ich mir im Vorfeld für Gedanken gemacht: ‚Die meisten sind ja ca. 10 Jahre jünger – werden die überhaupt mit mir reden?'

Diese Sorgen gehörten zu den 90%. **Das hat Spurgeon mal gesagt: „90% der Sorgen, die wir uns machen, werden nie eintreffen. Und an den übrigen 10% können wir sowieso nichts ändern."**

Ach ja: bevor das Studium anfing, und als ich die Stelle im Altenheim verloren hatte, bekam ich unverhofft – da hatte ich mal Monate vorher eine Bewerbung oder nur einen Lebenslauf abgegeben – eine Stelle in einem Behindertenheim. Es waren weniger Patienten pro Pflegekraft, dafür umso intensivere Pflege. Manch liebenswürdige und hilfsbedürftige Person war da zu betreuen (manche wurden auch garstig und gefährlich). Besonders berührt hat mich eine gelähmte Frau, die so gut wie nicht sprechen konnte (nur mit Mühe ihren Namen). Sie kommunizierte mit den Augen. Wenn man sie ein bisschen kannte, wusste man, was ihr intensiver Blick in der einen oder anderen Richtung bedeutete. Sie war zufrieden, wenn man es rauskriegte und ihren Wunsch oder ihr Bedürfnis erfüllte. Einmal machte sie sich ihre Behinderung zu Nutze, und zwar für einen Scherz. Sie schaute wo hin – und ich riet alle Möglichkeiten durch. „Nein", immer „nein", bedeutete sie mir mit den Augen. Schließlich war ich ratlos. Zum Schluss fragte ich: „Oder willst du mich an der Nase herumführen?" Da lachte sie schallend los.

Oder wenn sie in minutenlanger Anstrengung es schaffte, einen Arm so hochzuheben, dass sie einen Bewohner, der noch viel, viel elender dran war als sie, kurz zu umarmen. Dann war sie selig.

So gern wie ich auch diese Patientin mochte, so schwierig war es mit den Kollegen. Teilweise unteres moralisches Niveau... meine Arbeit dort, die ich parallel zum Lehramtsstudium zwei Tage die Woche weiterführen wollte, hörte ich nach einiger Zeit doch auf. Das war eine Erleichterung für mich!

Überhaupt war dieses Lehramtsstudium, nach dem, was ich das letzte Dreivierteljahr durchgemacht hatte, eine Riesenerleichterung für mich. Das sahen auch meine Mitstudenten. **Ich hatte nicht erwartet, dass Gott mir dort sooo viel Gutes schenken würde.** Der Musikunterricht machte Freude, besonders das Klavierspielen bei einer Pianistin, und auch all die Fächer wie Tonsatz (zu einer Melodie passend andere Stimmen schreiben), schulpraktisches Klavierspiel etc.

Beim Gesangsunterricht kam ich nicht so richtig voran. Meine Lehrerin sang wie ein Kanarienvogel, dass ihr der Kehlkopf am Hals wackelte. Die Aufwärmübungen klappten bei mir, aber beim Singen schnürte ich den Hals bei den höheren Tönen doch wieder zu. Einmal hatte ich vertretungsweise eine andere Lehrerin. Das war super: ich lernte was, konnte es anwenden, und konnte höher singen. So versuchte ich zum nächsten Semester, zu dieser Frau zu wechseln. Es klappte nicht, und meine erste Lehrerin, bei der ich dann doch wieder landete, war gekränkt, als sie von meinem Versuch zu wechseln erfuhr. ‚Naja, dann lerne ich halt beim Singen nichts dazu', dachte ich, ‚dann bilde ich mir auch nichts auf eine gute Stimme ein, wenn ich keine habe', – und fand mich damit ab.

Als ich mich damit abgefunden hatte, empfing mich die Musiksekretärin (die damals nicht in der Zeile verrutscht war): „Frau X hat eine Stelle an einer Schule bekommen, ich habe Sie bei Frau Y zum Unterricht eingetragen, da wollten Sie doch gerne hin." **Dankbar nahm ich dieses Geschenk aus Gottes Hand. Da, wo ich es selbst aufgegeben hatte, schenkte ER es mir. Ist das nicht oft so?**

Wir mussten auch einige Semester den Unichor besuchen. Der Chorleiter führte ein strenges Regiment. Weder schiefe Töne noch mehr als zwei Fehltage ließ er gelten, noch andere Chöre. Trotzdem ging ich im ersten Semester gerne hin, weil wir von Haydn die Schöpfung sangen. Und weil ich von netten Mitstudenten umgeben war, so wie auch in den anderen Kursen. Der Haken an der Sache war: die Chorprobe kollidierte jede Woche mit unserer Bibelstunde. So besuchte ich zwei Semester lang statt der Bibelstunde den Unichor. **Und vermisste die Bibelstunde!** Da wagte ich schließlich etwas Aussichtsloses. Andere mit deutlich mehr Chancen hatten es auch schon versucht, sich von diesem Dirigenten einen anderen Chor anerkennen zu lassen. Keinen noch so qualitativ hochwertigen Chor ließ er gelten, nur seinen! Aber: **man darf Gott um alles bitten.** Und so sagte ich Ihm wohl kindlich: „Vater im Himmel, ich bin doch schon in zwei Chören, und wenn ich zu diesem da auch noch hingehe, verpasse ich die Bibelstunde. Bitte, lass ihn doch meine zwei Chöre anerkennen." Ich schnappte mir meine zwei Chorordner plus die sieben Chorliederbücher, aus denen wir sangen, und gab ihm dieses schwere Paket zur Begutachtung. Bis wann er es haben könne, wollte er wissen. Eigentlich bräuchte ich es heute Abend wieder zum Chor, teilte ich ihm mit. Dann geschah das Wunder: er gab mir die Ordner und Bücher zurück – und rechnete mir dafür ein Chor-Semester an! Du kannst Dir gar nicht vorstellen, wie glücklich ich in dem Moment war! – Direkt im Anschluss an diese gute Nachricht hatte ich irgendeine Prüfung und ging strahlend und dankbar hinein!

Ja, es gab viele Gründe zum Strahlen zu der Zeit: irdisch gesehen, weil mir Gott so viel Gutes erwies und ich so eine Freude an meinen Fächern hatte (mein Lieblingskurs wurde der Englisch-Aussprachekurs; das machte so viel Spaß, den Tonfall des Lehrers zu imitieren, und ein verblüfftes Lachen des Kurses zu ernten); ich hatte Freude in meiner Gemeinde; und, was bestimmt viel ausmachte: zu der Zeit folgte ich einer bestimmten Methode, um **systematisch Bibelverse auswendig zu lernen.**[10] Weil ich morgens mir nicht so viel Zeit nahm, musste ich die Wiederholungsverse während des Tages unterbringen. So sagte ich mir z.B. auf dem Weg vom Parkplatz zum ersten Kurs 7 Verse zum Thema Freude auf… und da kam auch die Freude! Oder im Treppenhaus zwischen den Stockwerken 7 Verse zum Thema Vergebung. Das war wie so eine Himmelsanbindung im Alltag. Kann ich nur weiterempfehlen.

Irgendwann entdeckte ich, dass ich meinen Mitstudenten christliche Flyer zum Lesen geben konnte. Sehr viele nahmen etwas an. Gerne fing ich in einem der Computerräume ein Gespräch mit meinen Nebensitzern an. „Und? Was studierst du?"- und schon war man bei einem gemeinsamen Thema. Gerne gab ich (von Missionswerk Bruderhand) themenbezogene Flyer weiter, je nachdem, was für Studienfächer mein Kommilitone hatte. Da

---

[10] Heutiger Vers: 25x aufsagen, gestriger 20x, vorgestriger 15x, dann 10x, dann 5x. Die Verse der vergangenen sieben Wochen je 1x.

trug ich einige Themen mit mir herum; da war was für Physik, für Bio, Mathe, Reli, Informatik, Erdkunde. Es machte mir richtig Spaß, ins Gespräch zu kommen und das Passende an den Mann oder die Frau zu bringen! 😊

Es gab auch einen Uni-Bibelkreis, zu dem ich mir (wegen der Musik) angewöhnte, mindestens eine Viertelstunde später zu kommen. Es ging dort modern zu – aber die **Bibelbetrachtungen waren gesegnet.** Und vor allem: **da waren einige, die brannten für Jesus! Einige trafen sich (einmal die Woche?) morgens vor Uni-Beginn und beteten gemeinsam für die Uni. Eine wollte als Missionarin für den Herrn ans Ende der Welt gehen. Viele waren oder wurden evangelistisch, und wir probierten einige Methoden aus, mit anderen Studenten über den Glauben zu reden. Eine Zeitlang traf ich mich regelmäßig mit einer engagierten Mitchristin, um zusammen zu evangelisieren (in der Mensa, draußen, bei Arbeitstischen).** Da wurde ich ihr leider manchmal zum Ärgernis (wie anderen auch), wegen meiner Unpünktlichkeit. Auf dem Weg zum Treffpunkt gab ich Flyer weiter, auch wenn es schon über der Zeit war, und ließ sie leider warten.

Was noch einer der Höhepunkte für mich war: zu der Zeit ging ich, wenn Gäste mitkamen und Übersetzung brauchten, in einen evangelistischen Bibelkreis (statt in einen meiner Chöre). Das war mir eine der größten Freuden, wenn ich Gottes Wort auf Englisch oder Französisch dolmetschen konnte. Wie bewegten uns die Themen! Wir gingen schlicht durch die Bibel durch; einmal das erste Buch Mose, einmal ein Evangelium. Spannend, immer wieder frappierend, wie es einen selber trifft, in der Situation, in der man sich gerade befindet!

Ich stellte fest, dass ich am glücklichsten war, wenn ich jemanden von auswärts zu Bibelstunden und Bibelfreizeiten einladen konnte. Nicht im Zusammensein nur mit denen, die „eh schon" dazugehören.

Es war so eine saftig grüne Aue, diese gesegnete Zeit in Vorbereitung auf das Grundschullehramt. Mit verhältnismäßig wenig Wermutstropfen. **Preis dem HERRN!!!**

Schwere Jahre

Während meiner grünen Aue hatte ich oftmals gedacht: „O wei, danach kommt bestimmt wieder eine schwere Zeit." Sollte man nicht denken. Wir sollen uns keine Sorgen machen um den morgigen Tag. Oder um die nächste Zeit.

Wir sollen Gott vertrauen:

„Meine Gedanken sind nicht eure Gedanken, und eure Wege sind nicht Meine Wege", spricht der HERR. „Denn soviel der Himmel höher ist als die Erde, soviel sind Meine Wege höher als eure Wege, und Meine Gedanken als eure Gedanken." (Jes. 55,11).

Seine Wege mit uns sind besser als die, die wir uns selbst ausgesucht hätten. Auch wenn es zwischendrin durch Wüstenzeiten geht.

Auch in Wüstenzeiten bloß nicht murren! Das sage ich hauptsächlich mir selbst. Manchmal **machen wir uns eine eigentlich erträgliche Zeit durch unser Hadern und Murren... zu einer Wüstenzeit. Gott wird dadurch verunehrt. Und wir rauben uns Seinen Segen.**

Bei meinem nächsten großen Schritt wollte ich keine eigenen Wege gehen. So bat ich Gott einige Semester vor dem Abschluss, ob ich mich mit dem Studium so beeilen solle, dass ich rechtzeitig dran bin, **das Referendariat an der christlichen Schule** in der Nähe zu **beginnen.** Denn an einem bestimmten Ort konnte man das Referendariat nur alle anderthalb Jahre anfangen.

Mal wieder bat ich Gott um ein Zeichen. Als ich davon einem Gläubigen erzählte, meinte er dazu: „Mein Vater hätte gesagt: ‚Pass auf, dass du nicht spinnst.'" Das war nicht schmeichelhaft – aber vielleicht war tatsächlich meine Art zu beten und um Zeichen zu bitten nicht die beste. **Gott aber wusste, wie ich es meinte, und ER antwortete auf mein ungeschicktes Gebet „HERR, wenn ich mich beeilen soll mit dem Studium, um das Referendariat an der christlichen Schule zu machen, lass bitte den Schulleiter mich bis zu dem und dem Termin ansprechen, dass sie mich brauchen."**

Der Termin rückte näher, und gespannt wartete ich, ob der Schulleiter auf mich zukommen würde. Der Tag meiner Deadline, die ich gesetzt hatte, kam. Und **der Schulleiter – sprach mich nicht an.**

Da hakte ich dieses Thema ab und **nahm es aus Gottes Hand**. ‚Dann kann ich mir mehr Zeit zum Evangelisieren nehmen', dachte ich.

‚Aber wenn nicht an die christliche Schule – wohin dann?' Ich streckte meine Fühler aus, um abzutasten, wo denn mein Platz sein solle. ‚Dann gehe ich halt wo anders ins Referendariat, aber im gleichen Bundesland', überlegte ich. Insgesamt hatte ich drei Optionen: zwei im gleichen Bundesland und noch eine weitere, die mir am wenigsten zusagte.

‚Meine Eltern werden nicht jünger und nicht gesünder', dachte ich. ‚Ob ich zu ihnen zurückgehen und das Ref dort machen sollte? Da könnte ich ja nebenher meine Mutter noch unterstützen', dachte ich so.

Wie sollte ich also rausfinden, welche der drei Optionen Gottes Wille für mich wäre? Erstmal informierte ich mich; es schien eine megakomplizierte Sache, für das Ref das Bundesland zu wechseln: da wollten sie doch tatsächlich, dass ich in Deutsch zwei Semester nachstudiere und in Mathe eine Zusatzprüfung ablege. Und das innerhalb ein und desselben Landes! Dass ich nicht gerade begeistert bei dieser Aussicht war, kannst Du Dir bestimmt vorstellen. – Dass die Leute der zuständigen Behörden selbst nicht so genau Bescheid wussten, machte die Sache noch komplizierter. Ob, wann und mit welchen Inhalten die Matheprüfung sein würde, das war längere Zeit in der Schwebe. Eines Tages **betete ich – wieder um ein eindeutiges Zeichen: „HERR! Wenn ich in das Bundesland meiner Eltern soll, dann lass doch bitte in der dritten E-Mail ab jetzt, die ich vom Prüfungsamt erhalte, die Inhalte der Matheprüfung drinstehen."** Das Hin- und Her mit den Fragezeichen ging weiter. Die dritte Mail kam, und was stand drin…? Die Inhalte der Matheprüfung, die ich lernen sollte. – Schock!

Zurück zu den Eltern? Mit über dreißig? Dort das Ref, wo es so kompliziert ist, Prüfungen nachzuholen, und wo es ein halbes Jahr länger dauert als in den meisten anderen Bundesländern?

Nein, das wollte ich nicht. Ich fand einen Ausweg: Ja, es stand zwar in der dritten Mail, was in der Prüfung drankommt – aber es war ja noch nicht sicher, ob ich diese Prüfung überhaupt machen musste.

Also schob ich die Antwort, die ich erhalten hatte, von mir weg. Ob ich die beiden anderen Optionen weiterverfolgte, weiß ich nicht mehr.

Im Dezember hatten wir in der Gemeinde eine Evangelisation. Da geht es drum, dass Menschen mit Gott in Ordnung kommen und einen Anfang mit Jesus machen. Vor allem die, die es noch nie getan haben. Das ist erstmal schwer: vor Gott (und den Anwesenden) zugeben: „Ich bin ein Sünder" und zu beten: „Gott, bitte vergib mir" und „Herr Jesus, komm in mein Herz, und sei der Herr über mein Leben."

Aber auch, wenn man diesen Schritt schon getan hat, und vom Weg wieder abgekommen ist, darf man wieder zu Gott umkehren.

Wahrscheinlich setzte ich mich in den Gottesdienst mit dem Gedanken: das ist für die anderen.

Ob es am ersten oder am zweiten Abend dieser Veranstaltungsreihe war? Jedenfalls lautete eine **Predigt „Hast du Jesus lieb?"**

Wumm – das traf mich mit voller Wucht! Schon die Überschrift. Genau für mich. Ich dachte: ‚Kann ich mit Fug und Recht behaupten, ich hätte Jesus lieb – aber ich tue nicht, was Er mir sagt? Das passt doch nicht zusammen!'

Ich hörte mir die Predigt an. Was darin vorkam, weiß ich nicht mehr.

Aber hinterher **erzählte ich einer Glaubensschwester unter Tränen von meinem Gebet – und von der Antwort, die mir nicht passte. Danach beugte ich mich unter Gottes Willen –** und machte Nägel mit Köpfen: schweren Herzens rief ich bei meinen Eltern an und fragte sie, was sie davon halten würden, wenn ich wieder zu ihnen käme. Sie waren erfreut und fingen an zu planen, was sie umbauen würden und in welches Zimmer ich käme.

Dann stellte sich heraus, dass ich weder Deutsch nachstudieren noch die Matheprüfung nachholen musste!

Beim Abschied von meiner Gemeinde vergoss ich einiges an Tränen. Der Abschied von meiner eigenen Wohnung fiel mir ebenfalls schwer.

Wieder halfen verschiedene aus der Gemeinde bei meinem Umzug – beim Einpacken, beim Putzen und beim Fahren. Schweren Herzens verscherbelte ich mein teuer erstandenes Klavier. Es hob zuletzt noch zum Schwanengesang an, als ich in der letzten Nacht noch darauf spielte, nachdem ich festgestellt hatte, dass man den Deckel hochklappen kann und es dann wunderschön und noch voller klingt.

Mal wieder mit wenigen Stunden Schlaf vorher – so wie beim Umzug davor – trat ich die 6-7-stündige Reise an. Und war dankbar, dass ich diesmal nicht selbst fahren musste.

12 Tage hatte ich noch Zeit bis zum Beginn des Referendariats. Während mein zukünftiger Wohnraum innerhalb der nächsten Monate renoviert wurde, hauste ich provisorisch in einem anderen Zimmer. Später half mir noch die Haushaltshilfe meiner Mutter, mit der ich mich angefreundet hatte: während ich auf dem Bett mit dem Laptop liegend versuchte meine Schulstunden vorzubereiten, packte sie meine Kisten aus und verstaute die Sachen, soweit möglich, in den Regalen.

Es waren mehrere Dinge, die mir in dem Haus meiner Eltern extrem zu schaffen machten.

In Sachen Arbeit **war ich froh, dass Gott Gebete erhört hatte** und ich eine Stelle im Nachbarort bekommen hatte. Beim Vortreffen mit der Referendariatsgruppe lächelte eine der neuen Kolleginnen mich so an, dass ich empfand: Mein Tag ist gerettet. Und das Ref bestimmt auch.

Mit ihr verstand ich mich super. Und wir hatten sogar die gleichen Fächer.

Nach wenigen Monaten Druck, Stress und zu wenig Zeit für ihren Mann und ihren kleinen Sohn, hörte sie auf. Diese freundliche Kollegin zu entbehren ließ meinen Mut noch weiter sinken.

Von Tag zu Tag schleppte ich mich irgendwie durch; die schwere Situation zu Hause, die vielen Vorbereitungen, die Unmengen an Computer- und Papierkram, um nur ja (wie erinnert das an das deutsche Altenheim) jeden Handgriff und am besten jede Aussage und Verhaltensweise jedes Schülers zu dokumentieren.

Für die Planung musste man die Inhalte der Stunden vierfach notieren:

1. im ausführlichen Stundenverlaufsplan (davon zwei pro Woche noch ausführlicher und auf drei Seiten)
2. im handgeschriebenen Wochenplan
3. im computererstellten Sequenzplan (also die Themenreihe)
4. im computererstellten Jahresplan.

Wenn dann noch die geeigneten Computerprogramme fehlen, und man Stunden zusätzlich im Internet verbringt, um schöne Bildchen zu finden, zu kopieren, auszuschneiden, einzufügen, zu formatieren ... dann gute Nacht! Ach ja: und dann natürlich noch ausdrucken, ausschneiden, einlaminieren. Das war eine Materialschlacht sondergleichen! Da braucht man echt Hilfe. Die bekam ich von der Person, um derentwillen ich umgezogen war, damit ich ihr hätte helfen können: meine Mutter. Um meinetwillen – das fällt mir schwer, es aufzuschreiben; sie hat mir über Vermögen geholfen – reduzierte sie ihren Schlaf auf vier Stunden pro Nacht (und am Ruhetag gönnte sie sich neun Stunden).

Das mit dem Schlaf war eines der schwierigsten Themen. Dazu vielleicht gleich mehr.

Also, man musste unglaublich viel schreiben und dokumentieren, vor jeder gehaltenen Stunde. Und danach? Da wurde verlangt, dass wir notieren, was wir nicht geschafft haben, und bitte auch warum. Und bitte ebenfalls vierfach:

1. im Wochenplan, bitte mit Pfeilen, auf wann die fehlenden Inhalte vertagt wurden
2. im Stundenverlaufsplan; hier bitte mit Rechtfertigungen, warum man was nicht geschafft hatte
3. im Sequenzplan
4. und im Jahresplan.

Wen wundert's, dass man nicht fertig wurde! Und das Schlimmste waren die Unterrichtsbesuche. Da am besten 10 Seiten ausführlich über den Inhalt, die Stunde, die Sequenz, die Zusammensetzung der Schüler, etc. schreiben. Und noch mehr

Material erstellen als sonst schon. Und die im Internet gesuchten, kopierten, eingefügten, ausgedruckten, ausgeschnittenen und laminierten Bildkarten bitte noch rückseitig mit Magnetstreifen versehen, damit sie so an der Tafel haften, und man nicht Magnete verwenden müsse. Und im Optimalfall Anschauungsmaterial, dass du am besten mit einem Lastwagen direkt vor dem Klassenzimmer parkst und mit einem Kran hochtransportierst.

Aber nicht nur genug mit der Vorbereitung dieser Einzel- oder Doppelschreckensstunden, mehrfach pro Schuljahr; nein – auch deine gesamte bisherige Schuljahrstätigkeit in Papierform muss dem kritischen Blick deiner Seminarleiterin standhalten:

- deine Mitschriften der Stunden, wo du hospitiert hast
- deine Schülerbeobachtungen – bitte möglichst in jedem Fach, in jeder deiner Klassen, und auf jeden Fall zu jedem Kind immer wieder schriftliche Beobachtungen: zum Sozialverhalten, zum Lernverhalten, zu den fachlichen Beiträgen, und noch zwei weitere
- deine Schülerhefte. Da sollte bitte *jeder* Eintrag von *jedem* Kind in *jedem* Fach und in *jeder* Klasse – einen lernförderlichen Kommentar erhalten; „Super!" oder „Toll gemacht" reichte nicht; das muss schon konkreter sein: was hat das Kind gut gemacht, was kann es das nächste Mal besser machen.

Wen wundert's, wenn die Mitleidenden (also die anderen „Refis") vor solchen Unterrichtsbesuchen etwas erfanden, weil man mit Schreiben einfach nicht nachkam.

Manchmal saß ich in der Nacht vorher, mit den Nerven am Ende, noch über den Heften der Kinder, lernförderliche Kommentare ergänzend. Nein, Schülerbeobachtungen saugte ich mir nicht im Nachhinein aus den Fingern. Auch hier, so wie damals im Altenheim, wollte ich nicht lügen, und auch nichts erdichten, was ich nicht gemacht hatte. Aber ich wollte es mir auch ersparen, von den Blicken der Seminarleiterin erdolcht zu werden, und so opferte ich auf dem Altar der Angst noch weitere Schlafstunden.

Dazu kam noch – der Alltag eines Lehrers heutzutage: ungehorsame, verzankte Kinder. Die vorzugsweise das machen, was sie nicht sollen.

Wie oft erlebte ich Gottes gnädige Durchhilfe.

Einmal hatte ich meine schlimmste Klasse vorne im Sitzkreis. Da gab es ein Gerangel und Gestreite. Ein Kind protestierte: „Der … hat mir dies und das getan!" Es ist ja immer der andere schuld. Und nachzuvollziehen, wer es nun wirklich war, dazu blickte ich zu wenig durch. Ob ich ein Stoßgebet nach oben schickte? Daraufhin sagte ich einen Satz, der mir unbeholfen vorkam: „Könnt ihr euch nicht einfach wieder vertragen?" Kurzes Nachdenken – „OK", sagte mindestens einer, und reichte dem anderen die Hand. Und weiter ging's im Text.

Dem Grundsatz „Lieber erst den strengen Mann spielen, und hinterher die Zügel schießen lassen" war ich leider nicht gefolgt. Dementsprechend machte ich mir das Leben noch schwerer mit Schülern, bei denen ich zu viel durchgehen ließ.

Zu viel Arbeit, nervenkostende Schüler, zu viel Ärger, viel zu wenig Schlaf, mehr als Probleme zu Hause – das war eine ganz ungünstige Kombination.

Bei mehreren ärztlichen Untersuchungen wurde ich auch noch von meinen Blutwerten verpetzt. Als ich meiner Ärztin von meinen Schlafproblemen erzählte und sie mir versuchte weiszumachen, dass ich mich in einer Depression befinden würde, blockte ich total ab. ‚So etwas darf ein Christ doch nicht haben', dachte ich entsetzt; sagte es ihr aber nicht, und versuchte mich rauszureden: Ja, es gäbe halt manchmal Phasen im Leben, die nicht so einfach seien... Sie wirkte mindestens frustriert und sehr genervt – und ich wollte am liebsten nicht nochmal hin. Aber sie dachte: ‚Wenn sie ihre Diagnose nicht einsieht, wird die Behandlung halt auch schwierig.' Ich fand es eine Frechheit, dass meine

Laborwerte ein kellertiefes Melatonin[11]- und Serotonin[12]niveau anzeigten. Da stand Schwarz auf Weiß der Beweis für diese beschämende Krankheit, die ich nicht haben wollte.

Die verzweifelte Hausärztin fand einen kurzfristigen Mittelweg, um mir manchmal ein bisschen helfen zu können: sie verschrieb mir Melatonin und verordnete Baldriantabletten.

Damals verstand ich noch nicht, dass im Körper ein gewisser Pegel eines Hormons vorhanden sein muss, damit es wirken kann; eine einmalige oder seltene Gabe hilft meist noch nicht.

In einer Nacht warf ich mir, mit Stunden Abstand, weil es immer noch nicht geholfen hatte, insgesamt 30-32 Milligramm Melatonin ein, und nahm nach und nach sieben Baldriantabletten. Und schlief doch nicht. Gar nicht. Es fühlt sich eklig, widerlich, zum Heulen an, dieses Vibrieren bis Flattern im Gehirn.

Nach so einer schlaflosen Nacht stand ich, den Tränen nahe, montagmorgens vor meiner schlimmsten Klasse. „Ich kann nicht mehr", erklärte ich den Kindern, dem Weinen nahe, „lasst uns aufstehen und beten."

Das hätte ich nicht tun dürfen. Man muss ja neutral sein.

Betroffen und verwundert standen die Kinder auf. Kindlich sagte ich Gott, wie schlecht es mir gehe, und dass ich Seine Hilfe brauche, auch für die kommende Doppelstunde.

Nach dem Amen nahmen die Kinder schweigend Platz. Obwohl es Musik war und wir in den Musikraum rübergingen, gab es an diesem Tag kein Gerangel um die ersten Plätze, keinen großen Kampf um die besten Instrumente, keinen lauten Streit.

---

[11] Schlafhormon. Zu wenig davon → Schlafstörungen

[12] Glückshormon. Zu wenig davon → Traurigkeit, Depression. Wird bei Einbruch der Dunkelheit in Melatonin umgewandelt. Zu wenig glücklich am Tag → zu wenig Schlafhormon in der Nacht → Schlafstörungen → verstärkt die Depression.

Es war in dieser Klasse die beste Doppelstunde des gesamten Schuljahres!

‚Das funktioniert‘, dachte ich, ‚das war so gesegnet. Das mache ich nochmal.‘

Eine Woche später (diesmal hatte ich davor etwas geschlafen) betete ich nochmal mit den Kindern vor dem Unterricht.

Das blieb nicht ohne Folgen: die Kinder erzählten es den Eltern, die Eltern der Klassenlehrerin, die Klassenlehrerin der Schulleitung – und die Schulleitung meldete es ans Ministerium. Das Ministerium lud mich schriftlich zu einem Gespräch ein. Das kam noch zu allem anderen Schweren hinzu.

In einer Sache hatte ich nicht nach Gottes Willen gefragt, in einer wichtigen. Ich hatte gedacht, ich könne mir doch nicht die Zeit nehmen, **die richtige christliche Gemeinde zu suchen.** So ging ich halt in eine, die ich im Internet gefunden hatte, und die relativ nahe war. Obwohl ich wusste, dass es nie meine geistliche Heimat werden könnte.

Einen Opa, der mit seiner behinderten Enkelin zur Gemeinde ging, bewunderte ich sehr für seine Fröhlichkeit. Als ich ein paar Reihen hinter ihm saß, bemerkte ich seine zerschlissenen Socken. Später erfuhr ich den Grund: er lebte von zwanzig Euro die Woche (um etwas um des Gewissens willen zurückzuzahlen). Dabei ging er mit seiner Enkelin sonntags nach dem Gottesdienst bei McDonald's einkehren. Das alles musste in den zwanzig Euro drin sein. Er tat mir leid, und ich dachte: ‚Wenn ich auch nicht viel verdiene in diesem mörderischen Ref, kann ich ihm doch sein verfügbares Wocheneinkommen verdoppeln. Das würde ihm doch guttun – mehr Geld fürs Essen und vielleicht auch für Kleidung.‘

Da man beim Gutestun möglichst unerkannt bleiben soll – und ich erzähle die Geschichte jetzt, damit Du nicht den Fehler machst, den ich dann begangen habe – steckte ich den Schein einfach in seine Jacke, die er in der Garderobe aufgehängt hatte. Doch dann kam die wärmere Jahreszeit, und er kam ohne Jacke. Jetzt hatte ich ein Problem – denn ich konnte den Schein nicht mehr unentdeckt in ein Kleidungsstück in der Garderobe hängen. Was tat ich? Tu's nicht: ich gab ihm kein Geld mehr. Das bereue ich im Nachhinein so sehr!

Wenn Du im Gutestun unerkannt bleiben kannst – umso besser. Aber wenn es sich nicht verhindern lässt, bitte tu es trotzdem. Ich bin mir sicher, der HERR wird es Dir trotzdem vergelten.

Schade, da habe ich versagt.

Von vielem her wäre es gesegneter gewesen, wenn ich gleich die richtige Gemeinde gesucht hätte, die Gott für mich vorgesehen hat.

So ging mein Auto auf dem Weg zur Bibelstunde kaputt. In der anderen Gemeinde hätte es vielleicht jemand für mich repariert. Ich quälte mich sonntagmorgens aus dem Bett heraus, um zum Vormittagsgottesdienst und zur Gebetszeit zu fahren. Wie dringend hätte ich noch einen Tag Ausschlafen gebraucht, um am Wochenende mal mehr als 0-6 Stunden Schlaf zu bekommen. In der anderen Gemeinde wäre ich durch Ausschlafen gesegnet und vor allem für die anstrengende nächste Woche gestärkt worden: dort war nämlich nachmittags Gottesdienst. Ach, und noch andere Punkte...

Gemeinde ist eines der Anliegen, wo es immens wichtig ist, Gottes Willen zu erfragen und zu tun.

So ging ich auch in einen Hauskreis bei mir am Ort – ich weiß nicht mehr, ob ich Gott gefragt habe, ob ich da hingehen soll. Auch da waren einige Dinge, wo es dann besser war, nicht mehr zu erscheinen.

Irgendwie kam ich dann doch in Kontakt mit „meiner" Gemeinde. Gerade noch rechtzeitig – denn da gebrauchte Gott eine Ärztin, für meine Mutter.

Einen Großteil des Schuljahres hatte ich mir Gedanken gemacht, wie ich dieses mörderische Referendariat überleben soll – wo doch die aus dem zweiten Jahr berichteten: „Das erste Jahr ist ein Spaziergang gegen das zweite." So hatte ich mich im Juni hingekniet und gesagt: „Gott, ich sehe keine Möglichkeit, wie ich dieses Ref überstehen soll, und dann dazu noch das zweite Jahr! Wenn DU willst, bitte erlöse mich aus diesem Ref. Und wenn nicht, bitte hilf mir irgendwie durch."

Man muss aufpassen, was man betet!

So fuhr ich in den Sommerferien, in denen eigentlich die Seminararbeit hätte fertig werden müssen, erstmal eine Woche zu einer **Bibelfreizeit.** Eine der Frauen dort, als sie von meinen Schwierigkeiten daheim hörte, überredete mich, doch noch länger zu bleiben. Die Arbeit könne ich doch auch von dem Freizeitheim aus weiterschreiben. Das versuchte ich auch; ich sagte daheim Bescheid, dass ich später kommen würde; doch meine Mutter hatte so eine komische, matte Stimme, als sie ihr OK gab. In der darauffolgenden Nacht konnte ich gar nicht schlafen. Als ich auf die Uhr schaute, war es wohl gegen fünf. Ich beschloss, **in der Bibel zu lesen und zu beten,** und fuhr im Morgengrauen gegen sechs Uhr doch nach Hause los. **Ohne Schlaf.** Eine vierstündige Fahrt.

‚Ich muss noch in die Stadt, in die Bibliothek, um Bücher für meine Seminararbeit zu durchforsten', dachte ich. So fuhr ich und fuhr und fuhr – und bei der Abzweigung hatte ich den Eindruck: „Fahr gleich nach Hause!" ‚Hm? Ich muss doch noch in die Bibliothek!' Ich nahm die Ausfahrt – hatte aber gleichwohl keine Ruhe, drehte eine Runde um den Block – und fuhr doch nach Hause... und das war gut so:

Zu Hause kam mir meine Mutter entgegen, noch zusammenge-krümmter als sonst, und gelb, richtig gelb an der Haut und in den Augen. Nein, es ging ihr nicht gut!!!

Aufgrund ihrer psychischen Erkrankung lehnte sie normaler-weise jede ärztliche Behandlung ab. Dass das hier nicht gut ge-hen würde, sagte mir eine innere Alarmglocke. ‚Sie müsste doch zum Arzt', grübelte ich fieberhaft. Mir fiel die Ärztin aus der Ge-meinde ein. ‚Wenn wenigstens *sie* mal kommen dürfte?'

Inständig betete ich, und zaghaft machte ich diesbezüglich eine Andeutung. Mit einem schwachen Lächeln erwiderte meine ster-benskranke Mutter: „Es hat mich schon damals interessiert, sie mal kennenzulernen, als du von ihr erzählt hast."

Jahre vorher, als es meine Gemeinde noch nicht gab, **fuhren ein paar betende Frauen regelmäßig zu den Gottesdiensten in eine andere Stadt**, und da war ich mal dabei gewesen. **Sie fuh-ren fort, für eine Gemeinde an ihrem Ort zu beten. Nach ei-nigen Jahren kam die Erhörung.** Diese drei Frauen waren sehr lieb – und eine wirkte so demütig und bescheiden. Als ich erfuhr, dass sie arbeiten geht, dachte ich: ‚So lieb und bescheiden, wie sie ist – ist sie bestimmt eine Putzfrau.' Als ich sie nach ihrem Beruf fragte, erwähnte sie wie beiläufig, dass sie Ärztin sei, und weiter ging's im Text.

Das hatte ich also vor Jahren meiner Mutter erzählt, und das hatte sie beeindruckt. Auch sie hatte Putzfrauen als demütig und liebenswert kennengelernt, besonders ihre „Zugehfrau" als Kind, die sie sehr ins Herz geschlossen hatte.

Diese demütige Putzfrau, nein, Ärztin (doch: sie putzte dann mit Freuden unsere Gemeinde) durfte also kommen! Wie erleichtert war mein Herz!

Sie kam – und empfahl Ultraschall. Wird sich meine Mutter jetzt wieder weigern, in eine Arztpraxis zu gehen?

Sie ging – das heißt, ich fuhr sie, meine sterbenskranke Mutter, gelb an der Haut, und nicht mehr ganz klar im Kopf. Sogar ihre Orientierung, die vorher mit und ohne Stadtplan ausgezeichnet war, ließ sie im Stich. Doch irgendwie fanden wir den Weg.

Die russische Ärztin, die meine Mutter in Empfang nahm, sah sie von Anfang an einfach entsetzt an. Ich durfte mit zum Ultraschall; während die Ärztin das Gerät über den angeschwollenen Bauch meiner Mutter führte, blickte ich auf den Bildschirm. Ein knapp faustgroßes Gebilde waberte da herum – und die Ärztin hielt inne: „Pankreas" – tippte sie ein, und setzte ihre Untersuchung fort. Mit Entsetzen dachte ich: ‚Das ist die Bauchspeicheldrüse! Wenn man da Krebs hat – geht es dann nicht besonders schnell zu Ende?' Während der Untersuchung schwieg die Ärztin. Hinterher bekamen wir die Diagnosen:

- **Tumor** in der Bauchspeicheldrüse
- unklare Raumforderung in der Leber
- verstopfter Gallengang
- perforierte, also durchlöcherte, Gallenblase
- Flüssigkeit an mindestens zwei verschiedenen Orten im Bauchraum
- Leber nicht in Ordnung.

Die Blutabnahme ergab wenig später noch zusätzlich:

- extrem hohe Entzündungswerte (kein Wunder bei den seit Jahren offenen Beinen)
- Thrombose und
- Lungenembolie.

In der Arztpraxis unterschrieb meine Mutter noch: „Ich weigere mich, ins Krankenhaus zu gehen."

Mir war so elend zumute. Dass es etwas Schlimmes war, hatte mir schon ihr Anblick gesagt. Aber das alles! Und noch der Tumor!

‚Jetzt fahre ich meine sterbende Mutter nach Hause', dachte ich. Bei der Apotheke musste ich noch etwas für sie holen. Einer der Angestellten dort erzählte ich wohl unter Tränen, was ich gerade erfahren hatte. Irgendwelche Worte des Mitgefühls versuchte sie herauszubringen. Als ich mich später zu erinnern versuchte, wer mich bedient hatte, konnte ich mich nicht mal mehr an ihr Gesicht entsinnen, so durch den Wind war ich gewesen.

An einem Nachmittag, wahrscheinlich war ich wegen meiner Seminararbeit nochmal weg gewesen, kam mir mein Vater entgegen: „Gut, dass du kommst, der Mami geht's nicht gut." Mit pochendem Herzen betrat ich das Wohnzimmer. Dort saß sie auf der Eckbank, die Augen geschlossen, den Mund geöffnet und schwankte hin und her. Was sollte ich machen? „Mami, was ist los?" „Mami, willst du dich hinlegen?" „Mami, willst du was zu trinken?" Wenn wir ihr ein Glas an die Lippen setzten, oder wenn wir ihr etwas zu Essen an den Mund hielten, blies sie mit ihrem Mund hinein – als wäre es ihr lästig, oder als würde sie nicht verstehen, was der Unsinn vor ihrem Mund da zu suchen hat. Sie war verwirrt und reagierte kaum auf unsere Ansprache, außer bei dem, wo sie auch vorher ihre sehr feste Meinung hatte: „Sollen wir einen Krankenwagen rufen?" „NEIN!" sagte sie hart. „Oder den Nachbarn?" – dann könnten wir sie in ihr Bett hochtragen... – „NEIN."

Mit Mühe errichteten wir ihr ein kleines Notlager. Meine Schwester, die in der Nähe wohnte, kam auf den Anruf meines Vaters auch herzu.

Da lag unsere Mutter, totenbleich, kaum ansprechbar und jede Hilfe ablehnend. ‚Jetzt hat ihr letztes Stündlein geschlagen', dachten wir bestürzt. Ob sie sich zum Abschied noch ein Lied wünschen würde, fragte ich. Sie nannte in ihrer Verwirrung eines, dessen Titel ich noch nie gehört habe. Wahrscheinlich gab es das auch nicht. Meine Schwester streichelte sie und mein Vater schniefte in sein Taschentuch.

‚Was für ein schreckliches Ende', dachte ich, ‚genau der Vorabend des Tages, auf den sie jahrelang hingelebt hat.' Ihr und unserer Familie zum Schaden, zum Unsegen, hatte sie sich jahrzehntelang an neuere Propheten gehangen, die zu einem bestimmten Datum den Krieg vorausgesagt hatten. Daran glaubte meine Mutter ganz fest und jedes Jahr. Aber jedes Jahr, wenn es doch nicht eingetreten war, hatte sie wieder eine Rechtfertigung. Wie oft hatte ich ihr gesagt: „Hör auf damit. Sag dich los davon. Das steht zwischen dir und Gott."[13] Und wie oft hatte sie meine Warnung in den Wind geschlagen.

Jetzt lag sie da, sterbend, einen Abend vor jenem kritischen Datum. **Ich flehte inbrünstig zu Gott,** ER möge sie noch nicht hinwegnehmen.

Nochmal fragte ich, welches Lied sie sich noch wünsche; – da war ihr Anliegen klar und deutlich: „Näher, mein Gott, zu dir." Das sang ich ihr, und innerlich nahmen wir drei von ihr mit blutendem Herzen Abschied.

„Was macht ihr denn hier noch?" – fragte sie auf einmal. „Der Papi muss doch ins Bett, und Susanne muss nach Hause." Wir mussten lachen – und versuchten, ihr den Ernst der Lage begreiflich zu machen. Das wischte sie weg und kündigte an, sie werde selbst die Treppe hoch und ins Bett gehen. **Ungläubiges Lachen unsererseits. Erhörung meiner Gebete von Gottes Seite:** später am Abend schleppte sie sich tatsächlich selbst die Treppe hinauf und ging zu Bett.

Wieviel ich in dieser Nacht schlief, kannst du raten.

Diese Sommerferien waren ein Bangen und Hoffen. Mit Schrecken fiel mir mein Gebet vom Juni wieder ein, Gott möge mich

---

[13] Am Ende der Bibel steht für uns die Warnung: „Ich bezeuge jedem, der zu den Worten der Weissagung dieses Buches etwas hinzufügt, dass Gott ihm die Plagen hinzufügen wird, von denen in diesem Buch geschrieben steht..." (und eine Warnung über das Weglassen...)

aus diesem Referendariat erlösen. Jetzt ging es also meiner Mutter so schlecht. Ich dachte: wie es aussieht, stirbt sie noch in den Sommerferien. Dann werde ich schwer zu tragen haben und keine Zeit für die Schulvorbereitungen haben, und dann wird mir bald gekündigt.

Es dünkte mich so schwer, meine Mutter zu verlieren. Wenn ich an ihr Sterben dachte, **hatte ich die deutliche und schreckliche Empfindung, dass sie nicht bei Gott ankommen würde.** Ich versuchte ihr nochmal klarzumachen, dass neue Propheten einen von Gott wegziehen; man soll ja den Worten der Weissagung der Offenbarung in der Bibel nichts hinzufügen, auch kein Datum mit Kriegsbeginn.

So leitete ich dieses brennende, dringende Gebetsanliegen vielen Gläubigen weiter. Später versuchte ich nachzuzählen und kam auf die Zahl von zwanzig. So vielen Gläubigen hatte ich es mitgeteilt, und sie beteten, jeder mit seiner Gemeinde (so vorhanden). „Betet, dass sie wenigstens den Frieden für ihre Seele findet", hatte ich viele gebeten.

Aber Gott kann ja noch mehr! In meinen schlaflosen und schlafarmen Nächten (es war tatsächlich, was ich mir vorher nicht hätte vorstellen können, noch schlimmer als in meinem ersten Ref-Jahr!) **betete ich flehentlich: „Herr Jesus! Lass sie den Frieden für ihre Seele finden. Ich weiß, Du kannst alles. Und wenn Du willst, bitte mach sie doch gesund. Wie du damals geheilt hast, kannst du es auch heute.** Auch wenn sie sich weigert, ins Krankenhaus zu gehen. Du hast damals zu den Ohren des Tauben gesagt: „Öffne dich!", **du kannst auch zur Gallenblase meiner Mutter sagen: ‚Schließe dich!'"**

Mein Gehirn flatterte vom wenigen Schlaf, und ich war verzweifelt: jeden Tag wurde sie blasser und schwächer. Sie äußerte schon ihre „vielleicht letzten Wünsche".

Da kam nochmal die besagte Ärztin aus der Gemeinde. Sie plädierte dafür, dass sich meine Mutter doch wenigstens der Gallenblasen-OP unterziehen solle. Denn es könne sein, dass sie dann trotz des Tumors noch zwei-drei Jahre weiterleben könnte. Wir versuchten nochmal, es ihr nahezubringen.

„Ich akzeptiere es als mein Schicksal", behauptete sie fest, und fand unmögliche Gründe, sich nicht operieren zu lassen. Da knallte ich, nachdem ich ihr noch hart und deutlich etwas entgegnet hatte, ihre Tür zu und sprach an dem Tag kein Wort mehr mit ihr.

Meine Mitbeter informierte ich, sie mögen jetzt beten, dass sie doch ins Krankenhaus geht.

„Wenn Gott Seine Kinder überraschen will", sagte mal jemand, „braucht ER nichts weiter zu tun, als eines ihrer Gebete zu erhören."

Am nächsten Tag verkündigte meine Mutter widerwillig: „Also gut, *euch* zuliebe gehe ich. Aber die sollen mir nur die Gallenblase rausmachen. Meinen Tumor sollen sie in Ruhe lassen. Und ich will auch keine Zusatzuntersuchungen."

Mein Herz hüpfte vor Freude und vor Hoffnung. Am liebsten wäre ich sofort losgefahren. Doch da behielt sie ihren Eigensinn: nein, sie müsse jetzt in Ruhe und ohne Hektik und Stress ihre Sachen fürs Krankenhaus packen. Innerlich auf glühenden Kohlen ließ ich sie gewähren.

Schließlich kamen wir, es könnte gegen 20 Uhr gewesen sein, irgendwann abends an. Sie machten noch einen Ultraschall bei ihr. Ich fuhr schon ab.

Sie wiederholten den Ultraschall nochmal; da fehlte doch etwas! – Was denn?

Der Tumor. In der Bauchspeicheldrüse.

Trotz 2-3-mal Ultraschall und dann noch mit Überreden die Computertomographie, bestätigten alle Untersuchungen, dass der Tumor nicht mehr auffindbar war! Doch sie fanden bestätigt, dass die Gallenblase sehr entzündet war und dringend raus musste.

Als ich meine Mutter im Krankenhaus, im Patientenzimmer, besuchte, lag sie da: geschwächt, bleich und überaus dankbar, dass sie überlebt hatte. Sowohl Ärzten als auch dem Pflegepersonal gab sie aus tiefer Dankbarkeit heraus ein dickes Trinkgeld.

Voller Freude **konnte ich meinen Mitbetern von diesem Wunder berichten, was Gott an meiner Mutter getan hatte! Der Tumor war verschwunden, und sie hatte überlebt!!!**

Als es so aussah, als würde meine Mutter doch noch weiterleben, da schlief ich in der darauffolgenden Nacht wunderbar und erholsame zehn Stunden! Ich war so erleichtert wie wohl noch nie zuvor.

Das war alles in der letzten Sommerferienwoche. Schnell fuhr ich in den Nachbarort, an meine Schule, und berichtete der Konrektorin von den Ereignissen. Und deckte mich mit Büchern ein, um die noch verbleibenden Tage mich notdürftig an die Schulvorbereitungen zu begeben. Meine Seminararbeit war auch noch nicht fertig.

Zwischendrin hatte ich meine Kollegen aus dem Seminar, meine Seminarleiterin sowie meine Betreuungslehrerin über die Diagnosen meiner Mutter informiert. Alle, bis auf eine, schrieben betroffen und mit Worten der Anteilnahme zurück.

Als ich ihnen später mitteilte, dass der Tumor weg ist und meine Mutter überlebt hat – da schrieben nicht, so wie vorher, alle Kollegen minus eine, sondern gerade mal eine einzige meldete sich, um meine Freude zu teilen.

Die Ferien über hatte ich auf einen Versetzungsbrief gewartet; meine Seminarleiterin hatte mir nach meiner recht misslungenen letzten Unterrichtsmitschau vorgeschlagen: „Neue Schule, neues Glück." Obwohl ich bereits an einer schwierigen Schule war, **war mir ein bevorstehender Wechsel gar nicht lieb.** Die Schule war nur einen Ort weiter, und ich hatte mich dort schon eingewöhnt. So hatte ich gewartet, wo sie mich hinschicken würden. Doch es kam nichts. Deshalb war ich auch an meine alte Schule gefahren, um mich mit den Büchern von dort einzudecken und mich vorzubereiten. Eine sehr begabte Ref-Kollegin mit super Organisationstalent teilte mir dann per Mail mit, dass sie von ihrer Schulleitung erfahren habe, dass ich im kommenden Schuljahr bei ihr an der Schule sein würde. Ich fiel aus allen Wolken und fragte bei meiner Seminarleiterin nach. Ja, ob ich das denn nicht wüsste, sie hätten mich ja per Brief informiert. Nein, ich hatte keinen bekommen. Ach so, dann würde der Brief umgehend nochmal an mich rausgeschickt werden. Dieser zweite Brief kam bei mir auch nie an. Die Schule, an der die begabte Kollegin tätig war, ist als eine der schlimmsten im Umkreis bekannt. Außerdem wäre es ein deutlich längerer Weg zur Arbeit gewesen. Meine Vorbereitungen fürs nächste Schuljahr hatten, aus Kummer, Angst und Sorge um meine Mutter, so gut wie nicht stattgefunden. Die Seminararbeit war mitnichten fertig. Und erst am Freitag vor Schulbeginn wurde **meine Mutter aus dem Krankenhaus entlassen.** Es waren so viele Gründe... Ich **betete und fand meinen inneren Frieden darüber zu kündigen. Gott hatte mich aus dem Referendariat erlöst.**

Eine der Beterinnen, die ich per Mail wegen meiner Mutter kontaktiert hatte, **war**, als es noch so kritisch um meine Mutter stand, auf meine Mitteilung hin: „Ich kann nicht mehr!" zu mir **aus der ganz anderen Ecke Deutschlands gereist gekommen, um mich zu unterstützen! Bisher kannte ich sie nur aus ihren Mails.**

So eine liebe, demütige Person. Sie machte der Ärztin Konkurrenz.

Sie sprach so wenig, dass selbst mein Vater dagegen wie ein Wasserfall wirkte. Wie selbstverständlich ließ sie bei jeder Gelegenheit ihren Nächsten den Vortritt, auch, wenn es nur darum ging, wer zuerst durch den Türrahmen geht. Ich erfuhr in diesen Wochen des Zusammenseins doch einiges über sie. Als Jugendliche hatte sie Gott gebeten: „Herr, lass mich doch heiraten, wen Du willst, aber nicht den Marc." Nein, der sagte ihr nicht zu. **Sie betete um den richtigen Mann**, und irgendwann **hatte sie den Eindruck, dass es doch er sein solle! Sie betete etwa vier Jahre um ihn.** Wie auch immer das gegangen ist, jedenfalls machte er ihr eines Tages (wobei er vor dem Einwurf des Briefes noch gezögert hatte) einen Heiratsantrag. Über ihr schnelles „Ja" war er wohl recht überrascht. Als sie getraut waren, war es ihnen so, als wären sie schon fünf Jahre verheiratet. – Der Traum der meisten Mädchen, einmal einen goldenen Tag in einem schönen weißen Hochzeitskleid zu verbringen, war ihr in ihrer Bescheidenheit nicht so wichtig. Oder sogar zuwider. Ja, sie entschied sich tatsächlich, doch nicht im Hochzeitskleid zu heiraten, sondern in einem weißen Rock und einer weißen Bluse.

Diese demütige Fanny und ihr bemerkenswerter Mann, der nach ein paar Wochen nachkam, halfen überaus tatkräftig bei uns zu Hause mit. Sie hatte sich bewusst entschieden, sich ihrem Mann unterzuordnen, außer in zwei Ausnahmen. ‚Es wäre gut', dachte ich, ‚wenn sie auch diese Ausnahmen seinlassen würde': Ihr Mann forderte sie immer wieder auf, genug zu trinken, und ihren Rücken gerader zu halten. Beides wäre für sie gut gewesen.

Ihr Mann war so ein Sonnenschein. So ein strahlendes Gesicht. **Und wie er seine Frau liebte!** Das spürte man ihm ab.

Sie erzählte: wenn er dabei war krank zu werden, dann holte er alle Freude hervor, die er holen konnte und freute und freute sich. – Daraufhin zog die beginnende Erkältung wieder von dannen!

Er hatte so eine Freude in Jesus – wenn Nietzsche ihn erlebt hätte, hätte er seinen Satz nicht sagen können: „Die Christen müssten erlöster dreinschauen, wenn ich an ihren Erlöser glauben sollte."

Wie er sich für Jesus einsetzte! So ein Vorbild. Gerne gab er Traktate weiter. Und setzte sich für eine christliche Schule ein.

Dieses bemerkenswert liebenswürdige und hilfsbereite junge Ehepaar lud mich ein, als meine Mutter wieder zu Hause war und sie soweit versorgt war, mit zu ihnen zu einem Erholungsurlaub zu kommen. Den hatte ich dringend nötig!

Auch dort war mein Schlafrhythmus noch völlig gestört.

Vielleicht hast Du Dir bei der Schilderung meiner Schlafprobleme gedacht: wenn sie mir jetzt gegenüber sitzen würde, würde ich ihr den und den Tipp geben. Glaub mir, ich habe schon so vieles ausprobiert, und nichts half wirklich:

- kein Beten (das hielt mich noch mehr wach)
- kein Bibelverse-Aufsagen
- kein Baldrian
- keine warme Milch mit Honig
- kein Johanniskraut
- manchmal auch die Chemiekeule-Tablette nicht

Bei Fanny und Marc also bekam ich ein Zimmerchen und durfte einige Wochen dort zur Erholung sein. Viel machte ich gemeinsam mit Fanny. **Je mehr Zeit wir miteinander verbrachten, je mehr lernte ich sie schätzen!**

Manchmal machten wir bei Leuten aus der Gemeinde einen Besuch. Was gab es da für Schicksale! Besonders berührt hat mich das Schicksal einer Familie, die ihr drittes Kind impfen ließen (noch lange vor Corona), woraufhin es schwerbehindert wurde. Es konnte weder sprechen noch selber gehen. Die Eltern mussten, auch als das Kind schon im Schulalter war, nachts mehrmals aufstehen und es wickeln.

Bei einer kinderreichen Familie, die wir zum Mithelfen besuchten, ergab es sich, dass an einer Kinderbrille etwas zu reparieren war. Während ich es ausführte, **erwachte in mir Sehnsucht, mal wieder als Optikerin zu arbeiten.**

Meine Kündigung wurde auf Anraten der Schulbehörde noch verschoben. Hätte ich gleich gekündigt, wäre meine Seminararbeit mit Note 6 bewertet worden. Wenn ich also bei der nicht als durchgefallen gelten wolle, solle ich sie zuerst fertigstellen, und erst nach der Abgabe kündigen. So wurde ich krankgeschrieben. Ich war ja fix und fertig mit den Nerven, und hätte es nicht gepackt, Unterricht vor- und nachzubereiten, und vor Kindern zu stehen. So bekam ich noch einige Wochen weiter mein kleines Gehalt. Das war gut – denn als Referendar zahlt man nicht in die Arbeitslosenversicherung ein; und wenn man dann kündigt, bekommt man kein Arbeitslosengeld.

Ob ich denn dann zu meinem Termin bei der Regierung noch antreten müsse, wenn ich schon gekündigt habe, wollte ich noch wissen: Nein, der sei dann auch hinfällig, erfuhr ich zu meiner großen Erleichterung!

Da ist es wieder: **90% der Sorgen, die wir uns machen, treffen nie ein.** Und wie hatte es mir vor diesem Termin bei der Regierung gegraut!

Nie alles Schwere auf einmal

„Gott aber ist treu, der nicht zulassen wird, dass ihr über euer Vermögen versucht werdet."

Im Sommer hatte ich endlich eingesehen, dass ich mich in einer Depression befand, und akzeptierte die Medikamente: ‚Wenn nur irgendwas helfen würde, dass ich mich nicht mehr nachts in meiner Schlaflosigkeit herumquäle und tagsüber in meinem Unausgeschlafensein!' Kaffee hatte ich auch mal ausprobiert, aber ohne Erfolg. Meine Hausärztin verschrieb mir pflanzliche Tabletten; die Wirkung würde erst nach einem Monat einsetzen. Einen weiteren Monat noch Schlafmangel?! Ich überlegte, wie ich das überstehen solle. Aber ich hatte ja bereits ein Jahr mit dieser Erfahrung hinter mir.

Auf der Suche nach einer Halbzeitstelle, um für meine Mutter mitsorgen zu können, bewarb ich mich hier und da und spazierte zu Vorstellungsgesprächen. Bei mindestens einer Stelle war ich froh über die darauffolgende Absage. Dann bewarb ich mich auf Anraten meines Vaters bei einem Optiker, wo ich schon als Jugendliche Kundin gewesen war. Unterwegs auf Arbeitssuche dachte ich: ‚Ach, da ist noch ein Optiker, da kann ich noch eine Bewerbung abgeben.' Aber dann war mir innerlich so, als bräuchte ich das nicht mehr, und ich ließ es.

Der potentielle Chef bei der Stelle, die mir mein Vater empfohlen hatte, machte ein bedenkliches Gesicht, als er über dem Flickenteppich meines Lebenslaufs brütete. Fast hätte er mich deswegen nicht angestellt. Aber ich durfte zum Probetag kommen. Sehtests schaute ich mir an. Da war das gleiche Gerät, wie ich es in Norwegen benutzt hatte – Vorteil für mich! – und durfte einen selbst machen (war nicht schnell genug, die Kollegin übernahm wieder). Im Verkaufsraum, beim Wechseln der Nasenpads, hätte ich die neuen beinahe auf der falschen Seite montiert, also zum Brillenglas hin statt auf die Nasenseite. Ob die Kollegen meine Aufregung merkten?

Nachher im Chefbüro wurde ich gefragt, wie denn mein Eindruck wäre. Zaghaft, aber mit innerer Freudigkeit sagte ich: „Also, ich würde gerne hier anfangen." Ob ich überrascht war, als der Chef bestätigte, dass sie mich gerne als Mitarbeiterin haben würden? Ich hatte die innerliche Freimütigkeit, direkt zuzusagen. Der Chef empfahl mir, noch eine Nacht darüber zu schlafen.

Ich ging hinaus wie auf Eiern – und ging, noch ganz benommen, in ein Kleidungsgeschäft. Wie sollte ich mich schick genug anziehen? An der Schule konnte ich leger und nach meinem Gusto kommen, und hier hatte ich mich auf einmal an einen Kleidungs-codex zu halten. Ich fand und kaufte eine schöne Bluse, die ich, vielleicht, weil sie so schön ist, eher selten anzog.

Bevor ich die Zusage für diese Arbeit erhalten hatte, hatte ich schon **eine Reise zu einer christlichen Konferenz gebucht.** Ich bat eine Freundin, mitzubeten, dass ich diese Reise trotzdem antreten könne.

Hatte ich dazugebetet: „...**aber nicht mein, sondern DEIN Wille geschehe**"? Möglich, dass ich es weggelassen hatte. Ich wünschte, ich hätte diese Reise nicht angetreten. Hätte ich es doch aus Gottes Hand genommen, dass sich mein Arbeitsbeginn und die Veranstaltung überlappten...

So kam ich eine knappe Woche später mit noch schwereren De-pressionen zurück! Der Chef lernte mich die darauffolgenden Jahre, mit Ausnahme des Vorstellungsgesprächs und eines be-stimmten Tages, fast nur mit Depressionen kennen.

Das pflanzliche Mittel allein half nicht genug, und so bekam ich eines Tages noch etwas dazu, was ich jahrelang abgelehnt hätte: ein Antidepressivum. Ob ich mit dem Beginn bis zum Urlaub war-ten wolle, fragte mich die Ärztin, denn es würde einem die erste Woche richtig schlecht gehen. Nein, ich wollte nicht länger war-ten. Schlaflose Nächte kannte ich schon zu lange. ‚Augen zu und durch‘, beschloss ich.

Es war, wie wenn dir jemand mit der Keule auf den Kopf geschla-gen hätte – aber so, dass die Dumpfheit blieb. Es war scheußlich, doch ich arbeitete weiter, und versuchte mir nichts anmerken zu lassen.

Ja, und nach der einen Woche, da wurde es besser. Es tat so gut, wieder schlafen zu können. Und Schlaf brauchte ich. Manch-mal, wenn ich die Gelegenheit hatte, und aus Versehen aus-schlief, das war beeindruckend! Wenn ich zwölf Stunden am Stück geschlafen hatte und dann aufwachte, da fühlte ich mich:

getröstet, munter, gut drauf, mein Körper und meine Seele hatten Lust zum Bäumeausreißen! „Das Leben ist schön!" – hatte ich erstmals seit meinem Studium wieder den Eindruck.

Meiner Mutter zu helfen war kein leichtes Unterfangen. So wenig mal dazu.

Meine Tablettendosis musste ich steigern. Und nochmal. Und nochmal. Der gewünschte Effekt eines guten Schlafs ließ oft dennoch zu hoffen übrig.

In einer Woche schlief ich die Nacht auf Montag nicht. Die Nacht auf Mittwoch nicht. Die Nacht auf Donnerstag fing ebenso an. Da rief ich eine Freundin an, die mit mir nachts betete. Nach einer Weile merkte ich, dass meine Stimme und Stimmung sich während meines Betens änderte. Ich wurde so freudig, so zuversichtlich. Was war geschehen?

Ich hatte mich Jesus neu hingegeben!

Der nächste Tag war so wunderbar. Nach einer halben Nacht Schlaf stand ich froh auf, zog froh in Richtung Arbeit los, ging froh noch ein bisschen evangelisieren und traf dabei jemanden, der in meine leuchtenden Augen schaute (mit ihm hatte ich schon öfters über den Glauben gesprochen) und meinte: „Sie sehen heute so erholt aus!"

„Was ist denn mit Ihnen los? **Sie sehen ja so erholt aus!**" hörte ich kurz darauf an diesem Tag zum zweiten Mal. Innerlich musste ich grinsen. Es war mein Chef. Ja, zweieinhalb Nächte in einer halben Woche nicht geschlafen! Und dann „erholt" aussehen! – Wer kann das? - Ich nicht; **das kann nur Jesus machen!**

„Ja, ich habe mein Leben neu Jesus ausgeliefert," fing ich strahlend an zu erklären. Nach wenigen Sätzen kamen Kunden, und wir mussten bedienen.

Es war so ein seliger Zustand! Ich machte mir keine Sorgen um morgen oder um noch später. Ich hatte Jesus fest im Herzen und war so glücklich in ihm! Wer das noch nicht erlebt hat, dem kommt es wohl komisch und nicht nachvollziehbar vor. **Ich war sooo glücklich! „Mein Leben gehört Jesus, und Er darf damit machen, was Er will. Und Er sucht das Beste für mich aus!"**

In diesem Zustand hätte ich bleiben sollen. Den nächsten halben Tag hielt es noch an. Dann beging ich den Fehler, dass ich es zuließ, wieder in meinen alten Gedankenmustern zu denken – Gedanken, die ich schon tausendmal gedacht hatte, die mich nur runterzogen. **Wieder war ich auf das Irdische ausgerichtet, statt auf das Himmlische. Ja, ich wandelte wieder im Fleisch, statt im Geist und im Glauben.**

Das nächste Glaubens-Hoch sollte ich erst Monate später erleben, bei einem sehr besonderen Anlass, auf einer Reise.

Meine Arbeit als Optikerin gefiel mir insgesamt recht gut. Es gab so viel Neues zu lernen, und ich wiederholte auch hier manchen Fehler. Ich konnte mir nicht alles merken. Bei den Sehtests musste ich mich sehr umgewöhnen. In Norwegen mussten wir dem Patienten viele Fragen stellen und jede Antwort am Computer notieren: „Schon irgendwelche Augen-OPs gehabt? Wenn ja, welche? Hoher Blutdruck? Diabetes? Oder in der Familie?" Es gab insgesamt ca. 4 Masken im PC-Programm auszufüllen. Aber hier? Ich konnte es nicht fassen: nichts! Keine Fragen stellen, außer: „Wie zufrieden sind Sie mit ihrer bisherigen Brille?" Das war mal unerwarteterweise das Gegenteil von sonst: in der Pflege und in der Schule war so ein extremer Dokumentationszwang gewesen – und hier: nichts! Na gut, wenn es etwas Wichtiges gab, dann durfte man das auf den Rand des (Papier!-)Sehtestbelegs notieren. Du kannst Dir denken, dass mir in der Anfangszeit dieser kleine Rand für meine Ausführungen kaum reichte. Nein, Diagnosen durften wir nicht stellen. Wenn wir etwas Besorgniserregendes fanden, durften wir dem Augenarzt die gemessene Sehstärke schriftlich mitteilen und ankreuzen, welches Auge er untersuchen sollte. Aber auch da durfte man keinen näheren Hinweis geben. Es wurde auch keine Augenhintergrunduntersuchung gemacht, wie ich es kannte. Somit fiel eines der an meinem Beruf spannendsten Dinge weg. Für mich fühlte sich dieses Optikerdasein, im Gegensatz zu dem, was ich vorher gemacht hatte, ziemlich rückschrittlich an.

Während ich früher 30 Minuten zur Verfügung hatte, bei der Gruppe 40+ sogar 40 Minuten, sollte ich jetzt den Sehtest innerhalb von 20 Minuten durchkloppen! Du kannst Dir vorstellen, dass es mir oft nicht gelang. Da kam es vor, dass der Chef reinschaute und fragte: „Wie lange brauchen Sie noch?" oder dass er, wenn er mich aus dem Sehtestkabuff kommen sah, demonstrativ auf die Uhr schaute.

Aber ich hatte noch zwei Kollegen, die in Bezug auf Sehtest meine Ansprechpartner waren. Der eine blieb immer freundlich und ruhig, auch wenn ich Fehler gemacht hatte; er stand, im Gegensatz zum Chef, grundsätzlich auf meiner Seite. Die andere Kollegin und Sehtestvorgesetzte war sowieso die Freundlichkeit in Person. Noch nie habe ich sie schimpfen erlebt. Das war ein gnädiger Ausgleich!

Von einem Tag auf den anderen sollte ich übrigens den Sehtest statt in 20 Minuten in maximal 15 Minuten schaffen! Das Beratungsgespräch danach: Wünsche erfragen, bisherige Brille, Empfehlungen, Fassungsauswahl, Fassungsanpassung, Zentrierung der Brille mit allen erforderlichen Parametern, die Eingabe aller Daten, die Einverständniserklärung des Kunden, womöglich noch das Erklären und Abschließen der Versicherung, das Ausdrucken der Auftragszettel, das Markieren und Zusammenfassen, den Kunden höflich verabschieden – das alles sollte, ja, sage und schreibe, eine halbe Stunde nur dauern! Wie Du schon vermuten kannst, brauchte ich auch da oft länger.

Das gelobte Land

Seit einigen Jahren reifte in mir der Wunsch, doch mal das Land zu besichtigen, wo Jesus gelebt hat. Als meine Eltern von dem Wunsch hörten, waren sie voll dafür. Meine Mutter war besonders begeistert. So ließ sie für mich Infomaterial kommen, und ich entschied mich für eine zehntägige Reise zum 70-jährigen Bestehen des Staates. Sie wurde von einem gläubigen Pfarrer aus einer frommen Gegend durchgeführt. Dort meldeten meine Schwester und ich uns mit gespannter Erwartung an.

Wir waren die Küken unter den Teilnehmern: die meisten waren Rentner. Drei Personen außer uns waren unter 50, davon zwei über 40, die ihre Hochzeitsreise nachholten. Sie saßen aber im Bus jeder in seinem eigenen Zweier, um besser die Landschaft sehen und fotografisch festhalten zu können. So handhabe ich es mit meiner Schwester meist auch. Eifrig sprang sie auf und ab, lief zur Tür, immer auf dem Sprung nach dem besten Foto. Dabei wurde bei ihrem Smartphone einfach jedes Bild gut. Dagegen bei meinem älteren Fotoapparat war immer, was mir erst hinterher auffiel, ein heller Fleck in der Mitte des Bildes, von einer schon lange nicht mehr gereinigten Linse. Meist besaß ich auch nicht die Kühnheit, als erste aufzuspringen und vorzupreschen, um am besten Ort fürs beste Bilderschießen zu stehen. So war ich nach der Reise froh, dass mir meine Schwester ihre schönsten Fotos zuschickte und so meinen Emailposteingang vollstopfte, der sowieso meist kurz vor Anschlag ist oder auch kurz nach. Häppchenweise, zum Glück. Manchmal konnte sie auch nichts mehr schicken, weil das Postfach voll war.

Also, wie Du siehst, hatten wir eine ganz bemerkenswerte Tour. Es war wirklich ein Geschenk von oben! Vom ersten Tag an klebte ich fasziniert mit der Nase an der Scheibe unseres klimatisierten Busses und nebenher an dem Display meines matte Bilder knipsenden Fotoapparates. Unglücklicherweise hatte ich eine Speicherkarte mit für dieses Land viel zu wenig Fassungsvermögen. Wenn ich also abends vergessen hatte, die Bilder des verlebten Tages auf den Computer zu überführen, musste ich am nächsten Tag schweren Herzen kostbare Augenblicke mit dem Löschen von weniger kostbaren Bildern verschwenden.

Das Mittelmeer! Langgestreckt und so blau! Die knall-pink blühenden Büsche längs der Straße! Die wüstenartigen Gegenden. Die hellen, orientalisch anmutenden Häuser mit Flachdächern. Die Männer mit Kippa, die Frauen mit Kopftuch und vielen Kindern. Oder auch die Männer mit langem Bart und die Frauen verschleiert. Oder die Männer mit Zylinderhut und lang herabhängenden Koteletten. Es gab so viel zu sehen!

Und zu schmecken: Hummus, einheimisches Obst, Riesenbuffet inklusive Pizza zum Frühstück, alles koscher. Ausgehungert nach langen Stadtbesichtigungen mit der Reisegruppe im Straßenrestaurant und froh über die Sitte der Einheimischen, dass man dort aus Höflichkeit viel vom Essen übriglässt (keine Sorge, das waren nicht der Tischnachbarn Tellerreste, sondern was in den großen Schüsseln übriggeblieben war). Es war nur noch eine Katze, die wohl ähnlich hungrig war wie wir, vom Nachbartisch wegzubugsieren.

Arabisch. Hebräisch. Englisch. Deutsch. Erstere drei Sprachen kannst Du dort auf so ziemlich jedem Wegweiser finden. Die Digitalanzeige an der Straßenbahnhaltestelle wechselt alle paar Sekunden zwischen diesen drei Sprachen hin und her.

Hochhäuser, Wolkenkratzer. Palmen noch und nöcher. Grüne Oasen inmitten von Wüsten. Oft waren das die Kibbuzim. Unser Guide, nicht der Reiseleiter, sondern der seit dreißig Jahren dort lebende Deutsche, erzählte uns über Land und Leute. Er hatte auch einige Jahre in einem Kibbuz gearbeitet und sich ein Jahr lang als Finanzminister unbeliebt gemacht, da er die Politik vertrat, nur vorhandenes Geld auszugeben. Faszinierend, da schließen sich einige Leute zusammen, die ein gemeinsames Ziel haben: wieder ein Stück Wüste zum fruchtbaren Land zu machen. Die Männer werden vorgeschickt, und wenn das Kibbuz einige Jahre besteht und läuft, können die Familien nachkommen. In so

einem waren wir z.B. in der Nähe des Toten Meeres unterge-
bracht. Wirklich, eine grüne Insel, mit Bäumen, blühenden Büschen, riesigen exotischen Blumen, einigen Häusern mit Was-
seranschluss! Und das inmitten von Sand, Hitze und Dürre! Oder
am See Genezareth, im Hintergrund die Golanhöhen! Zu den
Mahlzeiten, mit riesiger Auswahl bei den Buffets, gab es nicht nur
Granatäpfel, Passionsfrucht und Orangen aus eigenem Anbau,
sondern auch als Platzdeckchen eine Tabelle mit verschiedenen
Sprachen zum Lernen von Hebräisch.

Man fährt so durch die Landschaft, vorbei an Ortsschildern, wo
du denkst: „Ah, das kenne ich doch aus der Bibel!" Nicht mal unser Guide kam hinterher, diese biblischen Ortsnamen alle zu erwähnen und in Bezug zur Bibel zu setzen. Oder – er kannte die
Bibel nicht so gut. Aber er erläuterte uns viel, und wir lauschten
meist gebannt per Headset, außer, wenn wir fotohalber außerhalb der Reichweite des Funks gerieten. Leider reichte die Zeit
nicht, um bei allen am Weg befindlichen Sehenswürdigkeiten
Halt zu machen. Manches erzählte der Guide eben im Vorbeifah-
ren, z.B. dass hier das Tal sei, wo David fünf Steine aus dem
Bach geholt hatte; von Zeit zu Zeit käme ein LKW mit einer neuen
Steineladung für die Touristen.

Oder diese vielen, vielen Höhlen, wo sie in Israel nicht nachkommen mit Ausgraben und archäologische-Funde-Sicherstellen.
Mancherorts muss man aufpassen, nicht aus Versehen in eine
Höhle reinzufallen (es gibt aber auch schon Zäune um manche).
Für 50 Euro kann man „dig for a day" machen und sich an Aus-
grabungen beteiligen (in unserem Reiseprogramm leider nicht
enthalten).

Bei einer Wüsten-Bergklettertour – kurz zuvor waren wir an Be-
duinen und ihren Zelten und Kamelen vorbeigefahren – , kamen
wir auch an Höhlen vorbei, nicht senkrecht nach unten wie vorher, mit Gefahr zum Reinfallen, sondern waagrecht. Da konnte
ich mir lebhaft vorstellen, wie Saul eine davon für seine Notdurft
verwendet hatte, wo David und seine Männer hintendrin saßen,
und der spätere König David seinen Vorgänger Saul verschont

und nur heimlich einen Zipfel seines Gewandes abgeschnitten hatte.

Bei einer Sache hätte es wohl nur die Israel-Bewanderten verwundert, wenn sie nicht kommentiert worden wäre, und zwar war da so ein Rinnsal neben unserer Autostraße. Wir erfuhren, dass dieser Bach sage und schreibe... der Jordan war! Na gut, das war sein Austritt aus dem See Genezareth. Weiter südlich, als wir die mutmaßliche Stelle besuchten, wo Johannes der Täufer Jesus getauft hatte, sah es schon anders aus: eine braune Brühe, etwa zehn Meter breit, schob sich zwischen grünen Zweigen (von der Strömung Widerstand leistenden Büschen), und der Menge der sich selbst untertauchenden Touristen hindurch, in Richtung des Toten Meeres. Man konnte sich lebhaft vorstellen, dass der syrische Häuptling Naeman sich zunächst geweigert hatte, sich darin siebenmal unterzutauchen, um rein zu werden!

Und hier war gut vorstellbar, dass das junge Volk Israel, aus Ägypten bzw. aus der Wüste kommend, mit ca. zwei Millionen Menschen und einer Menge Vieh, nicht einfach so durchwaten konnte. Bis zu den Knien ging ich rein, andere standen bis zur Hüfte. Ich weiß nicht, ob das gerade die Zeit war, wo der Jordan Hochwasser führte. Diese Situation hatte Israel damals. Aber baute Gott deswegen eine Brücke? Lies selber nach, wie Gott Josua und das Volk trockenen Fußes durch den über alle Ufer tretenden Jordan führte!

Obwohl der Jordan so viel Wasser zu führen schien, senkt sich doch jedes Jahr der Spiegel des Toten Meeres. Rate mal: um wie viel? In meinem Schulatlas stand noch eingezeichnet: Totes Meer minus 397 Meter! Wir waren dort in einem Restaurant. Und daneben befand sich ein klimatisierter (puh, wie angenehm! Keine 43°!) Souvenirladen. Zum Badewärterhäuschen musste man schon eine kleine Wanderung runter machen. Wer ganz bis ans Wasser wollte, musste von da nochmal ein Stück nach unten durch den heißen Sand schlurfen. Also, Stand der Dinge war, meiner Erinnerung nach, minus 422 Meter. Der Wasserspiegel sinkt also jedes Jahr... um sage und schreibe einen Meter! Er ist mittlerweile so niedrig, dass es seit einiger Zeit zwei Tote Meere gibt, und man zu Fuß nach Jordanien gehen könnte. Wer es sich traut!

Denn das Tote Meer ist eine seltsam-gruselige Gegend! Es gibt dort, wie in der Bibel beschrieben vor dem Untergang von Sodom und Gomorrha, Asphaltgruben (wo damals die Könige reingefallen sind). Spontan können sie sich auftun. Einmal, so hörten wir von unserem Guide, verschwand eine ganze Tankstelle durch so ein Sinkloch! Wer will es da wagen, in so einer unsicheren Gegend, durch die Mitte des austrocknenden Toten Meeres zu gehen?

Ob es ganz austrocknen wird, wenn es jedes Jahr um einen Meter sinkt? Und allerlei Interessantes zum Vorschein kommt? Aus der Bibel wissen wir: nein, wird es nicht! Am Ende von Hesekiel und in der Offenbarung können wir es nachlesen. Nein, es werden von Jerusalem aus Ströme lebendigen Wassers zum Toten Meer fließen, und es wird gesund werden! Viele Fische wird es darin geben. Fischer werden dort stehen und ihre Netze ausbessern. Aber erst, wenn unser Herr wiedergekommen ist. Vorher wird es keinen Frieden geben.

Heute ist das noch unvorstellbar; auch wenn jemand zu berichten wusste, dass man im Toten Meer irgendwo einen lebendigen Fisch oder mehrere gesichtet hat.

Der südliche Teil des Toten Meeres, wo es einiges an Hotels und Kurorten hat, wird auf konstantem Wasserpegel gehalten; sonst müsste man ja von Zeit zu Zeit die Hotels nach unten verlegen.

Ein Gespräch mit einem Angestellten des Souvenirshops (ein arabischsprechender Palästinenser) lief darauf hinaus, dass **ich ihm von meiner Hinwendung zu Jesus erzählte. Das gab mir so eine Freude ins Herz,** dass hinterher im Bus eine Mitreisende sich wunderte, was ich denn Schönes erlebt hatte. – Jesus macht's möglich!

Wir machten bei einer historisch tragisch bekannten Persönlichkeit Halt: bei Lots Weib. „Lot's wife" stand auf dem Wegweiser. Ein in der Bibel nicht so Bewanderter wunderte sich, was hier in der Wüste „lots of wives" bedeuten könnte.

Es wird einem schon etwas unheimlich zumute, an diesem merkwürdigen, brütend heißen, gottverlassen wirkenden Ort, wo vorher Sodom und Gomorrha gestanden hatten, und wo sich jetzt das Tote Meer befindet. Bei den Felsen ringsherum war es manchmal schwierig abzuschätzen, ob sie aus Gestein oder aus Salz bestanden. Es mutet seltsam an, dass eine vor Jahrzehnten am Südende des Toten Meeres gegründete Industriestadt „Sedom", also wieder Sodom genannt wurde.

Der klimatisierte Bus mit dem palästinensischen, Arabisch, Hebräisch und Englisch sprechenden Fahrer kutschierte uns an einer Salzgewinnungsfabrik vorbei, die von verschiedenfarbigen mehrstockwerkhohen Salzkegeln umringt war. Wir erfuhren, dass das bereits verwendete Salz dadurch kenntlich gemacht wurde, dass es rosa gefärbt wurde. Das Tote-Meer-Salz enthält übrigens auch Brom. Das sei der Grund, erklärte unser Guide, weswegen man es nicht einfach so konsumieren solle. Als wir bei einem Halt mit unseren Sandalen schwitzend auf dem aus Salz bestehenden Boden standen, konnte ich nicht widerstehen: ich feuchtete meinen Zeigefinger an, hielt ihn an den Boden und leckte ihn ab. Ja, es schmeckte sehr salzig. Etwas später meinte ich, in meinem Magen etwas zu spüren. Hätte ich es auch gespürt, wenn ich nicht gewusst hätte, dass es Brom, und man sich dessen, besser enthält?

Der See Genezareth war ein Erlebnis! Besonders die Überfahrt mit einem Holzboot, bei dessen Anblick man sich überlegte, um wie wenig jünger als die Jünger Jesu es wohl sein mochte. Aber ich wagte es und verlagerte mein Gewicht vom Steg ins Ungewisse. Ja, es fuhr. Wer eine Dusche benötigte, was in der Gegend zu der Jahreszeit mehrmals am Tag der Fall ist, brauchte sich nur hinzustellen. Unweit der Reling kam – schwapp – rhythmisch zu den Wellen das kühlende Nass über Bord. Begeistert, wie ein kleines Kind von Pfützen, machte ich ausgiebig davon Gebrauch! Jetzt konnten wir uns lebhafter vorstellen, wie stürmisch das kleine Boot der Jünger geschaukelt hatte, und wie es durch die hereinschwappenden Wellen fast gekentert wäre. Bis der, der Erde und Meer geschaffen hat, ein Machtwort sprach.

Bei uns kam das Ende der Wellen durch den Anfang einer nicht besonders ästhetisch anmutenden Stadt: Tiberias! Eine Kolonie von Hochhausklötzen ließ einen die Anmut des malerischen Sees dahinter fast vergessen.

Auch rund um diesen runden, mittelgroßen See entdeckt man Spuren Jesu! Ein Ort mit einer daran erinnernden Schautafel berichtet von der Speisung der 5000 + x (haben sie vergessen eine weitere Gedenkstätte für den anderen Ort zu errichten, an dem die zweite Massenspeisung, nämlich der 4000 + x, stattgefunden hatte?). Der Mosaikboden der Kirche, sowie ein Becken mit zwei Handvoll mittelgroßer Fische erinnern an die Ausgangszutaten dieses Wunders Jesu: fünf Brote und zwei Fische.

Ein Stück weiter kann man die Ruinen von Kapernaum besichtigen. Dort ragen sehr viele antike Säulen in die Luft des angrenzenden Sees Genezareth. Diese sind allerdings aus der Zeit nach Jesus, wie unser Guide berichtete. Und eine Person war damals so besonders, dass ihr zwei Häuser übereinander zustehen. Eine weibliche Person, deren Namen wir nicht kennen. Dafür wurde ihr Schwiegersohn in Verbindung mit Jesus sehr bekannt. Da, wo man das Haus der Schwiegermutter des Petrus annahm, baute man auf den Ruinen später noch eine Synagoge obendrüber. Aber mit Glasfußboden, damit man die Reste des vermuteten Original-Hauses noch besser bestaunen kann. Da gerade eine Synagogenführung stattfand, mussten wir unser Staunen auf außen beschränken.

Städte sahen wir einige: die historische Ritterstadt Akko: die modernen Strandstädte Tel Aviv und Haifa mit ihrer Wolkenkratzer-Skyline; die Kindheitsstadt Jesu, von der wir hauptsächlich das

Freilichtmuseum sahen. Aber eine Stadt war etwas ganz Besonderes: die Stadt, die in drei Religionen eine Hauptrolle spielt. Das war dort auch zu spüren, z.B. wenn freitags Männer mit Bart und fest vermummte Frauen sich in Richtung Moschee begaben oder, wenn am Sabbat die Stadt erstaunlich still wird. Oder, wenn in einem kühlen, abenteuerlich verwinkelten Höhlengebäude sieben christliche Denominationen um das Schmücken ihrer Kirche wetteifern, der Grabeskirche. Hier, an diesem Platz der Kirche, sagten sie, stand Jesus vor Pilatus. Dort, an jenem Platz, sei er auf jener Marmorplatte nach seinem Tod einbalsamiert worden. Es war seltsam, wie dort die Massen Schlange standen, sich vor der Marmorplatte niederbeugten und sie sogar küssten. So eine Gegenstandsverehrung! Wollte Jesus so etwas?

Ach ja, und in diesem zugekirchten kleinen Gang sei Jesus auferstanden! Es schien so unvereinbar, dieser grausame Tod, diese übernatürliche Auferstehung, die nur Gott machen konnte, und dann dieses prunkvolle Höhlengebäude mit dem üppigen Schmuck in den vielen Teilbereichen und Grotten. Nein, hier konnte ich mir das Geschehen um Jesu Tod nicht vorstellen.

Zum Glück gab es da noch etwas anderes, das ich durch einen Zufall erfahren durfte. Und das wurde mein bestes Erlebnis der ganzen Israelreise, auf die ich leider meine Medikamente nicht mitgenommen hatte. Was zur Folge hatte, dass ich entweder zu wenig schlief, oder viel zu wenig.

Nach einer solchen fast durchwachten Nacht, und einem unglaublich vielfältigen Frühstück, schleppte ich mich durchs Vormittagsprogramm meiner Reisegruppe. Ich war so fertig, dass ich beschloss, mir das Nachmittagsprogramm zu sparen. Stattdessen war ich versucht, mich hinzulegen, um etwas Schlaf nachzuholen, was erfahrungsgemäß eh nicht geklappt hätte. Innerlich mahnte es mich, stattdessen in die Stadt zu gehen.

Solch innere Mahnungen hatte ich schon öfters gehabt, und oft ignoriert. Und später bereut. Wenn ich so etwas meiner Mutter erzählte, pflegte sie zu sagen, warum ich denn nicht drauf hören würde, sie wäre ja so neugierig und gespannt auf deren Folgen! Ja, aber diese inneren Mahnungen, wie z.B. ein Neues Testament in einer bestimmten Sprache einzupacken, früher aufzubrechen o.dgl., sind oft mit zunächst Unangenehmem verbunden, denn das Gepäck würde schwerer, man müsste eine Tätigkeit unterbrechen, oder es kommt einem einfach unlogisch vor. Wie oft habe ich mich schon geärgert, wenn ich so eine Mahnung übergangen hatte, und wie oft schon war ich sehr froh, wenn ich sie befolgt hatte!

In dem Fall sollte ich mehr als sehr froh werden, aber das wusste ich noch nicht. Müde, kaputt, ausgelaugt und innerlich fertig schleppte ich mich auf den Weg. Da sah ich ein Schild, das eine Sehenswürdigkeit auswies, und bog ab. Unterwegs dorthin befand sich am Straßenrand einer der vielen fliegenden Händler; ein palästinensischer Souvenirverkäufer. Wahrscheinlich, weil er seine Ware an die Frau bringen wollte, kam ich mit ihm in ein Gespräch. Er merkte, wie schlecht es mir ging, und versuchte meinen Tag zu erhellen. „Das Leben ist doch schön...", gab er von sich und eine Empfehlung für eine gratis Aussichtsterrasse. Für letztere machte ich nochmal kehrt, kam aber bald wieder zurück. Sie war doch nicht gratis! Und so schlenderte ich mit hängendem Kopf wieder an ihm vorbei. Seine Aufmunterungsversuche hatten null gebracht.

Ich betrat die parkartige Anlage, deren Eintritt im Gegenzug gratis war. Ich folgte den Schildern bis zu der Stelle, wo man einen Blick auf ein besonderes Gebiet hat: dort hatte man im neunzehnten Jahrhundert, lange nach dem Zuschmücken der sogenannten Grabeskirche, eine Felsformation entdeckt. Sie liegt ein Stück außerhalb der ursprünglichen Stadtmauern Jerusalems und hatte die Form eines... Totenschädels! Zwei Augenhöhlen, etwas über halber Höhe des Felsmassivs, gehen parallel in den Berg hinein; zwischen ihnen stand eine Felsnase hervor, und darunter befindet sich eine Reihe oberer Zähne. Alles aus Fels. Wurde nicht, da wo sie Jesus kreuzigten, der Ort „Schädelstätte" geheißen? Vielleicht also nicht nur wegen der Menschen, die dort hingerichtet wurden, sondern auch um des Aussehens des Felsens willen?

Ehrfürchtig saß ich diesem schaurigen Ort gegenüber und las die Begebenheit nochmal in der Bibel nach. **Ganz neu dankte ich Jesus für Sein Leiden und Sterben für mich und meine Sünden.**

Still ging ich weiter, vorbei an Zisternen, Weinkeltern o.ä., bis zum bewegendsten Ort und Moment meiner Reise. Unweit dieses Felsmassivs hatte man damals auch etwas entdeckt, was viel besser zur biblischen Beschreibung des Geschehens passt: ein in den Felsen gehauenes leeres Grab. Es hatte, hieß es, in der Zeit der ersten Jünger als ihre Versammlungsstätte gedient.

Sollte dieses Ereignis, was die Welt verändert hat, hier gewesen sein, wo ich gerade stehe?! Sollte hier Der, Dem mein Leben gilt, lebendig nach drei Tagen herausgekommen sein?!

Ich kam mir vor wie Johannes, der zum leeren Grab gelaufen war, und sich erstmal nicht reintraute. Da kein Petrus kam, der vor mir hineinging, wagte ich schließlich den Schritt hinein. Dort stand ich und sah wie Petrus nach rechts. Dort befanden sich zwei Vertiefungen im Boden, um zwei Tote hinzubetten. Ein Engel am Kopfende, ein Engel am Fußende waren da gewesen, als die trauernden Jüngerinnen gekommen waren, um ihren gestorbenen Herrn einzubalsamieren: „Was sucht ihr den Lebenden bei den Toten?" Ehrfürchtig betrachtete ich die Stätte.

Dann wandte ich mich um und blickte nach draußen. Ich stellte mir vor, wie Jesus, wieder lebendig geworden, das Grab verließ und hinausschritt, und schritt ebenfalls hinaus.

Da war mir, wie wenn ich selbst von den Toten auferstanden und mit Jesus zusammen lebendig geworden wäre! **Es war unbeschreiblich! So ähnlich wie an dem Tag, wo ich Jesus in mein Herz aufgenommen hatte.** Die ganze „Welt", hier das Grab, der Tod, das Irdische, blieb hinter mir zurück. Der Garten, in den ich hinausschritt, schien in wunderbaren Farben zu leuchten, mit einem überirdischen Glanz, sowie die Augen der Angestellten, die ich dort im Souvenirladen traf, und die dort ein Jahr für ihren und meinen HErrn arbeitete, der aus dem Grab lebendig herausgekommen war.

Ich kaufte ein Modell der Gartengrabanlage und ging strahlend wieder hinaus. Der palästinensische Souvenirverkäufer draußen muss sich gedacht haben: ‚Ist das noch die gleiche Frau wie vorhin? Vorher so hoffnungslos depressiv und jetzt so unnachvollziehbar glücklich?' „Sie müssen unbedingt auch mal da reingehen!!" – strahlte ich ihn an und ging mehr als glücklich zum Hotel zurück.

Was war ich froh, dass ich der inneren Mahnung gefolgt war, in die Stadt zu gehen!

Dieses Erlebnis konnte ich nicht für mich behalten! Es hatte mein Leben neu ausgerichtet: auf den Auferstandenen! Am nächsten Tag musste ich das unbedingt noch meiner Schwester zeigen. Schnell zwischen Frühstück und Weiterfahrt.

Dieses leere Grab werde ich, so der Herr will und ich lebe, nie vergessen.

Fortsetzung Prüfungszeit

Als wir im Mai von der Israelreise zurückkamen, waren wir verblüfft, in was für einem grünen Land wir leben. Ohne Bewässerungsschläuche wächst einfach auf jedem Flecklein Erde irgendwas Grünes! Diesen Kontrast bekam auch noch unser Vater, der nicht reisefreudig ist, im selben Jahr zu sehen, als er beruflich nach Israel fuhr und sich hauptsächlich in Wüstengegenden aufhielt (ohne Zeit fürs leere Grab).

Das Leben ging indes weiter. Weiter im alten Trott. Weiter mit den früheren Problemen. Leider verlor ich den Blick auf Jesus wieder, so wie damals Petrus, als er auf dem Wasser ging. Solange er auf Jesus schaute, ging alles gut. Als er von ihm wegschaute, ging er unter. Bei mir war auch eher landunter.

Die Wiederholungslektion war teils leichter, teils schwerer. Arbeitstechnisch war ich immer noch zu langsam, mit dem Unterschied, dass der neue Chef viel gelassener war und seltener meckerte. Und dass ich eine neue vorgesetzte Person in Sachen Sehtest bekam, die ständig etwas zum Tadeln fand.

Zuhause waren einige Umstände sehr schwer. **Und eines Tages hatte ich den inneren Eindruck, zum Sommer drauf würde ich ausziehen. Ich war verwundert** und wartete ab. **Kam dieser Eindruck von Gott, oder war es bloß Einbildung?**

Monate später kam ein Anruf. „Ja, hallo, hier ist die Barbara – ich weiß nicht, ob du dich noch an mich erinnern kannst." („Nein.") „Vom Studium damals." („Nein.") Und dann kam's: „Wir brauchen dringend jemanden als Lehrer an der christlichen Schule." Aha, das war also der Grund! Ob es das war, was Gott gemeint hatte?

Ich nahm die Bitte zur Kenntnis und wartete ab.

Einige Zeit später kam nochmal ein Anruf von Barbara, ob sie meine Nummer der Schule weitergeben dürfe. „Okay."

Bald darauf erhielt ich einen Anruf von einem, der mir vorkam wie ein guter Onkel. Freundlich, aber bestimmt teilte er mir mit, dass sie mich brauchen. Wann ich denn bitte bald vorbeikommen könne, wollte er entschlossen wissen. Wir verabredeten den Jahreswechsel, wo ich einige Tage bei Barbara zubrachte, und mir die Schule anschaute. Sie gefiel mir. Ich sollte es mir überlegen.

Auf dem Rückweg dachte ich nach – und dachte nicht göttlich, sondern menschlich. ‚Ich? Wieder an der Schule? Ich kann doch gar nichts', dachte ich nach den Erfahrungen vom Referendariat.

Hatte nicht meine Seminarleiterin mich gefragt, ob ich mir sicher sei, dass Lehrer der richtige Beruf für mich sei? ‚Und Unterricht vor- und nachbereiten – und so wenig Schlaf... ich kann das nicht.'

So zählte ich mir all die menschlichen Gründe auf, warum es nicht gehen könne und drehte sie fleißig im Karussell herum, immer wieder die gleichen Gedanken.

‚Stopp!' – dachte ich. ‚**Wenn es Gottes Wille ist, dann geht es doch. Wenn es Sein Platz für mich ist, wird Er mir auch helfen.'**

Einen solchen Frieden bekam ich bei dem Gedanken, dass mir zum Singen zumute wurde. Oder tat ich es auch?

Aufbruch zu neuen Ufern

Als ich es einer meiner Vorgesetzten mitteilte, fühlte ich mich wie von einem Psychologen ange- und durchschaut: „Frau Müller, ich habe mich schon länger gefragt, warum Sie noch hier sind. Brillen verkaufen, das können auch andere." Dann fügte sie mit einem vielsagenden Blick hinzu: **„Die Kinder brauchen Sie."**

Das **nahm ich als Bestätigung von oben.**

Dann kam Corona. Und die Welt änderte sich.

Die Kurzarbeit, die daraus folgte, **nahm ich dankbar aus Gottes Hand**:

- Erholung durch Ausschlafen
- Sonne tanken und Fahrradausflüge (was für ein Geschenk, dass in der Zeit des ersten Lockdowns durchgehend die Sonne schien!)
- Zeit fürs Kistenpacken.

Die Sorge um die Wohnungssuche gehörte zu den 90% der Sorgen: die Befürchtung, ich würde keine / zu spät / eine schlechte Wohnung... bekommen, war überflüssig. Über die christliche Gemeinde fand ich eine. Und durfte auch schon einen Teil der Kisten dort abstellen.

Einen Anruf erhielt ich noch von der bisherigen Firma. Bei einer Umfrage sollte ich Auskunft geben, was denn mein Ausscheiden aus dem Betrieb verhindert hätte. Zum Erstaunen der Fragenden erwiderte ich: „Gar nichts." Sie hatte wohl erwartet: „Wenn ich mehr Urlaub / Gehalt /... bekommen hätte." Nun aber musste ich es ihr erklären: **Mein innerer Eindruck**, dann der **Anruf**, und **die Feststellung, dass alles von Gott ausgegangen war.** Und **die Gewissheit, dass es Sein Wille ist.** Da hätte mich „gar nichts" umgestimmt.

Ja, ich konnte schon vorher einziehen. Und dazu kamen zwei aus der Gemeinde mit großem Lieferwagen gefahren und luden meine Unmengen von Kisten ein und dort wieder aus, während ich zu einer Kollegenfeier durfte, die mir schon mal einen Vorgeschmack auf den Humor und das angenehme Arbeitsklima geben sollte.

Ich stresste mich selbst, weil ich dachte: ‚Jetzt habe ich so viel zu tun; die Behördengänge wegen Ummelden, das Wohnungseinrichten, das Auspacken und Einsortieren und obendrein das Schulevorbereiten. Wie soll das gehen?'[14]

Alle eure Sorgen werft auf IHN; Er sorgt für euch.

Ja, es gab viel zu erledigen und manche Hindernisse. Aber auch so viel Hilfe. Hilfe von Gott, meist mittels der Geschwister der Gemeinde. So bekam ich verschiedene Möbelstücke spendiert

---

[14] Später sollte ich feststellen, dass es durch Gottes Hilfe funktionierte, „von der Hand in den Mund" zu leben.

und auch geliefert, und wo nötig zusammengebaut. Handwerker-arbeiten erledigte für mich ebenfalls eine sehr hilfsbereite Person der Gemeinde, unter Berücksichtigung von Sonderwünschen.

Ja, meine Wohnung gefiel mir, und ebenso meine Nachbarn. Da war eine ältere Witwe, die mir sehr viel erzählte und ich ihr auch einiges. Immer wieder war sie gerne und oft darauf bedacht, was sie mir Gutes tun könne: Nahrung und Kleidung. Sie gab mir das, was sie nicht mehr benötigte. Oder eine andere Nachbarin, auch eine Witwe. Sie kam ein paarmal mit in die Versammlungen und kündigte an, das würde sie ab jetzt jede Woche machen. Nach zwei oder drei Mal jedoch hieß es: „Wenn ich mitkommen will, dann melde ich mich." Was mir so viel bedeutete wie: „Ich will nicht mehr." Ich sollte leider recht behalten. – Es wohnten auch andere Gläubige in dem Mietshaus. Eine junge Mutter hatte, wenn ich klingelte, immer Zeit für mich, immer Humor und meis-tens etwas zu essen für mich. Denn das mit dem Essen war ein Punkt, der bei mir öfters zu kurz kam. Wenn ich mir abends nicht Zeit zum Broterichten nahm, dann war nicht viel in meiner Brot-dose, weder in der Schulpause, noch mittags, wenn ich noch dort arbeitete. Und wenn es über den Schulvor- und -nachbereitun-gen Abend geworden war, kam ich oft hungrig nach Hause; da war ich froh über ein Überbleibsel, sodass ich nicht auch noch Stunden in der Küche verbringen musste.

Also, ich hatte es gut mit den Nachbarn und gemütlich in der Wohnung, besonders mit dem bequemen Sofa, das ich ge-schenkt bekam. ‚Hier fehlt nur noch ein gewisses Instrument', dachte ich und betete darum.

Als sich mindestens wochenlang nichts tat, fand ich mich damit ab und nahm mir bei meiner nächsten Heimfahrt ein kleineres Instrument mit. Damit ich wenigstens etwas Hausmusik machen könnte. Darauf hatte ich noch kein einziges Mal in meiner neuen Wohnung gespielt, als eines Nachts um halb elf ein Anruf kam, ob ich denn noch ein Klavier bräuchte. Sie hätten da sowas ge-hört. Diesen Wunsch hatte ich nämlich auch ein paar Geschwis-tern aus der Gemeinde mitgeteilt.

„Ja, gerne!"

Wann es denn passen würde. Ich nannte einen Tag, und herein kamen vier starke Männer – mit einem gebrauchten Fortepiano! ☺

„Einem geschenkten Gaul schaut man nicht ins Maul" – und so sah ich, freudig über diese alltagsverschönernde Gabe, großzügig über etwaige Mängel hinweg. Nicht so der Klavierstimmer, der kam, sah – und stöhnte. Macht nix, dachte ich, froh über die gestimmte Gabe.

Der Beruf, den ich nicht gewollt hatte

Vier Jahre lang hatte ich während des Studiums auf eine Abzweigung gehofft. Ja, **das Studium hatte ich angefangen, weil ich nach Gottes Willen gefragt hatte.** Und ich genoss die Zeit des Studiums mit Dankbarkeit und in vollen Zügen. Aber während all der Zeit hatte ich mich nicht als die geborene Lehrerin betrachtet. ‚Vielleicht führt Er mich doch noch einen anderen Weg? Dass das Studium für was anderes gut sein soll?'

Doch es war keine Abzweigung gekommen, und so hatte ich das Ref begonnen – und abgebrochen. ‚Nie wieder Schule', hatte ich sinngemäß ein Jahr lang gedacht, und mich lange gefreut und Gott viel gedankt, dass Er mich aus diesem Ref erlöst hatte. Nun war es vielleicht ein kleines Wunder, dass ich an dieser Schule ohne Ref genommen wurde. Nein, diese grausame Menschenquälerei, Referendariat genannt, brauchte ich nicht nochmal freiwillig. Nein danke.

Ziemlich genau ein Jahr nach dem Ausscheiden aus dem Schuldienst hatte ich mir bei meiner Arbeit – hatte ich an dem Tag Kindern eine Brille verpasst? – gedacht: ‚Ach, mal wieder mit Kindern arbeiten, das wäre doch auch was Schönes.'

Hier, Jahre später und um manche Erfahrung reicher, stand ich wieder im **Schuldienst, vor dem ich mich gegraut hatte. Und es wurde eines der schönsten Jahre meines Lebens!**

Wie war ich vorher im Zweifel gewesen. Eine gläubige Ärztin hatte mir ein Attest geschrieben, dass ich nach ärztlichem Ermessen für den Schuldienst nicht ungeeignet sei. Sie gab mir einen guten Tipp vor meinem Beginn an der neuen Stelle: ich solle **meine Arbeit nicht so perfektionistisch machen, dass kaum noch Zeit fürs Reich Gottes bliebe**. Dieser Tipp und seine Beherzigung waren mir kostbar.

Es war aber auch von der Arbeit her kein Vergleich zum Referendariat. Die nächtelangen Vorbereitungen, durch die ich mich damals durchgequält hatte – sie wurden ersetzt durch gute Zusammenarbeit mit den Kollegen. In jeglicher Hinsicht. Als wir in den Sommerferien immer wieder an der Schule für die Vorbereitungen waren, sorgte die Frau eines Kollegen nicht nur für sein mittägliches leibliches Wohl, sondern zugleich auch für das meine. Das tat meinem ausgehungerten zukünftigen Lehrermagen gut.

Wo wir schon dabei sind: an unserer Schule putzten drei bemerkenswerte Frauen; sie beteten jeden Tag nicht nur für die Kinder, sondern auch für die Lehrer. Eine von ihnen war besonders liebenswürdig; sie schaute einen mit so einem mitfühlenden, verständnisvollen Blick an – so ähnlich, wie die vorherige Kollegin mit ihrem Psychologenblick, liebevoll, das Beste für einen wünschend – als ob sie mich bis in meinen Magen hinein durchschauen könnte: „Wollt ihr mal wieder zu mir zum Mittagessen kommen?" und lächelte uns an: uns zwei, die wir ohne Familie dort waren und einfach nicht oft genug zum Kochen kamen (zumindest ich – die andere Kollegin bekam erstaunlich viel hin und kürzte einfach am Schlaf). Da verabredeten wir eine Zeit, und bekamen bei ihr in freundlicher Gesellschaft ein Dreigängemenü. Oder sie sagte: „Ich bringe euch mal wieder Essen mit. Passt euch morgen?" Wie gerne nahmen wir das an. Auch da brachte sie ein warmes Dreigängemenü inklusive selbstgemachtem Gebäck. Ich genoss es und las nebenher ein Kapitel in der Bibel oder korrigierte Hefte weiter (oder etwas, wo das mit Flecken nicht so kritisch war). Wir konnten uns so richtig satt essen, und oft blieb noch etwas über, für den Kühlschrank und den nächsten hungrigen Schultag. – Möge Gott diese Frau segnen und es ihr reichlich, reichlich vergelten, was sie an uns Gutes getan hat.

Wenn ich meine grüne Aue an der christlichen Schule mit dem Todestal des Referendariats verglich, kam ich zu folgenden Ergebnissen:

Nachtschichten? – Gab es nicht mehr!

Vierfaches Computerisieren, was man geplant hat? – Überflüssig.

Vierfaches Abzeichnen, was man geschafft hatte und was nicht? – Unnötig.

Seitenweise Unterrichtsbeobachtungen? – Wurde nicht kontrolliert, aber kurz vor dem Zeugnis dachte ich: ‚Wie ungünstig, dass ich mir nicht mehr notiert habe!'

Jeder Hefteintrag bei jedem Kind, in jeder Klasse und in jedem Fach: ein lernförderlicher Kommentar? – Nö. Manche Einträge wurden nicht mal auf Rechtschreibfehler kontrolliert. Und andere Einträge überhaupt nicht.

War das ein Leben! – Nicht, dass Du mich falsch verstehst. Es gab immer noch genug anderes zu tun. Und es kam auch vor, dass ich abends um neun mich hinkniete und sagte: *„Herr Jesus, ich kann nicht mehr. Ich bin so müde. Leider habe ich nicht alle Unterrichtsstunden für morgen gut vorbereitet. Aber bitte, hilf Du mir trotzdem. Amen."*

Und? – **Ja, Er tat es! Ihm allein die Ehre! Und nicht nur einmal erlebte ich, dass es in den Stunden, die ich schlecht(er) vorbereitet hatte und dafür mehr gebetet hatte, am besten lief.**

Und die Kinder dort an der christlichen Schule, verglichen mit der „normalen": ein Unterschied wie Tag und Nacht! Sie hatten (mit Ausnahmen) Respekt vor den Lehrern, waren freundlich, wenig verstritten (kam auf die Klasse an) und schneller zur Versöhnung bereit. Oder hat Gott in Seiner großen Barmherzigkeit mich um die schwierigsten Klassen herumkommen lassen?

Doch, es gab auch herausfordernde Schüler... Ooooh ja. In der Stunde, vor der ich mich in der ganzen Woche am meisten fürchtete, war ein Kind, das hatte es in sich. Es tat notorisch das, was es nicht sollte. Und wenn es ihm verboten wurde, tat es etwas anderes Verbotenes. Mehrmals schickte ich es raus – es war einfach nicht zum Aushalten, bzw. zum Weiterunterrichten. Meinst Du, er ging dann? Nein, er fing an zu diskutieren. Da half leider nur noch Anschreien. Das mache ich nicht gerne. Aber manchmal war es leider das letzte Mittel, was half.

Und es half wirklich. In einer anderen Klasse war ein Kind, was „über Tische und Bänke" ging, und auch noch über Regale. Es war ein Kind, das deutlich aus der Reihe tanzte. Ja, ich hatte viel Mitleid und Verständnis mit dem Kind – vielleicht war das der Fehler. Aber ich hatte einiges über dessen schwere Vergangenheit erfahren. So war ich ihm gegenüber weicher gestimmt.

Zu weich. Denn als ich mal hart wurde – es anschrie – da tat es auf einmal, was es sollte: brav am Platz sitzen, ganz normal, so wie die übrigen Kinder auch. Fortan wusste ich, was bei diesem Kind half. Auch, wenn ich es ungern anwandte.

Es war so schön, den Fortschritt der Kinder mitzuerleben, wie sie von Woche zu Woche mehr lesen und immer schneller schreiben konnten. Einer der absoluten Höhepunkte für mich und für die Kinder waren die Buchstabeneinführungen. Da überlegte ich im Vorfeld, welche Gegenstände mit dem neuen Buchstaben anfangen (oder später, welche sie auch in der Mitte enthalten), und versteckte sie unter einem Tuch oder in einer Kiste. Die Kinder rissen sich darum, als nächster in die Schatzkiste oder unter das geheimnisvolle Tuch greifen zu dürfen.

Besondere Begeisterung weckte es, wenn die Gegenstände auch noch essbar waren. Bei der Einführung des Buchstabens „P" kochte ich Pudding. Die Kinder hatten strahlende Augen, und in der Frühstückspause verzehrten sie genüsslich ein oder mehr Schälchen voll. Beim „Sch" war der Renner die Schokolade. Bei „K" gab es Kuchen oder zumindest Kekse – das müsste ich nochmal in meinen Aufzeichnungen nachlesen (jawohl, ich habe welche gemacht!). Gerne schrieben die Kinder zu zweit vorne an der Tafel den neuen Buchstaben nach. Da ich bisweilen ein Beispiel anfügte, wie man es nicht machen soll und es in Rot durchstrich, folgten einige Kinder meinem Vorbild, schrieben den Buchstaben falsch oder hässlich an die Tafel, um ihn daraufhin rot durchzustreichen.

Was hatten wir für einen Spaß miteinander!

Ein Highlight zwischen den Stunden war etwas, das sich mir damals tief eingeprägt hatte, es für die Kinder nicht zu vergessen. Im Referendariat, bei einer meiner Unterrichtsmitschauen, hospitierte nicht nur die überaus strenge Seminarleiterin und die Klassenlehrerin, sondern auch die Direktorin. Sie strahlte Autorität aus und hatte ein ungeheures pädagogisches Geschick. Auch mir gegenüber – denn hinterher verpackte sie ihren Tadel so ihn ein Lob, dass ich ihn nicht mehr vergaß: es war eine Doppelstunde gewesen, erst Deutsch, mit Buchstabeneinführung Z und im Anschluss Kunst, die Erstellung eines Zebras. Sie kommentierte: „Es ist erstaunlich, wie Sie das geschafft haben, die Konzentration der Schüler neunzig Minuten lang zu erhalten – und das ohne Trink- und Bewegungspause." Ups – da hatte ich doch was vergessen. Ab da vergaß ich es nicht mehr.

Wenn also meine Erstklässler hochkonzentriert am Schreiben waren, und die erste Stunde um war, sagte ich irgendwann: „...und vielleicht brauchst du allmählich eine ..." „... Bewegungspause!" riefen die Schüler, ließen den Stift fallen und sprangen begeistert auf. „Fensterdienst!" kommandierten ein paar Kinder und dieser, bestehend aus zwei Auserwählten, rannte um die Wette, wer schneller oder mehr Fenster öffnen könne.

Die Kinder lernten Hampelmann-Springen, wir machten imaginäre Seilsprünge, ließen die Arme kreisen (besondere Herausforderung: einer vorwärts, einer rückwärts), machten eine Konzentrations-Fingerübung und diverse Gymnastik-Übungen. Sie kamen besonders gut an, wenn ich sie mit dem Bild einer Alltagstätigkeit verknüpfte – „Jetzt pflücken wir mal Äpfel." Die Kinder reckten sich. „Und jetzt holen wir den Apfel da oben, der noch höher hängt" – und sie hüpften und sprangen, um den höchsten Apfel zu erreichen.

Die Übung, die mir und einem Großteil der Kinder am besten gefiel, war: „Joggen". Erstmal mussten die Stühle und Ranzen wegen Stolpergefahr an den Tisch geschoben werden. Die Kinder joggen also durch den Wald, und es begegnen ihnen verschiedene Dinge. „Ast!" rufe ich, und die Kinder laufen geduckt weiter. „Pfütze!", und sie machen einen weiten Satz. „Baumstamm!", und sie springen in die Höhe. Zwischen den Ausrufen joggen sie weiter. „Mücke!!" rufe ich und klatsche mir auf den Arm. „Aua!" schreien die Kinder begeistert und tun das Gleiche. Sie erfanden noch eine Ergänzung: „Der Bär kommt!" und warfen sich schnell auf den Boden, außer manchmal ein oder zwei Kinder, die mit einem bedrohlichen „Huaaaa!" den Bären spielten. Nach einigen Minuten waren die Kinder außer Puste und reif für die Trinkpause.

Als der Lockdown uns den Unterricht verbot, vermisste ich, in meiner Wohnung mit Laptop auf dem Sofa sitzend und den Online-Unterricht vorbereitend, meine Kinder sehr. Was ist das – man wird Lehrer, weil man Kinder und Unterrichten mag, und sitzt wochenlang allein in seinem Stübchen! Wie freuten wir uns, die Kinder und ich, als wir uns endlich wieder in der Schule versammeln durften!

Meine Klasse war so eine liebenswürdige. Wenn einem Kind etwas fehlte, sei es ein Spitzer oder das Pausenbrot, stürmte gleich die halbe Klasse herzu, um mit ihrem Eigenen auszuhelfen und miteinander zu teilen. Sogar ein sprechendes Stofftier, das ich in den Unterricht mitnahm, wurde von den Kindern ganz liebevoll angesprochen. Und wenn ein Kind etwas nicht konnte oder sich nicht traute, wollten gerne andere mithelfen. Ich ging sehr, sehr gern in diese Klasse!

Das Gebet um Weisheit war immer wieder vonnöten. Das erfuhr ich eines Nachmittags ganz besonders. Im Lehrerzimmer bei den Vorbereitungen sitzend, wurde ich von einer Kollegin um Hilfe gebeten. Da war eines meiner Kinder, was in die Hausaufgabenbetreuung sollte und schreckliche Angst vor der neuen Situation hatte: ein unbekannter Raum, fast nur neue Gesichter, und alles gute Zureden half nicht. Innerlich um eine Lösung flehend und alles Mögliche ausprobierend, wurde mir plötzlich eine Idee eingegeben: „Fünf plus drei?" Das vor Angst sich schüttelnde Kind mit dem mittlerweile hochroten Kopf überlegte kurz und gab die richtige Antwort. Ich lobte es. „Acht plus zwei?" „Zehn." „Ja, prima! Drei plus vier?" „Sieben." Ich hatte mich ans Ende des Klassenzimmers gesetzt, und das Kind gab von der Tür aus die Antworten. Dann rückte es, Antwort für Antwort, Stück für Stück näher in meine Richtung. „Ja, super! Das kannst du echt gut! Und solche Aufgaben gibt es auch bei der Hausaufgabe." Das Kind gab sich innerlich einen Ruck, stürzte auf den ihm zugewiesenen Platz zu und ließ sich mit einem Plumps auf seinen Stuhl fallen. Die Hausaufgabenbetreuung konnte losgehen, und ich schickte ein Dankgebet empor.

Dem HERRN die Ehre für diesen Einfall!

Ablenkung von der Angst – das war das Benötigte. Das Kind kam auf andere Gedanken – und schon lief es.

Brauchen wir das nicht auch manchmal, **wenn wir in unserem Gedankenkarussell von Sorgen und Angst lahmgelegt werden? Einfach mal ausbrechen und an etwas anderes denken. Und vor allem: uns Gott zuwenden, und aus Sorgen ein Gebet machen. ER hat bisher geholfen – ER kann und will es auch weiterhin für uns tun.**

Wenn ich alle paar Wochen zu meinen Eltern fuhr, wollte ich eigentlich meiner Mutter was helfen. Es lief aber meist darauf hinaus, dass sie mir half und nicht umgekehrt; sie half mir beim Heftekorrigieren. Das rechne ich ihr hoch an, dass sie mir, gerade in meinen Phasen als Lehrerin, so geholfen hat!

Das unerklärliche Ziehen zurück in die Heimat

Es war seltsam: so, wie ich zuvor den inneren Eindruck gehabt hatte, ich würde in einem Jahr ausziehen, so war ich hingezogen, und in meinem Herzen war von Anfang an klar: Das ist nur für ein oder zwei Jahre.

Ich wunderte mich und hoffte auf zwei Jahre.

Meine grüne Aue gefiel mir so gut. ‚Gerne würde ich sie ausdehnen‘, dachte ich. Doch im Dezember war der innere Eindruck, dass es nur für ein Jahr sei, so deutlich, dass ich eine meiner Umzugskisten wieder einpackte (hätte ich nur damit weitergemacht). Aber er war mir so zuwider, der Gedanke, diese Tabors-Höhen wieder zu verlassen. Die Kisten, die ich vor kurzem erst ausgepackt hatte, schon wieder einpacken? Nein, das brachte ich nicht fertig, und fand Ausreden. Menschlich gesehen bestand für mich kein Grund diesen gesegneten neuen Platz schon wieder zu verlassen.

Interessant, dass in meinem Mietvertrag die Dauer von einem Jahr angegeben war. Interessant, dass ich an der Schule einen Jahresvertrag bekommen hatte.

Eines Tages war es so weit, und mein Chef fragte mich: „Wie sieht's denn aus, kannst du noch ein Jahr verlängern?" Er nannte mir den Zeitpunkt, bis wann ich ihm Bescheid geben solle.

So viel hatte ich gebetet und immer wieder gesagt: *„Gott, ich habe den Eindruck, du willst, dass ich zurückgehen soll.*

Wenn dieser Eindruck falsch ist, bitte lass es mich klar erkennen!" Aber dieser innere Eindruck blieb. Je näher das Schuljahresende heranrückte, je stärker wurde er. Ich hatte innerlich keine Ruhe, zu bleiben. Aber **ich hatte Frieden darüber, wieder zu gehen.** Es war mir unerklärlich.

Die Nacht, bevor ich meinem Chef Bescheid geben musste, schlief ich nicht. Nach dem Unterricht, statt gleich die Antwort zu geben, erzählte ich meinem Chef eine Beispielgeschichte (ich meine, sie war aus der Bibel) und stellte ihm dazu eine Frage. Als er sie richtig beantwortete, tat ich ihm als Analogie dazu meine Absage kund. Nachdenklich hörte er es sich an. Anschließend zählte er mir einige der Gründe auf, die ich mir reichlich monatelang selbst aufgezählt hatte, die dafür sprachen, dass ich bleiben solle. Es klang alles so vernünftig.

Einige Zeit später kam sogar der Mann, der mich herbeordert hatte, persönlich in die Schule, um nach dem Unterricht mit mir zu sprechen. Ich war noch mit einem Schüler beschäftigt, der mir besonders ans Herz gewachsen war. Und der druckste noch eine Weile herum, bevor sein Herzensanliegen zur Sprache kam – er wollte sich noch für etwas entschuldigen. Als er es getan hatte, ging er erleichterten Herzens nach Hause.

„Ich wollte dich bitten, noch ein Jahr zu verlängern", war das deutliche Anliegen des Mannes. Ich erklärte mein inneres Drängen zurückzugehen. Er argumentierte logisch. So wie viele andere auch.

Es gab wenige, die meine Entscheidung unterstützten. Eine Glaubensschwester sagte: „Aber es ist doch deine Mutter! Wie können die anderen dann sagen: ‚Es wird jemand anders für sie sorgen!'?" Ich vermutete nämlich, dass sich dieses Drängen in Richtung Heimat auf meine Mutter beziehen sollte.

Es fiel mir unglaublich schwer, meinen bevorstehenden Schritt meinen Kindern mitzuteilen. Ich hätte heulen können. Ich wusste nicht, wie ich es übers Herz bringen sollte, sie zu verlassen, die ich so ins Herz geschlossen hatte. Zum Glück wussten sie es heimlicherweise schon. Die Lehrer hatten es wohl den Eltern mitgeteilt, damit sie gemeinsam mit ihren Kindern ein Abschiedsgeschenk für mich vorbereiten konnten. So gab es bei ihnen keine Tränen, als ich es ihnen bei einer Morgenandacht mitteilte. Und ich glaube, Gott gab mir in dem Moment Kraft, den Gedanken an meinen bevorstehenden Abschied zu ertragen.

In der letzten Schulwoche war ich – was in dem ganzen Schuljahr kein einziges Mal vorgekommen war – krank. Eine Erkältung, aber kein Corona, hielt mich zu Hause. So hatte ich Zeit, eine Präsentation über unser erstes Schuljahr vorzubereiten.

Es wurde ein schöner, bewegender letzter Schultag. Beim Abschlussgottesdienst bekam ich das Geschenk der Kinder überreicht: eine Mappe, bei der jedes Kind aus zweien meiner drei Klassen ein bis zwei Seiten gestaltet hatte. Eine kostbare Erinnerung. Wie freute ich mich darauf, dies meiner Mutter zu zeigen. Sie würde das Foto jedes Kindes anschauen und mir sofort alles Wesentliche über seinen Charakter sagen können. – Auch die Kollegen gaben mir mit Herz und Hirn ausgewählte Geschenke.

Hätte ich nur schneller meine Kisten gepackt. Im Gebet hatte ich mal gefragt, wann ich umziehen soll, und hatte den Eindruck, zwei Wochen nach Schulende. Hätte ich es gemacht, hätte ich zu Hause mit meinen Eltern meinen Geburtstag feiern können. Ich überlegte: zwei Wochen nach Schulende würde ich nicht schaffen.[15] Vier Wochen danach? Oder gleich Ende August? – „Stopp!", schrie es da innerlich, „das ist viel zu spät!"

Komisch, darf ich denn nicht wenigstens meine Kinder zu mir nach Hause einladen? Dachte ich – und unterstellte Gott leider mal wieder böse Absichten. ER weiß doch, was kommt!

---

[15] Ich bereue sehr, dass ich nicht die von einer gläubigen Freundin angebotene Einpackhilfe annahm, die durch 2/3 Deutschland gereist wäre, um zu helfen.

‚Hoffentlich tritt nicht die Situation ein, dass ich mich zwischen meiner Mutter und meinen Kindern entscheiden muss‘, bangte ich. Die inneren Mahnungen übergehend, nahm ich mir noch die Zeit, meine Erstklässler in meine schon recht leergeräumte Wohnung einzuladen. Eine gläubige Nachbarin half mir noch beim Belegen von Brötchen. Es war eine fröhliche und schöne Zeit. Ich spielte am Klavier, und die Kinder sangen dazu aus voller Kehle draußen auf dem Balkon stehend christliche Lieder. Viele Nachbarn machten die Türen auf, lauschten, und einige applaudierten. Manchen war es auch zu laut, besonders, als die Kinder im Treppenhaus sangen. Ich machte auch einen Anruf bei meiner Mutter im Krankenhaus; die Kinder sangen ihr eine halbe Strophe vor; aber ich merkte, dass es ihr zu anstrengend war. Es ging ihr nicht gut.

Bei meinem Eindruck, ich solle wieder fort, hatte ich Gott gebeten, ER möge mir noch einen Bibelvers als Bestätigung geben. Kurz drauf sprach mich beim Bibellesen der Vers „...in Frieden werdet ihr geleitet werden" sehr an. ‚Ja, ich habe Frieden drüber zu gehen‘, dachte ich und freute mich über die Bestätigung. „Ich gehe, gebunden im Geist, nach Jerusalem", hatte Paulus erklärt. Und nun konnte ich ihn verstehen.

Einige Zeit drauf fiel mir auf, dass meinem Vers voranging: „Mit Freuden werdet ihr ausziehen (und in Frieden geleitet werden)." ‚Das ist auch für mich‘, dachte ich und verstand nicht, wie ich denn je mit Freuden von diesem mir so liebgewordenen Ort ausziehen könne. Doch auch das sollte sich noch erfüllen.

Ach, noch etwas später entdeckte ich noch etwas anderes, das ebenfalls dabeistand, und das sich noch später erfüllen würde: da stand, dass die Berge sich freuen und die Hügel in die Hände klatschen werden, wenn ich komme.

Tatsächlich schaffte ich es, mich gegen Ende meiner Zeit dort unbeliebt zu machen. Ich hatte unerwünschterweise die Leute gewarnt und aufgeklärt – man schrieb das Jahr einundzwanzig. Dass Leute, die sonst gegen Abtreibung sind, bei einer Impfung einfach mitmachen, wo offen zugegeben wird, dass sie gentechnisch veränderte Zellen aus menschlichen embryonalen Nieren enthält, war und ist mir schrecklich. Sie tun es bedenkenlos, ohne den über zwanzigseitigen Beipackzettel zu lesen. Und ohne an Contergan und seine bis heute sichtbaren Folgen zu denken. Und ohne die Warnungen renommierter Wissenschaftler zu beherzigen. [16] Ohne den Todesstatistiken Beachtung zu schenken. [17] Nein, ich wollte nicht, dass meine Kinder innerhalb der nächsten Jahre ohne Eltern zurechtkommen müssten, weil sie sich haben impfen lassen. [18]

Dafür erntete ich Feindschaft. Sowohl postwendend als auch zeitverzögert, Monate später. Eine derartige Feindschaft, die schwer auszuhalten war (eine frostige Atmosphäre und eine abweisende Haltung, bei vielen in der Gemeinde kein Grüßen mehr) und gewesen wäre, wenn ich noch länger geblieben wäre.

Auf einmal konnte ich mich freuen – ich freute mich auf den Auszug! Das Packen fiel mir jetzt leichter. Ja, ich bekam noch Hilfe. Zum Packen und Putzen, auch von einer lieben Kollegin (die dafür gebetet hatte, dass ich bliebe) und zum Umzug. Da halfen wieder zwei Männer; davon auch der eine, der mir ein Jahr zuvor schon beim Umzug geholfen hatte. Er war sicher nicht erpicht darauf, den ganzen Sums schon nach einem Jahr wieder zurückzutransportieren. Bevor ich umzog, konnte ich ihm aber noch sagen, was für ein schönes und gesegnetes Jahr ich gehabt hatte, und wie froh ich war, das eine Jahr dort gewesen zu sein. Das freute ihn. Auch wenn er und seine Frau und Kinder, bei denen ich einmal die Woche abends war, meine Abreise bedauerten.

---

[16] Zum Beispiel von Prof. Sucharit Bhakdi, Dr. Wolfgang Wodarg, Dr. Carrie Madej, Prof. Arne Burkhardt und Prof. Walter Lang, Dr. Cahill, Prof. Campra.
[17] Siehe Übersterblichkeit in Deutschland seit den Corona-Impfungen.
[18] Zum Beispiel erinnere ich mich an ein Gespräch, bei dem mir ein 13-jähriger Junge berichtete, dass er seine Mutter nach der zweiten Impfung verloren hat. Auch viele weitere Beispiele aus dem Bekanntenkreis und vom Herumfragen könnte ich anführen.

Ja, dieses Jahr war wunderschön gewesen. Eine grüne Aue: Liebe Kinder, super Kollegium, tolle Arbeit, viel Sonne (v.a. nachmittags beim Korrigieren), schöne Wohnung, nette Nachbarn, viel Gastfreundschaft[19], kurz: sehr viel Gutes!

Meine zwei hilfsbereiten Umzugsleute waren schon mit dem Lieferwagen abgefahren. Den „Rest" wollte ich noch in meinem Auto verstauen und dann nachkommen. Das Packen zog sich in die Länge wie ein Kaugummi. Zum Schluss hin trieb es mich richtig, und ich versuchte mich zu beeilen. Meine eine Nachbarin fand mich schuftend und schleppend, und begann mir zu helfen. Ich musste lachen, weil „der Rest", den ich noch mit dem Auto transportieren wollte, selbiges bis oben hin ausfüllte. Gut gelaunt half mir die Nachbarin noch bis neun Uhr abends – und schließlich brach ich, tatsächlich mit einem Lachen, auf in eine ungewisse Zukunft.

Gerade noch rechtzeitig

An einem Mittwoch – zu Hause türmte sich mein noch nicht ausgepacktes Zeug fast bis zur Decke – besuchte ich meine Mutter im Krankenhaus. Sie war innerlich so aufgeräumt, so zufrieden. Ich hatte mich in einen grünen Kittel einhüllen müssen. Und sonstige Maßnahmen einhalten müssen, wie z.B. einen umständlich zu beschaffenden Test.

Es kam nicht mehr dazu, dass ich ihr mein schönes von den Kindern gestaltetes Album gezeigt hätte. Ich wünschte, ich wäre dem inneren Aufbruchssignal früher gefolgt.

Aber gut, dass ich der inneren Mahnung zur Rückkehr, wenn auch spät, so doch gefolgt war. Hätte ich es nicht getan, hätte ich

---

[19] Drei Familien gaben mir eine Dauereinladung; bei jeder von ihnen hätte ich einmal die Woche, oder noch öfters, zu Mittag oder zu Abend essen können. Wieviel mir das gerade in dieser arbeitsintensiven Zeit wert war, habe ich weiter oben angedeutet.

mir jahrelang wegen meiner Mutter Selbstvorwürfe machen können.

Denn wenige Tage später, kurz nach meiner Rückkehr, verließ sie uns. Die Art und Weise, wie ihr Übergang war, geben ein deutliches Zeichen dafür ab, dass es nach dem Tod weitergeht. Und, dass sie droben bei Jesus angekommen ist. Weil sie die Gnade Gottes, die Vergebung ihrer Sünden durch Jesus, angenommen hatte.

Der nächste Grund, warum ich zurückmusste

Nach dem Tode meiner Mutter waren mein Vater und ich die nächste Zeit schwer mit Aufräumarbeiten beschäftigt. Dabei half uns eine sehr liebe Schwester aus meiner Gemeinde.

Ein christliches Seminar, das mich vom Thema her sehr interessierte, sollte in Norddeutschland stattfinden. Da überlegte ich, ob ich nicht auf halber Strecke einen Zwischenstopp bei meiner Omi einlegen könnte. Eine gläubige Freundin, die sich auch für das Seminar interessierte, sagte: „Ich komme aber nur mit, wenn wir direkt hinfahren. Sonst wäre es mir zu viel Stress." Da ich gerne die Freundin dabeihaben wollte und auch gerne mal wieder meine Omi besuchen, betete ich ernsthaft, dass in dieser Sache allein Gottes Wille geschehen möge. Und es war gut so, wie ER es erhörte, wie ich später erfahren sollte.

Die Freundin sagte ab, und ich fuhr zu meiner Omi.

Unterwegs hatte ich noch eine spannende Begegnung mit bewegenden Gesprächen, anlässlich eines mit Warnblinker am Standstreifen stehenden Autos. Gott hatte es so geführt, dass einer Frau das Benzin ausgegangen war. Ich nahm sie und ihre drei Kinder mit zur nächsten Tankstelle. Wir hatten uns viel zu erzählen; auch sie hatte ein bewegendes Leben und Spannendes mit

Gott erlebt. Die Verabschiedung war sehr herzlich, und wir tauschten Nummern aus.

So kam ich bei meiner Omi mit entsprechender Verspätung an. Doch in ihrer Flexibilität störte sie das nicht. Wir unterhielten uns den Abend noch zwei Stunden, und weiter am nächsten Vormittag. Und siehe da, Themen waren möglich, wo sie früher abgeblockt hätte: über das Zeitgeschehen und den Bezug zur Bibel. Sie staunte, als sie erfuhr, dass es schon Patente für das gibt, was uns in der Offenbarung vorhergesagt ist. Und, dass Leute schon freiwillig mitmachen. Diese haben leider nicht ab Kapitel dreizehn gelesen.

Des Weiteren konnte ich ihr von einem Buch erzählen, bei dem sowohl bei mir als auch bei anderen einige markante Aha-Effekte aufgetreten waren. Da geht es um den Zusammenhang zwischen Krankheiten und ihren geistlichen Wurzeln. Ein christliches Buch („Der herausragende Weg in Gesundheit zu leben") – und siehe da, als ich eine Krankheit benannte, plus die im Buch stehende Erklärung dazu (Rheuma: nicht-vergeben-können), nahm sie ihre Lesebrille hervor und notierte sich den Buchtitel. – Meine Omi, die ihr Leben lang Gott und Jesus abgelehnt hat, notierte sich den Titel eines christlichen Buches! Ich war baff. Hatte Gott angefangen bei ihr zu wirken?

Auf dem christlichen Seminar beteten wir auch für sie.

Auf meiner Rückreise machte ich Station bei meiner Schwester und ihren Kindern. Samstagabend gegen Viertel vor zehn kam ein Anruf meines Vaters, und ich ging dran: „Omi hatte einen Schlaganfall und liegt im Krankenhaus!"

Wie froh war ich, dass ich zu der Zeit noch arbeitslos war! Sonst wäre es mir schwer möglich gewesen, sie noch einige Male zu besuchen.

Nach dem Gottesdienst düste ich stundenlang so schnell wie noch nie über die Autobahn, da es hieß: Besuchszeit bis 17 Uhr.

Mit viel Adrenalin im Blut **betete ich um die Errettung ihrer Seele, und um Bewahrung unterwegs.** Ob sie die Gnade zu ihrer Errettung noch annehmen würde? Meiner rasanten Fahrt machte ein Stau einen Strich durch meine Rechnung. ‚Auch das noch! Wie soll ich denn noch rechtzeitig ankommen?' Doch nicht nur Stau, nein, es hielt noch ein Auto mit Warnblinker auf dem Standstreifen. Da ich mir vorgenommen habe, auf der Autobahn bei PKW mit Warnblinker und Warndreieck zu helfen, fuhr ich ebenfalls rechts ran; bot einem spanischsprechenden Paar meine Hilfe an. Sie war dankbar für ein Brötchen, er wusste sich selbst zu helfen – nahm aber gerne ein christliches Traktat zum Lesen mit. Als ich eh schon stand, beschloss ich zu telefonieren: ich rief meinen Vater an und erfuhr, dass das Personal im Krankenhaus unerbittlich sei: „Nein, nur eine Person am Tag, nur eine Stunde am Tag!" Jemand liegt im Sterben? „Uns egal – so sind die Regeln."

Da beschloss ich, nach dem Stau gemächlich weiterzufahren. Nicht zum Krankenhaus, denn die Besuchszeit war schon vorbei; direkt zur Wohnung meiner Omi, wo schon meine Schwester mit ihren Kindern wartete...

Am Dienstag war ich endlich an der Reihe, sie mit negativem Test (was für ein Aufwand in einer solchen Situation!!) und mit Liederbuch zu besuchen. Mir drehte es das Herz um: da lag sie, zusammengekrümmt im Bett, verkabelt und verschlaucht, mit dick eingebundener Hand. Ihr Mund stand offen und war ausgetrocknet. Sie versuchte immer wieder etwas zu sagen – es tat mir leid, dass ich es nicht verstehen konnte; es war meist zu undeutlich. Den Verband wollte sie loswerden; nach Rücksprache mit den Schwestern konnte ich ihr diesen Wunsch leider nicht erfüllen, da sie sich sonst womöglich die Schläuche aus der Nase gerissen hätte. Schlimm sah sie aus; sie war elender beisammen als zwei Monate vorher meine Mutter beim Sterben. Wie konnte ich ihr helfen? Wieder und wieder befeuchtete ich ihren eingetrockneten Mundraum mit einem Tupfer, sodass ich einen halben Becher Flüssigkeit verbrauchte. Dazwischen fragte ich sie: „Möch-

171

test Du noch ein Lied hören?" Obwohl sie sonst kaum zu verstehen war, antwortete sie hier immer wieder mit einem deutlichen Kopfnicken oder einem vernehmbaren „Ja." Glaubenslieder sang ich ihr vor – innerlich hoffend, dass sie die Botschaft verstehen und Jesus annehmen möge. „Weißt du, Omi", begann ich zaghaft, „ich weiß, dass du es früher nicht mochtest, wenn man über den Glauben geredet hat." Ich erinnerte mich an diverse Male, wo sie solche Gespräche abgeblockt oder auf andere Themen umgelenkt hatte. „Aber ich habe dir ja bei meinem letzten Besuch berichtet, wie sich die Bibel erfüllt. Es gibt Gott, es gibt Jesus, und es gibt einen Himmel und eine Hölle." – So etwas hätte ich früher bei ihr nicht sagen dürfen. Jetzt hörte sie zu. Ich fasste mir ein Herz und sagte: „Weißt du, eigentlich ist es so einfach zu beten: *„Gott, sei mir Sünder gnädig. Herr Jesus, ich möchte gerne in den Himmel. Bitte vergib mir meine Sünden und komm in mein Herz..."*... – „Willst du nicht auch in den Himmel?" fragte ich mit klopfendem Herzen. Zu meiner Enttäuschung kam kein „Ja", und auf mein laut gesprochenes Gebet hin kam kein „Amen". Aber immerhin wollte sie gerne weitere Lieder hören. Bis schließlich eine Schwester kam und meinte, meine Stunde Besuchserlaubnis sei doch schon länger abgelaufen. Zum Schluss fragte ich einfach nochmal: **„Willst du auch in den Himmel kommen?"** Da antwortete sie mit einem leisen, aber deutlichen „Ja".

Mit neuer Hoffnung im Herzen kehrte ich wieder in ihre Wohnung zurück. Dort flehte ich weiter zu Gott: *„Großer, allmächtiger Gott, in Deinem Wort hast Du gesagt: ‚Glaube an den Herrn Jesus, so wirst du gerettet, du und dein Haus/deine Familie.' Ich glaube an den Herrn Jesus – und sie gehört zu meiner Familie. Darum bitte ich dich und flehe: rette doch meine Omi! Lass sie nicht verloren gehen!!!"*

Zwei Tage später wollte mein Vater mich zu ihr ins Krankenhaus mitreinnehmen; wie sollte das gehen? Wie sollte man die unmenschlichen Corona-Regeln umgehen?

Beide machten wir einen Test; mein Vater ging alleine hoch. Nachdem ich einer betenden Freundin eine SMS geschickt hatte, kniete ich mich im Krankenhausflur hin und flehte zu Gott, er möge den Angestellten trotz der unmenschlich strengen Regeln das Herz bewegen, dass ich mit hoch darf. Inzwischen redete mein Vater mit der Oberärztin – und das war tatsächlich eine Frau mit Herz! Sie hatte vor nicht langer Zeit ihren Großvater verloren und gestattete uns einen Besuch zu zweit. Dies leitete sie der Dame von der Rezeption weiter, die daraufhin zu mir kam und es mir mitteilte; säuerlich fragte sie, warum ich denn nicht schon das Anmeldeformular ausgefüllt hätte.

In ihrem Zimmer und ihrem Beisein – das fand ich für meine Omi nicht so toll – fand das Gespräch darüber statt, die künstliche Nahrung ihr abzustellen. Sie hätte eh nur noch 7-10 Tage zu leben, im Maximalfall 14 Tage. Ich war damit nicht einverstanden; Omi musste doch vor dem Sterben erst noch den Frieden mit Gott finden! Doch bei der Argumentation meines Vaters und der Ärztin ließ ich mich dazu breitschlagen. Aber es kam mir ihr gegenüber so gemein vor.

Gemeinsam sangen wir für Omi Lieder. Bei „O Haupt voll Blut und Wunden" waren wir so bewegt, dass wir beide anfangen mussten zu weinen. Wer gerade mehr Fassung hatte, versuchte weiterzusingen. Zwischen den Strophen fragten wir sie mit Bangen und Hoffen: „Hast Du schon die Gnade angenommen / bei Gott um Vergebung gebeten / Jesus ins Herz aufgenommen?" Sie konnte ja kaum noch reden; wir bekamen nicht immer eine Antwort. Auf zwei dieser Fragen jedoch antwortete sie mit einem tiefen Ein- und Ausatmen: „Ja."

Da weinten mein Vater und ich Freudentränen der Erleichterung. Mein Vater sagte bewegt: „Mutti, dann sehen wir dich im Himmel wieder!"

Auf die Frage, bevor wir gingen: „Bist du bereit, Gott zu begegnen?" kam wieder ein herzenstiefes: „Ja!" Und wenige Tage später begegnete sie IHM dann...

Wie gut, dass ich zu der Zeit arbeitslos war, sie noch mehrmals besuchen konnte und **miterleben durfte, dass sie sich für Jesus entscheidet.**

Die Berge werden sich freuen

Als ich wieder bei meiner alten Stelle zu arbeiten anfing, hatte ich von Anfang an den Eindruck, dass es nur für einige Monate sein würde.

Was war das für ein Eindruck? Warum sollte ich da aufhören? Warum sollte ich weg? Wegen politischer Verhältnisse? Schon länger (wohl schon seit dem Herbst) hatte ich den **starken inneren Zug, in die Schweiz zu gehen.** Ich wollte nicht. Ich kann doch nicht meinen Vater verlassen, der so kurz hintereinander erst seine Frau, dann seine Mutter verloren hat. **So meinte ich, beten und fasten zu müssen,** um doch dableiben zu können. Für meinen Weg betete ich und für die politische Situation. Und für meinen Vater: *„Herr Jesus, DU hast, bevor DU gegangen bist, noch für Deine Mutter gesorgt. – Bitte, sorge DU für meinen Vater, wenn ich weggehe!"*

Nein, Sturkopf wollte nicht weg. Aber dieser Eindruck, dass ich Mitte März in die Schweiz soll, der blieb. Der Eindruck war so lange schon deutlich, dass ich im Januar dem Arbeitsamt mitteilte, dass ich ab Mitte März arbeitslos sein werde.

Meinem Chef kündigte ich Anfang März; per E-Mail. 2 Wochen Kündigungsfrist, da ich noch bzw. wieder in der Probezeit war. Er überredete mich, noch bis Ende des Monats zu bleiben.

Der Aufbruch war für mich ein Sprung ins Ungewisse – wie von einer Klippe in den Nebel, nicht wissend, was danach auf einen wartet. **Diesen Sprung wagte ich im Vertrauen auf Gott und aus Gehorsam gegenüber Jesus. Mitgläubige konnten meinen Weg nicht verstehen. Ich auch nicht. Ich hatte keine logische Erklärung.**

Damals, als ich nach einem Jahr meine geliebten Kinder und die gesegnete Grundschule wieder verließ, hatte ich auch keine logische Erklärung – außer, dass ich den Eindruck hatte: wie Paulus damals gebunden im Geist nach Jerusalem reiste, **zog es mich durch den Geist wieder in meine Heimat: Da will Gott mich haben. Diesen Schritt hatte ich damals – wobei mir der Abschied sehr schwerfiel – im blinden Vertrauen auf Gott gewagt. Jetzt war wieder dieses Ziehen.**

Jetzt konnten es die Leute wieder nicht nachvollziehen, und machten mir Vorwürfe.

Das Interessante war: als ich meine Kündigung abgeschickt hatte, stieß ich bei dem nächsten, was ich im Internet machte, auf eine Seite, die ich wegen etwas anderem aufgerufen hatte. Dort wurde ich quer über den Bildschirm aufgefordert: „Schreib' dein Buch!"

Diese Aufforderung hatte ich über Jahre hinweg immer mal wieder bekommen, und vor mir hergeschoben. Aber diesen Auftrag gerade jetzt, die Minute nach meiner Kündigung, zu bekommen, das gab mir innerlich Freudigkeit – und es wies mir die Richtung, wie es bei mir weitergehen sollte.

Damals hatte sich „mit Freuden werdet ihr ausziehen" bestätigt. Dass sich die Berge und Hügel freuen würden, wenn ich komme, hielt ich wenige Monate später für bestätigt, als ich insgesamt sechsmal eine Bergtour machte. Dass ich auch eine siebte, noch wörtlichere Erfüllung erhalten sollte, sollte mir demnächst gezeigt werden.

So besuchte ich Mitte März eine Freundin und ihre Familie in der Schweiz. Ich dachte: ‚**Wenn Gott mich jetzt hier haben will, dann brauche ich:**

- **eine Gemeinde**
- **eine Arbeit**
- **eine Wohnung.**

Gott will mich in der Schweiz haben. Und ich soll schreiben. Aber ich muss ja wo wohnen. Wohnen in der Schweiz ist teuer. Also brauche ich eine Arbeit, um mir die Wohnung finanzieren zu können.' So dachte ich, und versuchte Schritte zu gehen.

Der Weg war holprig und mit Schwierigkeiten dicht gepflastert. Von Sonntag bis Freitag hatte ich, trotz meines Rennens und Jagens, kaum einen blassen Schimmer über auch nur einen der drei genannten Punkte. Einmal begegnete ich während meiner Wohnungssuche einer Frau, mit der ich ins Gespräch kam. Was das Interessante war: sie ermutigte mich zum Schreiben! Ich fragte sie noch in Bezug auf einen Sponsor und erwartete irgendwie, dass Gott ihr die richtige Antwort eingeben werde. „Er wird dir begegnen", sagte sie, und ihre Stimme klang nicht nur zuversichtlich, sondern gewiss.

Als wir uns voneinander verabschiedet hatten, setzte ich mich nach wenigen Minuten hin – und fing an zu schreiben. Mein Herz war zur Ruhe gekommen. Der Druck und Stress: „ich muss doch" und „ich habe nur noch wenig Zeit", „die Wohnung und die Arbeit" und „wie soll ich das alles schaffen!" – das war weg!

Ich hatte solch eine Ruhe im Herzen, dass ich mir, statt wie wild weiterzusuchen, erstmal ausführlich Zeit für ein langes Glaubensgespräch mit einem jungen Pärchen nahm.

Auf dem Heimweg kämpfte ich wie eine Löwin gegen den Gegensturm, der mich und das Fahrrad bald auf die Straße, bald in die Wiese werfen wollte. Nach schwerem Abstrampeln wollte ich in einem der nächsten Orte etwas wegen Arbeit fragen, und gab in einem Altenheim ein paar christliche Flyer weiter. Eine Frau blieb stehen: „Ah, das ist aber schön! Ich bin auch ein Kind Gottes!" „Von neuem geboren?" hakte ich überrascht nach. „Ja, seit 45 Jahren", war die erfreute Antwort.

Sie erzählte von ihrer Kirchengemeinde und von ihrem gläubigen Pfarrer und lud mich ein, am Sonntag mitzukommen. Und sie wollte für mich wegen Arbeit und Wohnung beten. Sie schenkte mir Schweizer Schokolade und einen Bibelvers: „Denn mit Gott sind alle Dinge möglich!"

So empfing sie mich am letzten Tag meiner Reise vor dem Gottesdienst an der Kirchentür. Ich war dankbar und erleichtert: zwar hatte ich weder Wohnung noch Arbeit bisher gefunden, aber dafür Anschluss an Christen!

Um in diesem Punkt noch eine Ermutigung obendrauf zu setzen, schenkte Gott mir am Abend noch eine weitere Begegnung. Es fand noch eine Wohnungsbesichtigung statt, und im selben Haus wohnte noch ein Italiener, dem ich am liebsten noch etwas Christliches zu lesen gegeben hätte. Doch da ich kein NT auf Italienisch zur Weitergabe dabei hatte, ging ich unverrichteter Dinge Richtung Auto. Auf diesen letzten Schritten auf Schweizer Boden lernte ich, durch die Weitergabe eines Traktats, noch eine Christin kennen. Die daheim noch ein italienisches NT hatte, was sie später dem Italiener brachte! Es war eine dermaßen große Ermutigung für mich, dass ich auf dem Rückweg laut hätte singen können.

Vor dem Aufbruch ins Ungewisse (ich hatte ja weder Wohnung noch Arbeit gefunden) hatte ich noch wenige Wochen zu arbeiten. Eine Kollegin fand das megaspannend und war von dem Projekt „Auf ins Unbekannte, irgendein Auftrag wartet auf mich" deutlich mehr begeistert als ich. Unbedingt sollte ich ihr hinterher berichten. Wenn sie ahnen würde, was das für Vertrauensproben und Schwierigkeiten waren! Doch ihr Glaube an meinen Auftrag half mir weiterzuglauben.

Die Brücke zum Alten war abgebrochen; der neue Weg war noch im Nebel. So machte ich, arbeitslos gemeldet, und ohne etwas Konkretes in der Hand zu haben, im April eine weitere Reise in die Schweiz. Eine knappe Woche konnte ich bei der Freundin übernachten. Eine Tür nach der anderen ging arbeitstechnisch zu, und ich stand vor dem Nichts. Keine Arbeit gefunden – macht es dann überhaupt Sinn, nach Wohnungen zu suchen? Was, wenn ich eine fände – und später eine Arbeit, die deutlich weiter weg ist? Also legte ich die Wohnungssuche auf Eis.

Immer wieder betete ich auf Knien etwa so: „Vater im Himmel! DU wolltest doch, dass ich in die Schweiz gehe. Bei mir gehen alle Türen zu. Bitte zeig mir den nächsten Schritt. Ich weiß nicht, wie es weitergehen soll. Es steht doch in Deinem Wort: ‚Keiner wird zuschanden, welcher auf Gott vertraut.' Bitte lass mich nicht zuschanden werden, ich vertraue doch auf DICH."

Und **Gott führte mich Schritt für Schritt!** Und meist so, dass ich mit meinem Bemühen zu Seinem Organisieren nichts hinzufügen konnte.

Während ich vergeblich versuchte Wohnung und Arbeit zu finden, organisierte Gott für mich folgendermaßen:

Am Montag lernte ich – im Supermarkt sprach ich sie an, weil ihr Äußeres darauf hindeutete: hochgesteckte Haare, langer Rock, und ein strahlendes Gesicht – eine Christin kennen, die mich zum Gebetskreis mitnehmen würde.

Am Dienstag sah ich auf einem Spaziergang bei einem Bauernhof – auch ihr Äußeres deutete darauf hin – noch eine Christin.

Am Mittwoch fuhr ich mit der Christin vom Montag in den Gebetskreis[20]; wer saß im Auto mit drin? Die Christin vom Dienstag. Und ihr Sohn.

Am Freitag konnte ich zu der Christin vom Dienstag ins Gästezimmer ziehen.

Am Sonntag fuhr ich mit ihnen zum Gottesdienst.

---

[20] In einem urigen Holzhaus irgendwo in den Schweizer Bergen gab es also eine Versammlung von Christen, die beteten! Das war bewegend zu erleben. Wir erlebten auch eine gewaltige Gebetserhörung mit sehr großer Reichweite: der Zwang zur Genspritze wurde in Dütschland nicht eingeführt!

Am Montag war ich mit ihr bei ihrem Sohn Michael und seiner Familie eingeladen. Nach dem Essen zeigten sie uns Bilder vom Urlaub, und von ihrer Berghütte. Der Gedanke an die Berghütte ließ mich nicht mehr los: ob ich sie von Michael und seiner Frau mieten und dort meine Bücher schreiben könnte? Das wäre doch zu schön, um wahr zu sein…

Am Dienstag ging ich nochmal zu ihnen. Unter inständigem Gebet, dass, wenn meine verrückte Idee mit Gottes Willen zusammenpassen würde, ER machen möge, dass nichts, aber auch gar nichts, dazwischen kommt... Vorsichtig packte ich meine Frage in Watte... Da müssten sie nicht überlegen!, erwiderte Michael freundlich. Die Antwort könne er mir gleich geben: ich könne in die Hütte – nur vermieten dürfe er sie mir nicht. Das sei verboten, weil sie die Hütte selbst nur mieteten. Den Weg hinauf, zurück zu Elisabeth, **schwebte ich, Gott lobend und dankend für das unfassbare Wunder!**

Da wurde mir klar, warum es bislang weder mit Arbeit noch mit Wohnung geklappt hatte! **Gott hatte etwas Besseres für mich vor!** Wie hätte ich sonst genug Zeit und Ruhe fürs Schreiben finden können?

Ich hatte keinen falschen Weg einschlagen wollen; darum hatte ich Gott um *genau eine* geöffnete Tür gebeten. Trotz meiner vielen Bewerbungen hatten nur zwei Vorstellungsgespräche stattgefunden. Und einmal Probearbeiten. Von der Stelle bekam ich, halb schockiert, halb erleichtert, eine Absage – just an dem Dienstag, an dem ich abends die Zusage für die Hütte bekam. Das war also meine geöffnete Tür.

Es war kurz vor Ostern, und die Bergspitzen prangten noch in feierlichem Weiß. Ich hatte die verrückte Idee, die Hütte, die ich Ende April beziehen durfte, doch vorher schon einmal aufzusuchen. Die Hüttenbesitzer rüsteten mich aus, und so ging ich am Donnerstag, bevor ich nochmal zurückreiste, mit Hüttenschlüssel, Wanderkarte und Lawinenschaufel bewaffnet los.

179

Endlose Serpentinen von geringer Steigung, mit von Kurve zu Kurve immer schöner werdender Aussicht. Da – Schnee! Es wurde immer weißer. Anfangs freute ich mich noch wie eine Schneekönigin. Später wurde mir das eisige Nass zunehmend beschwerlich. Schließlich war alles nur noch in gleißend hellem Weiß. Die wenigen Wegweiser waren keine Weg-, sondern nur noch Richtungsweiser: Wege waren vor teils meterhohem Schnee keine mehr erkennbar. Ich stolperte von einer Überraschung in die nächste. Mal versank ich knietief im kühlenden Weiß, mal landete ich offenbar in einem unterschneeischen Bach. ‚Uff – hier muss ich bestimmt irgendwo lang, da durchs Weiß, und wer weiß, wie oft ich noch versinke.' Meine Schuhe quitschten und quatschten. Ob davor schon jemand Wasserschuhe erfunden hatte, überlegte ich. Einfach mit Wasser aufgefüllt. Da sind die Füße weich gebettet. Und man kriegt womöglich keine Blasen – wenn man sie sich nicht schon vorher gelaufen hat, so wie ich.

Nein, durch dieses permanente Weiß wollte ich mich nicht durchkämpfen. ‚Ich hab's, ich gehe einfach über diesen Berg drüber, statt um den Berg herum.' Wie unmöglich mein Unterfangen war, stellte ich fest, als ich schon zu weit war, um wieder retour gehen zu wollen. Was blieb mir also übrig, als mir selbst einen Weg quer rüber in Richtung des vermuteten Weges zu bahnen? Tapfer stapfte ich und versank, kämpfte mich mit Hilfe der Lawinenschaufel wieder raus, nächster Schritt und nächstes Loch. Die Sonne brannte auf mich hernieder, und die Zeit arbeitete gegen mich. Mindestens einmal geriet ich fast in Panik, weil ich mein fast bis zur Hüfte im Tiefschnee steckendes Bein nicht mehr herausbekam. Ich ruckelte und zog, bewegte es vor und zurück, und versuchte, es freizuschaufeln. ‚Nein, so geht das nicht weiter', entschied ich nach endlich gelungener Befreiung. Aus dem Rucksack entwendete ich die Regenhülle, setzte mich darauf und fuhr wie mit einem Bratpfannen-Rutscher gen Tal, bis dorthin, wo ich einen Weg vermutete. Meine vom Schnee zerkratzten Beine und die im gewärmten Eiswasser badenden Füße trugen mich noch bis zu einer neugierig machenden Kurve, wo eine Bank auf mich wartete. ‚Wenn ich doch noch bis zur Hütte käme!'

Der Blick auf die Uhr, der fortwährende Schnee und meine bisherigen nassen Erfahrungen ließen mich Vernunft annehmen. Unverrichteter Dinge, durchgeschwitzt, sonnenverbrannt, mit einer Lawinenschaufel und mit einer Bibel in der Hand betrat ich Stunden später strahlend die Kirche.

Ein Weg voller Hindernisse zu einem wunderschönen, lohnenswerten Ziel

Falls ich gedacht hatte, nun sei ja alles in Butter, hatte ich mich getäuscht. Das Schreibprojekt war mit unvermuteten Anfechtungen verbunden.

Zu Hause harrte ich sehnlich auf meinen Termin, wieder in die Schweiz zu fahren und mit den Hüttenbesitzern hochgehen zu können. Der Abreisetag rückte näher. Am Vorabend verknackste ich mir meinen Fuß. Und zwar dermaßen, dass ich dachte: ‚Wie soll ich damit in den Bergen wandern können?' Ich hatte den starken Eindruck, dass der Gegenspieler das Projekt verhindern wollte.

Ich betete um Heilung, aber vereinbarte auch einen Arzttermin. Danach las ich: „...sondern sprich nur ein Wort, so wird [mein Fuß] gesund." „Der da heilt alle deine Gebrechen" (aus Psalm 103) – ‚Das ist für mich!', wusste ich – und dankte Gott.

Dennoch nahm ich den Arzttermin wahr. Und hatte drei gute Glaubensgespräche. Also war es doch für etwas gut gewesen. Und der Fuß tat mittlerweile so wenig weh, dass ich eine Röntgenaufnahme zuversichtlich ablehnte. Freudig und gespannt brach ich mit recht vollem Auto und geschientem Fuß endlich in Richtung Berge auf.

Die erste heftige Anfechtung kam also vor meinem Aufbruch in die Schweiz. Die nächste sollte unmittelbar vor Beginn der Bergtour stattfinden.

Zunächst machte ich Station bei Elisabeth, meiner Gastgeberin im Tal. Dann wurde ich von Michael und seiner Frau abgeholt, und fuhr ihnen wenige Kilometer mit meinem Auto hinterher. Hatte ich vor der Abfahrt gebetet? Oder hatte ich es diesmal für diesen kurzen Weg vergessen? Am Fuße des Berges wurde ich angewiesen, auf dem neben der Straße befindlichen Wiesen-streifen zu parken. Dafür musste ich zunächst ein Stück rück-wärts fahren.

Krach, klirr! sagte es auf einmal, und die Heckscheibe sickerte in kleineren und größeren Scherben auf die Kofferraumablage.

Was war passiert? Beim Rückwärtsfahren hatte ich den Balken eines hohen Brückengeländers übersehen. Der Hüttenbesitzer kam herzu, und ich parkte das beschädigte Auto am Rand. Ich stieg aus und hatte in meinem Herzen eine **Ruhe, die nicht aus mir selbst kam**. Ich merkte, dass Jesus mir ganz nahe war. „Können wir beten?" fragte ich ihn. Wir falteten die Hände, und ich dankte Gott, dass ER in Seinem Wort verheißen hat, dass uns alles zum Besten dienen muss, auch dieser Unfall hier. Dann bat ich Ihn, uns zu segnen und zu behüten, auch auf unserer Tour, und dankte Ihm. Irgendwie fühlte ich mich trotz allem sehr geborgen in Gott.

Innerlich war ich gefasst. Die Hüttenbesitzer stellten mir bei ih-rem Haus einen relativ witterungsgeschützten Parkplatz zur Ver-fügung, und zweckentfremdeten eine Tischdecke, um meinen mit Scherben angereicherten Kofferraum ganz regendicht zu ma-chen. Später brachten sie mein Auto in eine Werkstatt, wo es eine neue Heckscheibe erhielt. Bei nächster Gelegenheit holte ich es mir für den stolzen Preis von knapp neunhundert Franken ab. Zwanzig Rappen davon bekam ich geschenkt.

Es war gut, dass die Hüttenbesitzer bei meinem ersten Aufstieg mitkamen: sie halfen tatkräftig beim Gepäcktragen, sie kannten den Weg – so musste ich mich nicht noch ein zweites Mal ver-laufen – und sie konnten mir dann oben eine Einführung ins Hüt-tenleben geben.

Trotz des Schlages, den ich erlitten hatte, und trotz der Beladung, die ich hochschleppte, kam es mir so vor, als würde ich den Berg hochschweben. War es die Aussicht auf das Hüttenleben, die mich beflügelte? Oder gab Gott mir eine extra Portion Kraft, bei dem, was ich gerade hinter mir hatte, und bei dem, was mir noch bevorstehen würde?

Die Anwesenheit von Wölfen auf den Bergen hielt ich zunächst für einen Scherz. Zu meinem Entsetzen stellte ich fest, dass es ernst gemeint war und die Wölfe in den vergangenen Jahren schon Schaden angerichtet hatten. Ich betete, dass ich keinen Wolf aus der Nähe kennenlernen müsste, und war froh, dass Gott mich erhörte.

Mit die erste Bekanntschaft, die ich in den Bergen machte, war die von Kälte. Schnell fand ich heraus, dass man nachts seine Kleidung (plus fünf zusätzliche Schichten) anlässt, wenn man bei 8-12°C schlafen will. Ein periodisches Frösteln und Zittern sollte auch in den kommenden Wochen mich nachts begleiten und meinen Schlaf hinauszögern, reduzieren oder verunmöglichen. Trotz Schlafsack plus drei zusätzlichen Decken. Mit dem Ofen wurde ich nie so ganz warm – und er für mich meist auch nicht.

Da sowohl heftige Regenschauer wie auch der Druck der Schneemassen auf dem Dach der Hütte dafür sorgten, dass bereitgestellte Eimer unter einer undichten Stelle des Dachs sich rasch füllten, entdeckte ich einen Sport, der mir Wärme verschaffte: peu à peu mit dem Spaten die bauchnabelhohe „Gletscherzunge" vom Hüttendach hinunterzuschaufeln.

Nach einiger Zeit mit Aprilwetter (im Mai) war Gott mir gnädig: damit ich mich nicht mit geheiztem Ofen und 16 Grad schlafen legen und bei 12 Grad fröstelnd aufwachen müsse, schickte ER warmes Wetter und Sonnenschein: Tagsüber ließ ich die Tür der Hütte offen, und nach einer Weile kehrten wohlige sechzehn bis achtzehn Grad (später sogar zwanzig) ohne stundenlanges Ofenanmachen in das Hüttlein ein.

Einmal kam es vor, dass ich mitten in der Nacht wachgeknabbert wurde: zwar hatte ich drinnen drei Mausefallen mit Käse bestückt, und draußen zweimal hintereinander eine freche Riesenmaus angeschrien, die sich bei meinem Essen bedienen wollte;

auf dem Dach hatte ich diese Tierchen ziemlich regelmäßig trappeln gehört. Aber dass eine jetzt direkt unter meinem Bett vor sich hin nagt... Ich klopfte und pochte gegen die Wand. Doch das hielt sie nur wenige Augenblicke von der Fortsetzung ihres Projekts ab. Ich brüllte sie dermaßen an, dass ich selber erschrak. Nein, so kann ich nicht schlafen, dachte ich frustriert, war aber zum Weiterschreiben zu benebelt im Kopf. Ich betete – und schlief irgendwann doch ein. Am nächsten Abend betete ich, dass Gott mich doch schlafen lassen möge, dass die Maus mich nicht wieder unterbrechen möge. Und ich schlief – bis ich wieder wachgeknabbert wurde, schaute auf die Uhr, und dachte: das ist jetzt die perfekte Zeit zum Aufstehen, und dankte Gott für das Timing. Es war acht Uhr morgens.

Eine sehr liebenswürdige und hilfsbereite Glaubensschwester aus der einen Gemeinde nahm das Mäuseanliegen mit in ihre Gebete – und ab da hatte ich nie wieder eine nächtliche Wachknabberei...

Ich hatte nämlich für den Gottesdienst drei Anlaufstellen. Jahre zuvor hatte ich mir nach einem Umzug nicht die Mühe gemacht, die Gemeinde zu suchen, die meine geistliche Heimat gewesen wäre. Aus Faulheit war ich einfach in eine relativ nahegelegene Gemeinde gegangen. Wieviel Segen hatte ich in dem einen Jahr verpasst! Daran erinnerte ich mich wieder, und begab mich auf die Suche. Hindernisse, die mir dabei im Weg lagen, waren:

- die Person, die mir über eine Ecke die Adresse sagen gekonnt hätte, hatte keine Zeit, sie rauszusuchen
- als ich die Adresse doch irgendwann hatte, fand ich die Straße erst nicht
- als ich mit viel Durchfragen die Straße und die Hausnummer gefunden hatte, fand ich den Eingang nicht.

Beim dritten Versuch fand ich den Eingang. Und beim vierten den Gottesdienst. Und die Suche hat sich gelohnt! Es ist mir wieder neu aufgegangen, **wie wichtig es ist, in der Gemeinde zu sein, wo Gott einen haben will**. Und segnen will. In dieser endlich gefundenen Gemeinde traf ich auf sehr liebe Glaubensgeschwister. Eine Frau z.B. sprang, als sie von meinem Aufenthaltsort hörte, nach der Versammlung extra für mich in den Supermarkt, um mir noch ein oder zwei Tüten Lebensmittel mit nach oben zu geben. ☺

Es gab regelmäßige Anlässe, zweimal die Woche die weite Strecke ins Tal auf mich zu nehmen (und vor allem wieder hinauf): unter der Woche der Hauskreis und der Besuch der Freundin mit ihren Kindern, und sonntags der Gottesdienst. Oder auch zwei. Einmal sogar drei, in allen drei verschiedenen Gemeinden/der Kirche (für diesen besonderen Sonntag hatte ich ca. eine Woche lang Vorfreude gehegt). In allen dreien fand ich sehr liebenswürdige Mitchristen.

Der erste Gottesdienst im Tal berührte mich sehr; die Predigt beinhaltete, dass uns alle Dinge zum Besten dienen. Ja, auch meine schlaflose Nacht wegen Kälte. Auch die kaputte Scheibe. Und der verstauchte Fuß. Anschließend sprach ich mit zwei Frauen, die sich meine Schwierigkeiten anhörten und Verständnis zeigten. Eine betete sogar für mich. Nach Kaffee und Gebäck wurde ich sogar gefragt, ob ich auf ein Gemeindewochenende mitkommen wolle, und nahm diese freundliche Einladung dann auch dankend an. – Bei einer anderen Predigt ging es um eine biblische Person, die zwei Bücher geschrieben hat, und ich fühlte mich ermutigt mein Schreibprojekt fortzusetzen.

Bei meinen Wegen erlebte ich mehr als einmal Gottes Bewahrung: es passierte des Öfteren, dass ich trocken in der Hütte angekommen war, als es wenig später begann aufs Dach zu trommeln (das erste Mal verstand ich nach Kurzem, dass es sich hierbei um Regen und nicht um die dort fleißig trappelnden Mäuse handelte).

Hier in den Bergen erlebte ich eine besondere Abhängigkeit von Gott: wenn ich die innere Mahnung verspürte, aufzubrechen oder schneller zu gehen, war ich gut beraten, dies sogleich zu in die Tat umzusetzen. Sonst konnte es passieren, dass ich z.B. in ein Gewitter geriet. Das erlebte ich einmal, wo ich auf einer Gipfeltour getrödelt hatte. Die Wolken, die mir da über den nächsten Gipfel entgegenkrochen, sahen nicht vertrauenserweckend, sondern gewitterversprechend aus. Ich beschloss, mir den nächsten Gipfel zu schenken, und stattdessen Fersengeld zu geben. So rannte ich, gefühlt fast so schnell wie eine fauchende Gämse (die mich später von einer Felszinne empört anmeckerte), dem Gewitter davon und bergab. Bevor ich die letzte Anhöhe wieder emporzuklimmen hatte – wo ich wohl nicht gämsenschnell gewesen wäre –, überlegte ich kurz, ob ich mich unterstellen und das Gewitter abwarten solle. In dem Moment bestätigte ein krachender Donner meine vernünftige Erwägung. Die nächsten Stunden verbrachte ich unter dem Schutzdach einer anderen Berghütte, und beobachtete, was das Gewitter alles vom Himmel fallen ließ. Und war dankbar, der inneren Mahnung gehorcht zu haben, mir ein Buch mitzunehmen. Mit Lesen kam ich in diesen Stunden des Gewitterabwartens um einiges weiter.

Zu Anfang, als mein Fuß jeden Tag besser zu werden schien, erkletterte ich mit Wonne die umliegenden Berge. Teilweise auf Händen und Füßen kraxelnd, schob ich mich herzklopfend über einen felsigen, üppig beblümten Grat. Oder durch eine malerische Schneelandschaft. Den Gedankenfreiraum und die inspirierende Kulisse nutzte ich, um innerlich schon mal weiterzuschreiben. Aber es musste noch zu Papier. ‚Reicht mir die Zeit mir dazu noch?' machte ich mir schon wieder Sorgen.

Da ließ Gott zwei Dinge kommen, die mir mehr Zeit gaben: Regenwetter (da saß ich schreibend und in eine Decke eingemummelt in der Hütte) und verstärkte Schmerzen im Fuß. Wegen letzterem wagte ich keine größeren Wanderungen mehr, sondern saß bei Sonnenschein vor der Hütte, mit Laptop und Verlängerungskabel.

Als ich schließlich einen Arztbesuch hinter mich gebracht hatte, fielen mir Steine der Erleichterung vom Herzen: nichts gebrochen, nur wahrscheinlich drei Bänder gerissen. Die aber von selbst wieder zusammenwachsen! Wie genial ist Gott!!

Nach dieser positiven Nachricht ging ich, sofern das Wetter es zuließ, wieder öfters auf Bergausflüge. Vorbei an azurblauen Seen, in die teilweise noch der tauende Schnee tropfte, bis hin zu einem Gipfel, von wo aus es einem den Atem verschlug: Blick bis ins Flachland bis zum Bodensee, und zu weiteren knapp dreihundert Gipfeln! **Da kann man nur staunen und Gott anbeten.**

Was gab es dort in den Bergen nicht alles zu fotografieren! Imposante Bergriesen, schnell wechselnde Wolkenformationen, und Blumen über Blumen... Der Schnee ging von Woche zu Woche weiter zurück. Die wilden Krokusse eroberten zuhauf die schneefreien Stellen. Danach wurden die Wiesen hellgelb von Schlüsselblümchen. Und dunkelgelb von Sumpfdotterblumen. Später zierte die Bergwiesen eine sehr bunte Pracht aus blauen Enzianen, dunkelgelben Butterblumen bzw. später auch Trollblumen, lila Veilchen, gelbem Huflattich und weiterer mir unbekannter Flora. Es war überwältigend schön, über die Bergpfade zu stiefeln: am Horizont das Bergpanorama, und zu meinen Füßen mehr als zehn verschiedene Alpenblumen gleichzeitig.

Besondere Freude bereitete Gott mir durch ziemlich laute Bergbewohner. Zuerst hatte ich sie wegen des Pfeifens für Vögel gehalten; aber das Geräusch erinnerte mich auch an unsere Meerschweinchen früher. Wie klopfte mein Herz, als ich die pfeifenden Musikanten das erste Mal aus etwa zwanzig Meter Entfernung persönlich sah! Mit Kamera im Videomodus pirschte ich mich auf etwa zehn Meter heran, an die... Murmeltiere! Das erste Mal saß der Fotojäger bis zum Abwinken lochfilmend vor dem Bau. – Auf einem anderen Ausflug hielt ich eine längere Zwiesprache mit zweien dieser plüschigen Bergbewohner. Sie pfiffen sich gegenseitig schrill zu, und ich näherte mich ihnen, sanft und in ihrem Tonfall pfeifend. Neugierig hoben sie die Näschen und ließen mich näher heranschleichen. Das schüchternere Tierchen verkroch sich schnell in einem nahegelegenen Murmeltierloch. Das mutigere lauschte immer wieder meinen Tönen, und ließ mich filmen, wie es herumspazierte.

Oben in den Bergen erlebte ich also viel Schönes. Unten im Tal dagegen oft einiges an Anfechtungen. Zum Beispiel an meinem Auto, an der ganzgebliebenen Frontscheibe, gleich zwei Strafzettel. Direkt auf der Außenseite von meiner an der Innenseite der Scheibe befindlichen Parkerlaubnis. Ich konnte es gar nicht nachvollziehen. Es stand doch drauf, dass ich im ganzen Ort damit parken durfte! Außer an einem Parkplatz mit einem bestimmten Namen. Diesen Namen kannten nur die Einheimischen. Woher sollte ich wissen, dass zufällig der Parkplatz, wo ich stand, besagten Namen hatte: auf dem gesamten Parkplatzgelände stand nirgendwo dieser Parkplatzname angeschrieben. Dieser Ärger kostete mich wochenlang viele Nerven, Behördengänge, Telefonate und schriftliche Korrespondenz; und er hätte mich laut telefonischer Auskunft achtzig Franken kosten sollen, aber schließlich kam ein Bescheid über 40, und kurz darauf über nochmals 100! 140 Franken Strafe trotz meiner Parkbewilligung!! Nach einigen Emails und viel **Gebet (dabei stützte ich mich auf einen bestimmten Bibelvers)** wurde mir endlich die Strafe erlassen. Ich dankte Gott sehr, und Felsbrocken fielen mir vom Herzen. – Übrigens gab mir ein liebes altes Ehepaar aus der einen Gemeinde, als es von dieser Strafe hörte, einen Schein.

Ja, oben auf den Bergen gab es auch Anfechtungen (z.B. die knabbernden Mäuse, die schlafverhindernde Kälte, aufdringliche Ameisen während meines Schreibens, den schmerzenden Fuß, das zu früh einsetzende Gewitter, den immer wieder abstürzenden Laptop (zum Glück nicht vom Gipfel hinunter), die sonstigen streikenden Schreibgeräte, den ebenfalls streikenden Ofen, ...). Doch gefühlt waren sie im Tal heftiger. Einmal erlebte ich auch eine Kombination (die „Berg- *und* Talanfechtung"): endlich hatte ich den Aufbruch vom Tal geschafft, war oben an der Hütte angekommen, und nach dem Besuch in dem kleinen Häuschen wollte ich... die Hütte aufsperren. Doch was fehlte? Der Hüttenschlüssel. Warum? Er befand sich in der Jacke, die ich bei dem einsetzenden Regen und der Kälte bitter nötig gehabt hätte. Ich schaute auf die Uhr: die Zeiten der Bergbahn waren bereits für den Abend vorbei. Zu Fuß direkt wieder ins Tal runterrennen? Nochmal bei Elisabeth übernachten? Ich könnte es mit Beeilen noch vor Einbruch der Dunkelheit schaffen. Doch was würde aus dem wichtigen Kapitel werden, das mir auf dem Herzen lag? Auf morgen vertagen? Nein, entschied ich, betete und suchte nach einer Lösung. Durchgefroren ging ich ein Stück talabwärts, und fand tatsächlich einen Unterschlupf vor dem Regen. Und auch noch eine Bank, auf die ich mich zum Schreiben und Zittern setzte, als der Regen nachgelassen hatte. **Wie wenn das Kapitel hätte verhindert werden sollen, dachte ich, und schrieb und schrieb.** Das Schreiben floss so wie vorher der Regen aus der Traufe.

Kurz vor Mitternacht marschierte ich dann tiefgekühlt in Richtung Tal los, und taute dabei sogar wieder auf. Streckenweise begleitete mich etwas Regen, und die ganze Strecke begleitete mich meine Stirnleuchte. Bis dato war sie unverrichteter Dinge auf meinen Berg- und Talwanderungen im Rucksack mitgereist. Die sich mit dem Schein der Leuchte mitbewegenden und mich überholenden Schatten erschreckten mich, und nach einer Weile beschloss ich, meine Angst mit lautem Singen zu vertreiben. Es half. Gegen drei Uhr morgens kam ich erleichtert beim Auto an, und hoffte auf eine geöffnete Tür bei Elisabeth. Zu meiner Enttäuschung stellte ich fest, dass dem nicht so war, und schrieb im Schein der Stirnleuchte im Auto weiter. Irgendwann begann endlich der neue Tag heraufzuschleichen und Elisabeths Enkel herauszukommen. Wenn er mich bloß nicht hier im Auto übernachten und schreiben sieht, hoffte ich. Er ging vorbei, ich konnte aufatmen, und nach einer weiteren halben Stunde ging ich bibbernd hinein, klingelte bei Elisabeth und bat um ein Frühstück. Bei meinem Anblick blieb ihr erstmal der Mund offenstehen.

Nach einem wohltuenden Frühstück (wie war ich in der Nacht über Müsliriegel, die als Dauergäste in meinem Rucksack übernachtet hatten, froh gewesen!) machte ich mich *mit* Jacke *und* Schlüssel auf den Weg nach oben.

Ob ich mich nicht einsam dort oben fühlen würde, wurde ich manchmal gefragt. In der Anfangszeit kam es tatsächlich vor, dass ich nach einem Schreibtag abends ein Tonwiedergabegerät einschaltete, um eine menschliche Stimme zu hören. Ansonsten genoss ich die Zeit zum Schreiben mit wenig Ablenkung. Und die Ruhe.

Nein, es war nicht immer ruhig, und das war gut so: ich freute mich, wenn ich das Pfeifkonzert der Murmeltiere hörte. Und servierte ihnen und der rosa Bergwand als Gegenzug abends ein Anfängertrompetenkonzert. Sie schienen mir meine falsch getröteten Töne nicht übelzunehmen. Auch die Kuckucke nicht, die manchmal selber stotterten („ku-kockock"). Im Juni erweiterte sich das musikalische Repertoire durch die Ankunft der Hunderte von bimmelnden Kühen und Schafen. Ach ja – und abends sang ich oft zu CDs von Händels Messias, oder hörte die Geschichte von Heidi und dem Alp-Öhi auf Schwiizerdütsch. Mit der passenden Kulisse im Hintergrund.

Die Aussicht war ein Geschenk. In der einen Richtung erfreute mich der Blick auf zwei Sahneberge. Im Laufe der Wochen wich dieses Bild einem Kuhfleckenmuster, um schließlich nur noch wenige weiße Streifen übrigzulassen. In der gegenüberliegenden Richtung erhob sich eine Bergkette hinter der anderen. Wenn die Sonne unterging, tauchte sie die Berge in ein rosa Licht.

Ebenfalls in Rot bis Rosa blühten für mich im Juni die Alprosen – sie schauen aus wie wilde Rhododendronbüsche –, und ich durfte auf Rosenpfaden zu manchem Gipfel steigen. Unterwegs raubten einem bisweilen leuchtorangene Blumen den Atem: die Feuerlilien. Die hätte man sich nicht schöner ausdenken können.

Ich konnte es kaum fassen, wie Gott mich dort oben in den Bergen **so mit Gutem überschüttete.**

In allem sollen eure Anliegen mit Danksagung vor Gott kund werden...

Das mit dem **konkreten Anliegen plus Danksagung und darauffolgender Gebetserhörung** erlebte ich in dieser Bergzeit mindestens zweimal. In der Anfangszeit, als die Gondel noch nicht fuhr und noch viel Schnee lag, brauchte ich abwärts mit Joggen dreieinhalb Stunden, aufwärts mit Pausen und Schnaufen mindestens fünfeinhalb Stunden. Einmal schleppte ich bei meiner langen Schnauftour besonders viel Gepäck hoch. Entgegen meiner Erfahrung und dem Rat des Hüttenbesitzers hatte ich nicht nur Bauch und Rücken beladen, sondern zusätzlich die Schultern. Das tat weh! Nach zwei Stunden Fußmarsch und eingeschnittenen Schultern war ich zermürbt, frustriert, und k.o. Mühsam stiefelte ich nach einer Verschnaufpause weiter.

Da fiel mir ein, dass wir unsere Anliegen mit Danksagung vor Gott bringen sollen. Ja, das wollte ich tun, so schwer es mir im Moment auch fiel. Gehorsam dankte ich Gott, dass ER mir bereits dieses Stück den Berg hoch geholfen hatte. Ob ich Ihm auch für die Hütte dankte? Dann brachte ich mein Anliegen vor, dass Er mir doch noch bis nach oben helfen möge.

Das nervige Geräusch von zwei laubwegpustenden Waldarbeitern ließ sich vernehmen. Doch es waren Gentlemen. Sie schalteten ihre Krachmaschinen aus, bis ich vorübergegangen war. Weiter oberhalb war noch ein Arbeiter. Irgendwie sah er ein bisschen so aus wie der Hüttenbesitzer, dachte ich. Hoffentlich ist er es nicht. Ich würde mich schämen, entgegen seinem Rat mit so viel Schultergepäck an ihm vorbeizulaufen. So kam ich näher – und, tatsächlich, er war's. Wir grüßten uns, und ich stellte ihm eine Frage betreffs des widerspenstigen Ofens. Als er mir diesbezüglich einen Rat gegeben hatte, bot er mir an: „Ich fahre dich ein Stück hinauf." Er ergriff ein paar meiner Gepäckstücke, meine Schultern atmeten auf, und das Übrige schleppend, folgte ich ihm keuchend in einigem Abstand. Mit rasanter Fahrt ging's über den Schotter und um die Kurven, bis mitten auf dem Weg sein ziemlich hohes Auto von einem höheren Schneerest ausgebremst wurde. Nochmal ein Stück zurück, nochmal mit Anlauf. Weiter ging's, aber nicht sehr viel, denn vor der nächsten Kurve und dem nächsten Schneestück meinte er: „Ich bringe dich mal bis hierhin. Da habe ich dir einige Minuten und einige Kalorien gespart."

Ich bedankte mich sehr bei ihm – und bei Gott.

Schließlich und endlich mit Ach und Krach auf der Hütte ange-kommen, stellte ich etwa zehn Minuten später fest: es gewittert! – Hätte Gott mir nicht das Bergtaxi gesandt, wäre ich sicher in das Gewitter hineingeraten. Nun hatte ich umso mehr Grund, Gott zu danken!

Die zweite Situation, wo ich den Segen merkte, wenn man nicht nur bittet, sondern Gott auch dankt, war folgende: An meinem Abreisetag, als es für mich Zeit war, schweren Herzens die mir liebgewordenen Hütte und die herrliche Bergumgebung zu ver-lassen, machte ich erst das fertig, was unbedingt fertig werden musste: packen und Hütte putzen. Als das erledigt war, sah es so aus, als würde ich noch massig Zeit haben. Aber innerlich war ich in Aufbruchstimmung. Ich glaubte jedoch mehr der Berech-nung meines Verstandes: von der Bahn aufwärts brauchst du eine Stunde. Abwärts also weniger. Dann reicht es dicke, wenn du eine Stunde vorher losgehst. Dachte ich, und setzte mich zum Weiterschreiben.

Für das Aufbrechen brauchte ich schon deutlich länger als ge-plant. An meinem Hals hing der australische Cowboyhut, den ich selten gegen die Sonne benutzt hatte. Auf meinem Rücken klemmte der Riesenrucksack, und darauf war noch ein kleiner Rucksack gespannt. Den Bauch beschwerte ich mir mit dem mit-telgroßen Rucksack, und der vollbeladenen Umhängetasche. Darüber baumelte noch der Fotoapparat. Und seitlich hing bzw. rutschte verbotenerweise doch wieder links und rechts jeweils ein Gepäckstück. Wie gut, dass ich mir die Fußbandage angelegt hatte. So leicht wie auf dem sonst eine knappe Viertelstunde währenden Wegabschnitt waren meine Füße noch nie umge-knickt. Was für ein Gewicht ich mit dem Gepäck auf die Waage brachte, weiß ich leider nicht – der Riesenrucksack war mir zu schwer, um ihn auf die Waage zu heben. Zusammen mit meinem Gepäck wog ich so viel, dass es mich bei meinen Schritten wie einen Elefanten in den Bergboden hineindrückte. Die erste Vier-telstunde war um, und ich hatte bei weitem nicht die Strecke zu-rückgelegt, die ich sonst mit nur einem großen Rucksack hinten und einem mittelgroßen vorne zurückzulegen pflegte. Puls und

Atmung entsprachen beim Abwärtsgehen meinen Werten wie sonst beim Aufwärtsgehen. ‚Gott, bitte schick mir Hilfe', war ich versucht zu beten.

Da erinnerte ich mich, dass wir unsere Anliegen mit Danksagung vor Gott vorbringen sollen. ‚Gott, danke, dass Du mir geholfen hast, dieses Stücklein runterzukommen', begann ich keuchend. ‚Und bitte hilf mir auch, meine Bahn zu erwischen, die ich reserviert habe.'

Ich erreichte die nächstgelegene Hütte. Dort sonnte sich ein Ehepaar, mit dem ich schon einmal ein freundliches Gespräch gehabt hatte. Sie sprachen mit mir, und ächzend ließ ich einen Großteil meines Gepäcks (die seitliche und die vordere Beladung) ins Gras gleiten. „Schwer belade...", meinten sie mit Blick auf mein Gepäck. Sehnsüchtig schaute ich zu ihrem 30-50 Meter entfernt stehenden Jeep. „Hüt si viel Lüt unterwägs", meinten sie freundlich. – „Wie?" – Heute seien viele Leute beim Wandern unterwegs. Vielleicht würde ich noch ein paar barmherzige Leute finden, die mir mit dem Gepäck helfen würden...

Enttäuscht schulterte, buckelte und bauchte ich mir wieder meine Lasten auf. Ich stackste zum Bach hinab, überquerte ihn und kroch japsend und auf dem letzten Loch pfeifend die nächste glitschige Anhöhe hinauf.

Dort kam gerade ein Jeep an. Meine Kräfte zusammennehmend, keuchte ich den Fahrer an: „Fahren Sie rauf oder runter?"
„Nei, ufa."[21]
Schade, dachte ich, und mein Mut sank.
„Wo müand'r dänn hi?"[22]
„Zum Bähnli."
„Ikh nime d'rs Gepäckkh ab. Stiiget d'r ii."[23]

---

[21] „Nein, hinauf."
[22] Wo ich denn hinmüsse?

[23] „Ich nehme dir das Gepäck ab. Steig' ein."

Mein Glück kaum fassend, überließ ich ihm eines nach dem anderen von meinen hundert Gepäckstücken. Er schichtete sie auf der Ladefläche auf, und ich kletterte auf den Beifahrersitz des moosgrünen Jeeps, dessen Motorhaube ein gelber Stern zierte. Anschnallgurt oder Seitenscheibe? Fehlanzeige. Beglückt über mein neues Bergtaxi, um das ich Gott gebeten hatte, filmte ich ein Stück unserer hopsenden Fahrt. Dieser freundliche Schweizer entpuppte sich als... mein Hüttennachbar, dem ich bisher noch nie begegnet war!

Vor der Schranke angekommen, parkierte der Schweizer den Militärjeep, ergriff die schwersten meiner Gepäckstücke und transportierte sie das letzte Stück Fußwegs, und setzte sie neben dem Bähnli ab. Ich wusste gar nicht, wie mir geschah, und wie ich ihm danken konnte.

Ich dankte Gott von Herzen, der mich ca. fünf Minuten vor Abfahrt mit einem amerikanischen Militärfahrzeug zur im Zweiten Weltkrieg errichteten Bergbahn gebracht hatte. Unten half mir noch ein zarter Mitarbeiter der Bergbahnmaschinisten, einen Teil von meinem Sack und Pack die knapp hundert Meter bis zum Auto zu schleppen.

Zweimal hatte ich in den Bergen den **Segen und die konkrete Antwort** erlebt, als ich Gott nicht was vorjammerte, sondern mein **Anliegen mit Danksagung vor Ihn brachte.**

Mein Leben und besonders meine Ziit in der Schwiiz[24] werfen die Frage auf:

Lohnt es sich, Gott zu vertrauen?

---

[24] Zeit in der Schweiz

JA, es lohnt sich!!! 😊

Danksagung

Zum Schluss möchte ich all den Personen meinen herzlichen Dank aussprechen, die zur Entstehung dieses Buches in irgendeiner Form beigetragen haben. Insbesondere danke ich

- meinem Vater, der mir für das Schreiben viele Freiräume ermöglicht hat

- Heidi und allen anderen, die für mich gebetet haben

- Elisabeth, meiner Gastgeberin im Tal, die mich aufgenommen hat, obwohl sie mich noch nicht kannte

- Michael mit Familie für das Zurverfügungstellen ihrer Hütte in den Bergen; das war unglaublich lieb von ihnen

- Walter und Ruth mit ihrer Familie für ihre Gastfreundschaft und all das Gute, das sie mir erwiesen haben, auch für das Durchsehen des Manuskripts

- auch all den anderen, die mir bei der Überarbeitung des Buches geholfen haben: danke für all Eure Anregungen und Kommentare, und für Eure Ermutigung zum Weiterschreiben! Eines der besonderen Geschenke war mir, dass mein früherer Lehrer, Peter Bucher, sich beim Überarbeiten der sprachlichen Formulierungen beteiligt hat

- meinem Herrn und Retter Jesus Christus, der mich erlöst hat, und mich den besten Weg geführt hat: „Er führt mich auf rechter Straße um Seines Namens willen" (Psalm 23). Er ist der gute Hirte: Er hält, was Er versprochen hat; was mich angeht, ist leider das Lied zutreffend: „O, wieviel Mühe mach' ich meinem Hirten."

- meinem Schöpfer und himmlischen Vater, der mich als Sein Kind angenommen und mich trotz meiner Störrigkeit mit so viel Geduld getragen hat. **IHM gebührt alle Ehre**.

„Preise den HERRN, meine Seele, und all mein Inneres Seinen heiligen Namen! Preise den HERRN, meine Seele, und vergiss nicht, was Er dir Gutes getan hat!" (Psalm 103,1.2).